Jörg Fauser, *Gesammelte Gedichte und Songtexte*

JÖRG-FAUSER-EDITION IV

Bisher sind erschienen

Jörg-Fauser-Edition I:
Marlon Brando, der versilberte Rebell
Biographie
Mit einem Nachwort von Michael Althen

Jörg-Fauser-Edition II:
Rohstoff
Roman
Mit einem Nachwort von Benjamin von Stuckrad-Barre

Jörg-Fauser-Edition III:
Der Schneemann
Roman
Mit einem Nachwort von Feridun Zaimoglu

www.joergfauser.de

Jörg Fauser

Gesammelte Gedichte und Songtexte

Mit einem Nachwort von Franz Dobler
und Gesprächen mit den Musikern Achim Reichel
und Veronika Fischer

Alexander Verlag Berlin

Die Harry Gelb Story erschien erstmals 1973 im Maro Verlag, Augsburg. Abdruck mit freundlicher Genehmigung durch den Verlag. © 1973, 1985, 2001
Trotzki, Goethe und das Glück 1979 bei Rogner & Bernhard, München.

Die Gedichte aus dem Nachlaß auf den Seiten 193–258 (entstanden größtenteils in der zweiten Hälfte der siebziger Jahre) erschienen erstmals unter dem Titel »Café Grabbe« in der Ausgabe der *Gedichte*, herausgegeben von Carl Weissner, 1990 bei Rogner & Bernhard bei Zweitausendeins. Die anderen bislang unveröffentlichten Gedichte folgen Originalmanuskripten, die Gabriele Fauser zur Verfügung stellte, wofür ihr der Dank des Verlags gilt.

Jörg Fausers Reportage »Das große Aufbäumen« erschien erstmals 1982 *in TransAtlantik* Nr. 5, unter dem Titel »Sahne! Zucker! Rock!«.

Die Songtexte für Achim Reichel und der Text zu »Blues in Blond« folgen der Ausgabe *»Achim Reichel, Blues in Blond. Songs und Balladen«*, erschienen 1992 im Luchterhand Literaturverlag Verlag, Hamburg.
Die drei bislang unveröffentlichten Songtexte für Achim Reichel auf den Seiten 362–364 erscheinen mit freundlicher Genehmigung durch Gorilla Musik-Verlag GmbH, Hamburg.
Die Songtexte für Veronika Fischer folgen Originalmanuskripten, die Veronika Fischer freundlicherweise zur Verfügung stellte.
Den beiden Musikern gilt besonderer Dank für ihre Kooperation und Hilfsbereitschaft!

Umschlaggestaltung: Möcker/Schlabe/Wewerka
Vor- und Nachsatz Frau Antje. Die Abbildung auf dem Nachsatz zeigt Achim Reichel und Jörg Fauser. Beide Photos: Archiv Gabriele Fauser
© by Alexander Verlag Berlin 2005
Alexander Wewerka, Postfach 19 18 24, 14008 Berlin
info@alexander-verlag.com
www.alexander-verlag.com
Alle Rechte vorbehalten
Druck und Bindung Interpress, Budapest
Printed in Hungary (March) 2005
ISBN 3-89581-117-3

INHALT

DIE HARRY GELB STORY

Gedichte 1972/1973

Vereist und versteinert werden wir uns weiter
durch die Nächte quälen mit unseren sinnlosen
Träumen, wie schemenhafte paranoide Maulwürfe,
die sich für nichts und wieder nichts die
Pfoten blutig scharren und am Ende eins werden
mit ihren Löchern. Und das ist auch alles, was
von uns eines Tages übrig bleiben wird: sinnlose,
blutende Löcher in der Nacht.
Charles Bukowski

ZUM ALEX NACH MITTERNACHT

Die Charles-Bronson-Imitation aus Knautschlack
brütet über einer Cola in der roten Sonne
überbelichteter Vorstadt-Träume; erledigte Rivalen,
klatschende Klöten, Kadaver am Galgen, letzter Showdown,
triefende Mösen, absolutes Finale
in Technicolor.
Der blondgefärbte schwule Itaker mit den lila Denims
gibt es endgültig auf, Mick Jagger nachzuäffen,
Mann ohne Publikum, Publikum
ohne Mann.
Paß auf, daß du im Lokus nicht ausrutschst
und dir deinen
parfümierten Schwanz brichst.
Dieses miese Loch, Bastard
eines desolaten Hippie-Sommers, sag dem letzten
Taxifahrer gute Nacht, sweet Mary,
vor die Wahl gestellt zwischen deinen
abgekauten Titten und dem Nichts
wähle ich deine Titten.
Die Einsamkeit macht uns alle fertig, sagt Klaus
und drückt Janis Joplin, Whisky und »Me and Bobby
McGee«,
der Joker rattert, Maschinengewehr, Baader geschnappt,
chant d'amour et de la mort, so'n Mordsdusel,
der Apparat spuckt lauter Markstücke aus
und wir bestellen nochmal
ein Magengeschwür.
Alles was da hängt
ist Fleisch.

8/1972; 3/1973

CHARLIE UND HARRY

Trüber Sommernachmittag in Fat City,
sie hockten auf Harrys Bude und kippten Bier,
irgendwo im Hinterhof stieg eine Teenager-Party
und die Beatles leierten einen ihrer total
schwachsinnigen Songs runter,
»Lucy in the sky with diamonds«
oder sonst einen abgedroschenen Heuler.

Son abgedroschener Heuler, sagte Charlie,
aber die Miniröcke sind wohl immer noch scharf darauf.
Stimmt, sagte Harry, macht einen ganz fickrig.

Sex Sex Sex, sagte Charlie und warf die leere Dose
in den Abfalleimer,
bei dir was los?

Sex, sagte Harry, was ist das?

Shit, sagte Charlie, ich fang wohl an kirre zu werden,
ich bin so heiß daß ich Löcher in die Matratze brenne,
lauf drei Wochen mit 'nem Steifen von hier bis Timbuktu
rum,
aber wenn ich endlich was zwischen den Fingern hab
wird mir einfach alles fad, fad –
irgendwie rentiert sich der Aufwand nicht,
man könnte genauso 'nen Emmentaler pimpern
wenn du weißt was ich meine –

klar, sagte Harry, Emmentaler
mit rotem Pfeffer oder Nudelwalker von hinten
und 'ne Stefan-George-Erstausgabe ums ritzy zu machen,

oder einfach fürn Heiermann 'ne Gastarbeiterin
in der Anlage hinterm Interconti, und Samstag abends
all die kleinen brühwarmen Homos die im ZDF
über die Mattscheibe spritzen, ist schließlich
alles 'n Loch, und alles leer, immer gewesen –

Shit, sagt Charlie, von hier aus kann man direkt rübersehn,
und sie standen am Fenster und glotzten rüber,
die Beatles heulten auf höchster Lautstärke,
die Teenager kreischten und ließen ihre Beinchen sehn,
die Schmeißfliegen legten Eier,
sie tranken ihr Bier,
dann ging Charlie zur Spätschicht
und Harry versprühte eine Ladung Flit.

DICHTER IN DER NACHT

Ein Gedicht ist ein nasser Lumpen im Ausguß.
Charles Bukowski

Im Schulhof blüht das Butterbrotpapier.
Günter Grass

Nach der Paella killten wir
die erste Flasche Wodka, sahen daß Mannix
diesmal das gleiche Problem hatte wie wir –
nicht mal 'ne Peepshow –
wechselten zu AFN, hörten den Wolfman heulen,
Schit sagte Carl,
derselbe Sound wie 66, irgendwie lausig,
dieser ganze stinkende Schmant
immer wieder auf derselben Stulle serviert.

Na ja sagte ich, warum gibste dich auch nicht
mit dem Butterbrotpapier zufrieden.

Grass, sagte Carl.

Yek, sagte ich.
Dann war's 'ne Weile still,
nur im Spital gegenüber hörte man
die Leichenwäscher ihre kleine Nummer schieben.

Schit sagte ich als wir die zweite Pulle halb gekippt hatten,
'n bißchen Möse, bloß
sone Andeutung, verstehst schon,
Yippie, krächzte Carl, kann mich dunkel erinnern –

aber nachher sagte ich, ach was,
laß die andern ran, bei uns
reichts doch höchstens zum Stinkfinger
mit 'ner abgelutschten Ginsberg-Schwarte –

fuck poetry, dann verschwand Carl
im Schlafzimmer, ich goß den Rest runter,
die Nacht gehörte Wolfman, gehörte ihnen,
gehörte dem Butterbrotpapier.

6/1973

SAMSTAG IM SIECHENHEIM

Jeden Samstag mittag passierte dasselbe:
der alte Tom Bradley, ungefähr 85, ehemaliger
Schmied und Mittelstürmer beim FC Watford,
ein Brocken von Kerl und noch lang nicht am Ende,
schob sich in seiner Falle hoch wie 'n Eisberg aus der See,
schmiß seinen Teller Grütze in die Ecke,
Kissen hinterher, rüttelte an dem Eisengitter
das Harvey und ich an seinem Bett befestigen mußten,
und brüllte:
Laßt mich raus, Jungs! Laßt mich aufs Feld, ihr
Hurenböcke!

Es war Punkt halb vier und im Stadion pfiff der
Schiedsrichter
das Spiel an und Tom Bradley, Mittelstürmer
der Bezirksmeistermannschaft von 1907, mußte raus
um sein Tor zu machen,

und der ganze Saal im Siechenheim, dreißig Mann,
die Depperten und Ausgepowerten,
die Maroden und unheilbaren Fälle von Delirium tremens
und Krebs und Zucker und Schlagfluß und Wahnsinn,
die Pferdenarren die keine Wette mehr machten
und die Säufer die kein Glas mehr kippten
und die Arbeitslosen die keine Arbeit mehr brauchten,
die Toten, die noch zehn Jahre krepieren würden
und die Lebenden die ihren letzten Schnaufer machten,
alle feuerten Tom Bradley an:
Los, Tom, gib ihnen Saures! Gibs den Waschlappen!
Ran an den Ball! Schaff dich! Go go go!

Der ganze Saal tobte jeden Samstag halb vier,
Watford verlor todsicher und wir waren schuld,
der Nigger-Arzt und Harvey, das Oberpfleger-Arschloch
und ich, obwohl ich ja kein Limey war und schon deshalb
nichts von Fußball verstand, und wir mußten das Gitter
abschrauben und Tom seinen Bademantel überziehn und
ihn ins Bad verfrachten, bis die Jungs ihn vergaßen,
während er in der Wanne grunzte und ich seine Schrunden
schrubbte und er mit seinem gichtigen Pimmel spielte
als ob er ihn das erste Mal sehn würde,

und nach der Schicht nach Hause, die Stones hatten einen
neuen Hit
rausgebracht, »Under my thumb«, zum Abendessen gabs
Hammelbraten mit Bohnen und Stellas Alter
saß mit vergrätztem Gesicht in der Küche,
»was 'n los« –
»die Kaffer ham schon wieder verloren« –
shit, ich packte Stella und machte, daß ich da rauskam.

AM TAG NACH DEM LEBEN

Anfangen mit einem Spritzer Saft
der mir in die Hose geht,
Kopf unter der rosa Decke,
dünne Kacke in den Venen, Schnee
schmilzt durch die Kopfhaut, Finger noch
zitternd am Schnaps, der Schwanz
schon abgeklemmt, fünf Uhr früh
wenn selbst Paranoiker den AFN
nicht mehr hören können.

Anfangen als sie aufstand, die Gauloise
ausdrückte, den Rest Rotwein kippte, offenes
Haar, schmaler zorniger Mund, »massier dir
deine Eier selbst, wenn dir 'ne Maschine
lieber ist bedien deinen Pimmel
in 'nem Zigarettenautomat« –

»klappt nicht, Schatz,
der Schlitz ist zu schmal.«

Aufhören mit zuviel Magensäure
während es Tag wird, Katzenpisse
und erster Smog, rotierende Bullen, Gestank
der Verbrennungsöfen, so schmeckt
Feuilleton, und so der Irrsinn,
und die Angst holt dich ein
vor dem ersten Schnaps,
verschissener Schnee fällt auf das
was mal war, letztes Tschau
am Tag nach dem Leben.

GESCHENKT

Long Tall Ernie rockte auf dem ZDF-Piano,
in der einen Hand die Bierdose, in der andern
das Mikrophon, der Gitarrist zog sich die
Basketballschuhe aus und schmiß sie im Studio rum,
wo dreihundert dreizehnjährige Mösen quietschten,
dann kam eine total überkandidelte Schönheit
in wehendem giftgrünen Tüll und Chiffon,
irgendeine Tunte aus dem West End wahrscheinlich
mit Falsett und Monroe-Perücke, Schit,
aber bevor alles ausflippte brachten sie Melanie aufs Podium
und jede Hose in der Kneipe wurde feucht.

Samstagabend irgendwo in Sick City.

Harry nahm einen Schluck Bier,
der Typ neben ihm schwang große Reden,
eine blonde Biene an jeder Seite,
Harry starrte die jüngere an
bis sie zurückstarrte, zurücklächelte,
enges rotes Kleid, schmaler runder Mund,
gerippte Strümpfe, kein Büstenhalter, sicher im Bett
'ne mordsmäßige Nummer, heiß, heiß,
Harry selbst mit verklebten Haaren, zuviel Bier,
verklebtem Schwanz, er kippte das Glas
viel zu schnell, bestellte 'ne Lage, brannte sich
flott 'ne Kippe an, Melanie groß im Zoom
auf der Flimmerkiste, Sex yeah Sex,
die Blonde lächelte ihr kleines gefrorenes
Margarine-Lächeln und Harry dachte
an danach, das übliche Gewäsch,
ihr Steno-Job der sie nicht ausfüllte,

ihr nichts gab, klar, Fortbildung und Jusos
und dann ihre Tage, die Tampons, Sozialkritik

und Samstag Kintopp aber bitte nichts Brutales,
lieber einen Schuß Habermas und die ganze Nacht
ihre Rothändle und alles was geblasen wird
ist Rauch, Rauch, und ihr Alter irgendein Bonze
aber sonst wird Bewußtsein erweitert, immer weiter,

Schit sagte Harry und drückte die Kippe aus,
geschenkt dachte er und starrte in sein Bier,
irgendwohin.

GIB ES ZURÜCK

Gib es denen zurück die es dir
gegeben haben, den Männern die du hattest
weil sie nicht anders konnten,
und denen die dir's reinschoben
und was ganz anderes meinten,
den Männern der Parks, der Schaschlik-Buden,
der Bahnhof-Kinos und Wermutflaschen,
den Männern die du im Gras hattest
und im Stehen, im Sand neben den Gleisen,
im Schnee, in den runtergekommenen Hotels
in der Nähe der Güterbahnhöfe, der Häfen
oben im Norden, gib es ihnen zurück,
den Männern die auf den Bänken der U-Bahnen
schlafen, den Männern in Spitälern
die nicht mehr schlafen, den Männern
die hinter verriegelten Türen nach einer
letzten Ader oder dem Selbstmord suchen,
gib es den Männern zurück
die das schmutzige Futter,
das überschüssige Fleisch,
der Abfall der Erde sind,
gib es mir zurück heute nacht
jetzt wenn ich auf dir liege,
deine geborgte Zeit,
den verschwendeten Saft –
das Leben …

10/1972

NADA, WAS SONST

Na schön, du bist abgebrannt, erledigt,
Blut gehustet im Treppenhaus,
drei Stockwerke hoch, Blut
im Waschbecken, Blut im Bierglas,
Rotz und Blut auf der zerfetzten
Stellage, der letzte Rest:
Seite in die Maschine spannen, auf Null
gebracht, abschießen mit ratternden
Tasten was dich festhält auf Null:
Finale im Bunker, vier Wände aus Angst,
Paranoia-Latrine, das Gefühl
kein Fick wird noch was ändern,
die absolut sinnlosen Worte, Brechreiz,
Brechzwang, Hokuspokus Flitter und Ramsch,
kein Durchkommen, kein Rauskommen,
Barrikaden aus Suff und zerkauten Träumen,
Strom abgestellt, Leitung gerissen,
Matsch im Hirn und Affenzucker
im Mark, Revolution der rötliche
Kotzfleck an der Giftgas-Peripherie,
überall Hermes der den letzten Schuß
in den Mund setzte, the last fix, finally,
vier Uhr früh, keine Luft mehr,
mit geliehenen Fingern
an der Maschine, Relikt einer Ära
aus Rauch und Koma und Illusion …

12/1972

MISTER GO GOES KAPUTT

Berlin 68,
runtergekommene Kommune Bülowstraße,
Harry allein auf Achse,
meilenweit nichts als schwarze Hinterhöfe,
Junk-Akrobat ohne Netz auf der Suche
nach der Paranoia
die die Paranoia erklärt …

rote Schlußlichter der U-Bahn Richtung
Krumme Lanke oder Schlesisches Tor,
im VW-Bus versucht Hübsch dem fuchtelnden
Kunzelmann
zu erklären warum er noch schreibt,
kurzes Gespräch über Gedichte, Beat Generation,
Harry schluckt einen Eimer AN1,
»The Beat Goes On«,
Nadine irgendwo mit Humphrey,
Bogey, Kino am Ku'damm, »Der Schatz der Sierra Madre«,
später ein Joint unter der Eisenbahnbrücke
Yorckstraße, gegenüber »Mister Go«,
die RD-Streife checkt ihre Kundschaft
im Geflacker der Lightshow …

Hübsch flippt aus in der K1,
der Film läuft ab
wie jeder Film abläuft,
überall werden Einsätze verpaßt,
Harry kocht in der Küche einen Schuß,
Berge von Müll, dreckiges Geschirr,
eingefrorene Spaghettisoße, die ganze
verwanzte Schau, zuviel Speed im Trip,

der Zirkus fing Feuer, kaltes Grausen in der Gummizelle,
Bonnies Ranch wenn du die Kurve nicht kratzt.
»2000 light-years from home« das Hickhack
der Gelatine-Schwulen vom Savignyplatz,
Kunzelmann untergetaucht, Hannibal
mit lackiertem Fingernagel …

zuletzt kein Horse mehr.
Harry nagt an seinen Paranoia-Schrippen und nichts
ist erklärt,
Koma in Schmargendorf,
Charlie kaputt mit Lou Reed
unterm Dach, »Schreiben gegen das Leben,
Leben gegen die Realität«,
irgendwann wird der Gitarrist aufgekocht
»and he had to /
run run run« –
zehn Jahre später aufwachen
nochmal als Harry,
Mister Go ging kaputt aber der Alptraum
geht weiter …

ALL YOU NEED IS ISTANBUL

Zuletzt landete die Paranoia uns in einem eiskalten Loch irgendwo in der Nähe vom Kumkapi. Eine baufällige Moschee, ein kleiner Marktplatz mit vernagelten Bretterbuden, ein Betrunkener auf den Stufen zur Bahnstation. Abends fegen sie die Abfälle zusammen und zünden sie an. Die ganze Nacht Schnee und das Heulen der Schiffssirenen und das Rollen der Eisenbahnzüge.

Ossi ging das O aus.

– Also bitte schön ... steht da nicht HOTEL?

– Die verkaufen dir einen Sarg noch als HOTEL.

Eine triefäugige mürrische Alte trug uns in ein schmutziges, von Mäusen angefressenes Gästebuch ein. Ossi kam aus dem Knast und hatte keine Papiere. Er zuckte eine vergilbte Monatskarte der Wiener S-Bahn.

– Special Passaporte, you unnerständ?

Die Alte knöpfte uns zehn Lira ab und zündete eine Petroleumfunzel an.

– Dis way.

Weißgekalktes Zimmer ohne Fenster. Ein verrosteter Eimer in der Ecke, zwei schmale Bettstellen, Plastikbehälter mit abgestandenem Wasser, verpißter Bettvorleger. Fader Geruch nach verfaultem Obst, Sperma und Urin. Und die Kälte klammert sich an dich wie Allerseelen, wenn die toten Blätter auf die Gräber fallen.

– Na, da sind wir ja direkt im Alten Eiskeller,

– Hier findet uns keiner.

Ossi hat sich seinen Schuß gesetzt und ich beobachte, wie seine Zellen sich plötzlich stabilisieren. Sein Gesicht nimmt etwas Farbe und Kontur an. Für ein paar Stunden tritt Ossi für seine Umwelt in Erscheinung, dann zerfällt er zu einem Rest Haut und Knochen. Jetzt baut er auf dem wackligen Hocker neben seinem Bett seine letzte Realität auf … blutbespritzte Fragmente einer Wirklichkeit, die Ossi längst das Konto gesperrt hat.

– Dear Ossi. I am back in the USA and hate it so. Am also very sick. Please send me some Opium. Love and Peace Patricia.

– Bußgeldbescheid.

– Entlassungsurkunde,

– Lieber Ossi. Ich bitte dich, mit dem Spritzen aufzuhören, sonst stirbst du. Deine Roswita. P. S. Hier schneit es die ganze Zeit.

– Rawalpindi und seine Sehenswürdigkeiten.

– Im Namen des Volkes.

Ossi blättert mir seine Briefschaften hin wie ein Kartenspieler das letzte Blatt. Ich schlucke zwei Revonal zum Schlafen. Irgendwo raschelt es. Ratten. Was machen Ratten, wenns ihnen zu kalt wird? Haben Ratten Junk?

Wenn Ossi genügend O gefixt hat, können Tage vergehen, ohne daß er einen Menschen auch nur berührt. Er vermeidet den Kontakt nicht, er braucht ihn einfach nicht. Wenn der Junkie seinen Junk hat, ist er vollkommen autonom. Aber schaun Sie lieber woanders hin, wenn Ossi kein O mehr hat … dann kriecht er greinend und mit Sabber am Kinn auf der rosa Decke hin und her, rutscht auf den Knien vor Ihnen rum und schleckt Ihnen den Arsch ab:

– Ich mach alles was Sie wollen, Professor, aber geben Sie mir meine Medizin.

Ich schrecke von der Air-Mail-»Times« hoch.

– Hast du was gesagt?

– Solltest nicht soviel Revonal nehmen, die verkalken das Blut. In Kabul kannte ich diesen Typ, Peperl hieß er, der schluckte soviel Revonal, er brauchte drei Tage, um sich einen Schuß zu setzen. Hatte nur noch Kalk in den Venen, verstehst du.

Letztes Bild: ich sehe Ossi mit einer verbogenen Kanüle schwarze Blut-Klumpen aus der Spritze kratzen.

– Ich kann mich mit jedem verständigen. Alles was ich brauch, ist Opium. Alles andere können sich die anderen nehmen. Sex, Haschisch, Hausfrau, Fabrik, Costa Brava: interessiert mich alles nicht. Ich will nur Opium. Habe sogar Leserbriefe an die Presse geschrieben. Sehr geehrte Herren, als der dienstälteste Opiumsüchtige von Österreich erlaube ich mir folgende Stellungnahme betreffs des Rauschmittelmißbrauchs.

Lange Nächte, in denen wir stundenlang nebeneinander liegen, ohne ein Wort zu sagen. Und die ganze Nacht fällt Schnee auf die Wunden einer Generation, die wieder nur sagen kann:

– Déja vu.

Lauwarmer Tee in einem verlausten Teehaus um die Ecke. Der Boden übersät mit blutigem Rotz und zertretenen Kakerlaken. Vom Horn herüber das Stöhnen der Nebelhörner. Ossi ist vom Schmutz wie mit Schichten bedeckt, aber er weigert sich, ins Türkische Bad zu gehen.

– Ich bin vielleicht ein degenerierter Fixer, aber doch nicht total bekloppt. Zieh mich aus da drin und dann fallen sie über dich her. So was kennt man doch.

Er lächelte sein dünnes Junkie-Lächeln so dünn, daß keiner es sieht. Rings um den Ofen die ausgemergelten Nembutal-Sniffer der 20er Jahre. Mit Kot verschmierte Mäntel, schwarze Zahnstummel, verkrüppelte Hände. Allahs Strandgut: Empfänger nicht zu ermitteln. In der Ecke liegt einer im Koma. Der Hund schnüffelt an seinem Latz, zieht einen Klumpen in Zeitungspapier gewickeltes

Opium raus und verkriecht sich damit zu Ossi. Ossi kippt ihm sein Glas Tee auf die Schnauze und bekommt das O zu fassen. Dann ein gezielter Tritt in die Nieren und der Hund liegt winselnd unterm nächsten Tisch. Bloß ein alter Süchtiger auf Zeit, wissen Sie?

– So jung und schon so verdorben.

Ich blättere in der Air-Mail-»Times«. Das sind also nun die sechziger Jahre. Lady Westbourne schlägt die einzig vernünftige Lösung vor:

– Keep The Niggers Out.

Ossi schnupft ein halbes Nembutal.

– Du schaust so käsig aus. Wie eine Leiche auf Urlaub.

– Ich orientiere mich an der Zeitgeschichte.

– Und was gibts da?

– Die sechziger Jahre. Love Generation. LSD. Ganz Kalifornien auf einem Trip. Human Be-In. Entschuldige, ich zitiere nur. Jeder hat Blumen im Haar und sagt den ganzen Tag Om.

– Ah ja.

Er lächelt sein Nicht-Lächeln. Der Gedanke, daß Ossi mit Blumen im Haar zu seinem Dealer kommt und Om sagt, ist entschieden fantastisch. Draußen zünden sie die Feuer an und der Wind fegt den Schnee in die Dämmerung über Üsküdar.

Hinter Sindbad geht uns der Atem aus. Nichts als abgebrannte Steppe, in der du die Alpträume von morgen siehst. Hunde mit ausgebrannten Augen und zerschossenen Läufen in einem trockenen Flußbett. Sand, Sand, Sand, meilenweit nichts als verfallene Dörfer und Skelette am Wegrand. Irgendwo noch ein Teehaus. Der Alte Bange kann es nicht mehr fassen:

– Zehn Jahre Junk, aber so was hab ich noch nicht gesehen. Kotverschmierte Zeitungen in einer Blutpfütze. Eine triefäugige Hure spreizt ihre Beine. Über und über mit Eiterbeuteln und Pusteln bedeckt. Beim Ficken fällt ihre Perücke runter und rutscht in die Kloschüssel. Das kahle Kid der Koma-Zone. Alte Süchtige zögern verständnislos, wenn es um Sex geht.

– Ob mir das auch nicht schadet?

Der Alte Bange war dran. Schoß sich eine Ladung Nembutal in sein Hühnerauge und wippte anschließend durch die siebziger Jahre.

– Lieber jeden Tag Cold Turkey als so einen Horrortrip. Und dafür der weite Weg?

Der Alte Bange verschwand in einer Aura aus rosa Decken, erbrochener Galle und aufgewärmten Suppositorien.

– Wie ein Fixer zum anderen sagt: schieß, und wenn du nicht schießen kannst, stirb.

Schnee die ganze Nacht und dann Nebel über dem Goldenen Horn und im Radio plärren die Beatles:

All
you
need
is
junk

Ossi schreckt aus seinem Tran hoch.

– Hab ich das richtig gehört?

– Hat sich so angehört. Hallus, weißt du. Total weg vom Fenster.

– Jesus, da oben muß die Hölle los sein, wenn das Dezernat zu solchen Tricks greift.

Morgens als erster aufwachen und feststellen, ob Ossi schon tot ist.

– Herr Greene?

Der Mann bleibt auf der Treppe stehen, dreht sich langsam um. Man hört die Holzwürmer knarren und irgendwo das schwerfällige Ticken einer Standuhr.

– Ja, Frau Kronickel?

– Jetzt sind Sie schon zwei Mieten im Rückstand, Herr Greene. Wo soll das nur hinführen. Mein Mann hätte mir das nicht erlaubt.

Greene in zerschlissenem, ausgefranstem Regenmantel, einen dunkelblauen, durchlöcherten Schal um den Hals gewikkelt. Braune Zahnstummel, kurz geschnittene, aschgraue Haare, ein dünner, kalter Mund. Er fischt in den Taschen seines Mantels, zieht ein paar zerfetzte Traktate raus.

– Was darf es denn heute sein, Frau Kronickel? Alles über Sodom und Gomorrha oder lieber Rauschgift Späte Reue?

Die kurzsichtige alte Dame späht ins Treppenhaus. Greene lächelt ein vereitertes Nougat-Lächeln:

– Sex in den Sechzigern, Frau Kronickel?

Driftete in die Stadt und traf Jojo im Alten Gülhane.

– Da lag ich nun im Spital und brannte Löcher in die Decke. Hatte alle Scripts eingelöst und eine halbe Flasche Tinktur im Pissoir vom Club Voltaire versteckt. Die Schmiere graste ganz Frankfurt nach mir ab. Naja, sagte ich zu mir selbst, irgendwen muß der Mensch ja auf Hochtouren bringen, und wenns nur die Schmiere ist.

Regen im Hinterhof. Kahlgeschorene kleine Kinder. Süße Kringel in der Dämmerung und die Nebelhörner von Galata.

All you need is Istanbul.

Irgendwas verändert sich meistens, stellte der Alte Bange fest, nämlich Richtung Himmelreich. Geruch nach verbranntem Gummi und verbrannter Haut. In Tophane werden die Zigeuner-Nutten kirre. Schneiden sich mit irgendwelchen rostigen Messern in den Gesichtern rum, und das alles wegen ein paar lumpiger Nembutals. Der Koma Kid verzieht sich.

– Eine Schande mit den Weibern.

Dreißig Jahre später wacht Harry Gelb in einer Autobahn-Latrine auf, zerbrochene Flasche Tink auf einer Air-Mail-»Times«. Gelb starrt auf die Klotür. Irgendein degenerierter Süchtiger hat mit seinem Blut JOJO WAS NOT HERE gespritzt. Er wischt sich mit der Air-Mail-»Times« den Hintern ab und dann raus ins Leben:

– Bin noch mal mächtig gespannt auf den nächsten Horror. Greene schließt die Tür ab, versperrt die Ritzen mit Zeitungspapier. Die mechanischen Reflexe eingemotteter Süchtiger aus der Stummfilmzeit. Junkies in Aspik, wenn Sie wissen was ich meine. Baut auf dem wackligen Stuhl seine Hinterlassenschaft auf: ein paar Leserbriefe betreffs des Marihuanaproblems in Britisch-Honduras, ein Pariser mit der Aufschrift VISITEZ LE MOULIN ROUGE, ein zerfledderter Band symbolistischer Gedichte, längst verfallene Ausweise, Visitenkarten, die nie überreicht wurden, eine Kanüle aus echtem Gold:

– Damals in Chittagong.

Tote Hunde entlang der Autobahn, Geruch nach Napalm und Leichengift. In der Nähe von Frankfurt wollten wir einen Hamburger essen. Fahrt durch einen Wald, in der Dämmerung hängen überall Selbstmörder. Rosa Himmel über Höchst und der Schnee-Report in der FAZ. Der junge Hitchhiker kann das alles nicht fassen:

– So ganz ohne Liebe in die Große Welt? Was die Beatles dazu sagen. Die Zigeuner-Hure liegt am Boden. Blutspur im Sand. Irgendwo kläffen die üblichen Köter. Die Bullen brechen ihr die Zähne einzeln aus. An der Ecke wieder einer im Koma. Ossi tagelang ohne ein Wort. Morgen früh werde ich verschwinden. Im Café noch einen Kringel in die Tasse stipfen und zusehen, wie die Reinigungskommandos die Zigeuner-Hure von der Straße kratzen.

– Entweder Pumpe oder Pimmel. Beides zusammen ist unverträglich.

Und in Osküdar sieht es aus, als ob Blut auf die Dächer regnet.

– Da oben ist einer abgegangen. Am Ende des Korridors bleibt Harry Gelb stehen. Blättert seine Hände aus dem Regenmantel, starrt einen Augenblick seine schmutzigen Fingernägel an.

– Wenn es Ihnen recht ist, würde ich lieber solo sterben.

Erstveröffentlichung in Gasolin 23, *Nr. 3, 1974*

Anmerkung: Am 24. 1. 1985 schrieb Jörg Fauser, anläßlich der Neuauflage der *Harry Gelb Story*, an Benno Käsmayr, den Verleger des MaroVerlags: »Zur Ergänzung der Gedichte schlage ich eine Story aus *Gasolin* Nr. 3 vor. (…) Ich würde sie – ein Vorschlag von Carl – in die Mitte des Bändchens stellen, und zwar im Flattersatz, natürlich längere Zeilen als die Gedichte, aber etwas ihnen angepaßt. (…)«

TREFFPUNKT ALFA CENTAURI

Kaum aufgewacht, kaum da,
kommst du schon rein, Sweetheart,
wenn auch nur als Figur
aus meinem nassen Traum, immerhin
du als Schnappschuß unter zerlaufenem Mascara,
Finger dort wo der Saft sonst spritzt,
ganz auf Touren im Amphetamin-Flash,
kaltes Flackern im Raum, unten
hole ich aus der griesgrämigen Apothekerin
Polamidon raus, du oben mit meiner
letzten Vene, niemand hört zu, allein,
U-Bahn-Apotheose am Nollendorfplatz,
fixiert auf dich, die Vene am kleinen Zeh,
Regen in Berlin-West, Regen
auf dem Kontinent des letzten Scripts,
später total aufgeschmissen
in der dadaistischen Phase des Entzugs,
verwanzte Spritzen, kichernde
Ku'damm-Ratten, völlig kaputt,
abgegangen in Bellevue, aufgehängt
in Bayswater Road, Selbstmord im Supermarkt,
Harry zuletzt in Alfa Centauri, Hotel d'Europe,
mit Ploogs Funkspruch auf der rosa Decke.

3/1973

IN ABWESENHEIT VERURTEILT

Hinterhof in Alfaville, Slumgegend natürlich,
zerfetzte Teppiche im Vorgarten, nachts die Ratten
zwischen den Müllkippen am Straßenstrich,
nebenan die Swingle Singers mit einer
Nummer von Bach, brüllend heißer Augusttag,
mieses Gefühl wie nach nikotinarmen Zigaretten
oder makrobiotischem Apfelkuchen, unten
kochten die Gastarbeiter immerhin Gulasch –

eine Nummer auf der Seegrasmatratze, sie trug
die ausrangierte Wäsche ihrer Mutter,
fades Rosa, roch nach Pommes frites
und Ketchup, blondes Haar, sie erzählte
von ihrem letzten Selbstmordversuch, viel zu
heiß zum Vögeln, später ging sie
zu den Leninisten, die Wermutflasche
kippte um und ich schrie, wenn das Schwein
die Platte nicht abstellt, passiert was –

nichts passiert, amigo, nur zermatschte
Klöten oder Magendurchbruch, und draußen
in Höchst die Gaswolken, der grünliche
Tod, nachts wenn du still
und erledigt auf deinen Alptraum wartest
hörst du wie die Verbrennungsöfen
und Tripmaschinen ihr Geschäft besorgen –

sonst alles im Griff, und bestimmt nicht
in deinem, abgekartetes Spiel, sinnloses
Heulen und sinnloses Gehämmer der
Schreibmaschine unterm denaturierten

Zementhimmel, draußen der Tod auf
Raten, drinnen letzter Versuch, Finger
an die Tasten gekrallt, wo du bist
spielt keine Rolle, in Abwesenheit
verurteilt zur Abwesenheit –

ich machte eine neue Flasche auf, rollte
einen Joint, irgendwas, sonst war nichts
mehr los, kein Bach und kein Bock mehr
und später ging sie zu den Leninisten,
irgendwohin …

EIN BIER MIT BUKOWSKI

Das nächste Bier ist todsicher das Bier
zuviel, und während ich darauf warte
und schon spüre wie der Schnaps die Nieren
zersetzt, mach ich schnell die Augen auf.

Was für einen Arsch die Frau an der Theke hat.
Die poröse Zunge der Fernsehansagerin.
Desaster im »Schmalen Handtuch«.
Desaster mit Krätze und Korn
und Ratten am Sack.
Desaster fürs Fleisch,
der Saft ging daneben,
die Perücke rutschte ins Ketchup,
sie ließ das Glas fallen,
dann sich selbst:
»Euch hab ich alle gefressen.«

Langsam das Bier aussüffeln und langsam
nach draußen gehen, langsam wie die Würmer
aus dem After kriechen, die Tellerminen
sind uns längst so egal
wie das Feuilleton.
Alles in Ordnung mit deiner Menschheit,
alles ganz klar;
wenns in der Hose feucht wird, gibt's
drei Möglichkeiten:
Pisse, Blut, oder kalter Bauer.

Such dir was raus.

FROZEN MAN SYNDROM

Als ich dich das letzte Mal sah mit den Resten der
Mata-Hari-Maschine – drei Pint Special Bitter
drüben in Finch's, Regen über Notting Hill Gate –
die Hinterhöfe und dein grauer Schwanz im Waschbecken
als nichts mehr kam, frozen man, ausrangierte verrußte
Lokomotiven, verkommene fish'n'chips-Buden in North
Watford,
mürber Apfelstrudel aus dem Lyon's runtergespült
mit dem letzten Schluck Tee –

»ich kann nicht mehr schreiben, oder vögeln, das sind
alles nur Worte, Worte, schlaff wie'n nasses Handtuch
und auch das ist egal, irgendwo muß noch 'ne Pulle Wodka
sein
und ich weiß ich würde mich besser fühlen danach,
aber es ist mir schnurz ob ich mich besser fühle,
ich könnte das Radio demolieren aber das würde auch
nichts
nützen, nichts mehr drin, abgeschnitten wie der rote
Kotzfleck
da oben hinter Hyde Park, the sun is not yellow
and not even chicken« –

ausgetrocknet und zerfasert, aufgerissen
an den Rädern, rostige Drähte, nicht mal mehr Blut
wenn du reinlangst, und morgens, mit der Pisse auf den
Fenstern und Seife auf der Zunge, keinen Traum mehr
und schon gar keinen Steifen, Spaghettireste
und Menstruationspudding im Abfalleimer,
im Waschbecken, again and again,
Midnight Rambler in Europas Latrine,

Fusel spritzt aus dem Arsch und Angst und Haß,
rotierendes Blaulicht an der Decke,
und der nasse Sand der runterfällt und alles zudeckt …

2/1973

FUTSCH, AGOSTINO

Reiß dich nochmal am Riemen, Agostino,
komm, kipp den Rest Wein in die Juke-Box-Nostalgie,
feg die Wanzen zusammen, die abgeschlafften
Spaghetti, here we go again,
Bogey als Marlowe und Agostino als Bogey,
rostige Träume wie Knarren
in den Fingern, Grüße vom letzten
Karneval, über die Rambla rein
in die innerste Zone und dann schon futsch –
blutig gefixte Schwänze, zwei Schüsse
im Arsch, irgendwo heult der Wind
seinen Hämorrhoiden-Blues, draußen
nur noch das Licht des Pritschenwagens,
fertig gemacht, Agostino,
winzige Nummer im Hinterzimmer
der Paranoia-Polizei, nebenan
noch stiller chinesischer
Opium-Atem.

KURZES LÄCHELNDES SOLO

Wein, Wodka, draußen die graue Kälte,
Sick City, marodes Hinterland, Suizid ganz
banal, Fauser schreibt wieder unverständliches
Zeug, nicht tief, nicht kritisch,
nicht deutsch genug, trister Typ
der kaum was bringt außer
abgekauten Erinnerungsfotos

Edirne 68, die Franzosen auf Cold Turkey,
letztes Nembutal längst weg,
Freds Tinktur im Klo verschüttet,
zu schwach um abzuhaun, Bahnhof
von Bullen umzingelt, im Büro
stempelt der Vorsteher die Ausweisungs-
papiere ab, drüben im kalten Glimmer
die mazedonischen Berge,
hier ein Typ im roten Poncho, lang
hingestreckt, Entzug,
ein anderer, der mit dem Rattengesicht,
kniet mit irrem Lächeln neben ihm
und wichst ihm den Pint unterm Poncho ab,
bis er um sich schlägt und kommt –
schönes Gefühl wenn der Saft
in die Hose geht, wenigstens etwas,
panisch, paranoid, aber noch nicht
gekillt, irgendwas zuckt noch
im Niemandsland wo keiner
je zu was ja sagt,

aber nichts fürs Feuilleton, Fauser,
okay ich laß den Vorhang runter,

was sonst, drüben im Verhandlungssaal
euer inneres Auschwitz,
dreh mich zur Wand, allein, klar,
kurzes lächelndes Solo
bevor es wieder losgeht,
so leicht lassen sich Irre
nicht umlegen …

BORNHEIM BLUES

Bergerstraße Sonntagabend gegen sieben
der Buchmacher fegt die zerrissenen Wettscheine zusammen
Full of Beans hat nichts gezahlt My Love nur 25 für 10
irgendwelche Ackergäule und Schindmähren
Foto-Finish und Futsch
assortierte Kastraten kichern hinterm Paravent
ein Tag für die Rentner und ihre zwei Mark Dreierwette
wenn ich jetzt heimlatsche
kein Bier im Eisschrank
und nicht die Spur einer Möse im Bett
Lady oh Lady
Bergerstraße als ein Ausschnitt aus der Selbstmordzone
Geruch nach Gulasch und Pisse und Hinterhof
City
die sich in den Wind schießt

nicht die Spur einer Möse
immer der gleiche Schmant auf dem Teller
jemand sagt das bist du
deine Zigarre zu vierzig und dein Pint zu Null
krepierte Fliegen im Schnapsglas
irgendein müder Irrer lehnt die ganze Nacht
im Delirium an der verrammelten Haustür
laß rammeln Harry
laß andere ihr Fleisch in den Pritschenwagen prügeln
und die restlose Dämmerung genießen jenseits der Gitter
mit Valium 10 und Distraneurin
Lady oh
Lady

und später nochmal das Ganze und immer wieder das
Ganze als Nichts
der Gaul der zu spät kommt die leere Flasche im
Niemandsland
irgendwas wird immer offeriert

Schwanz
eine Chiffre die nichts mehr verschlüsselt
irgendwas für Lady
zuletzt wenn der Regen alles erstickt

EIN DRINK MIT HARRY BELAFONTE

Hängengeblieben in einem Kosmos
aus verwanzten Hotelzimmern
Nebelhörner vom Hafen
Bellevue in abgestandener Pisse
zerfetzte Rip-Kirby-Comics
mit Blutflecken in der Kloschüssel –
nichts zu tun
als abzukratzen
und nicht mal das
haut hin.
Weissners letzter Brief
in der Unterhose
zerhackte Morsezeichen
zwischen Hämorrhoiden
die grüne Kuh im Pink-Gin-Koma
Porno aus Gaselgastein
vor einem Hintergrund
von Greta-Garbo-Transvestiten
ölen die Brüder Sass
die Knarre, mit der sie
umgelegt werden.
Letzter Drink Hombre
aus einer Suppenterrine
mit rostigen
Kakerlaken.
Geh nach Haus
Harry vielleicht
klappts mit dem Nudelwalker
und laß die U-Bahn ölen
bevor du dich
auf die Gleise legst.

2/1973

ZWISCHENZONE

für Jürgen Ploog

Endlich allein
nur noch Marylou
mit dem verschwommenen Blick
Heizsonne in der Vagina
allein
mit der Restauflage orientalischer Hotelzimmer
und dem Gehirnstrudel vom Marble Arch
Jojo am Bongo Zucker für den Affen am kleinen Zeh
allein mit den Mutanten der Lexington Avenue
Quallen verkleistern die Strandcafés
schwunghafter Handel mit Dildos
genau dort
bleiben wir.

Penang
Heroin-Prise am Hafen
Azaleen und Almeyer's Wahn
Veronal im Zwischenhirn Peripherie
reduziert auf Pupille
chinesische Gongs Derwisch-Geheul
zwischen den Lampions schneidet der Sex
seine westlichen Fratzen.

Dean Moriarty
in der Knautschlack-Fassung für die Empty Generation
das berührt nicht mehr
seine Spur in Jazz-Landschaften
aus Kakteen und mexikanischem Koma

Hermes nebenan dem keiner mehr zuhört
der Rest für die Dealer
Schmeißfliegen im Blut
Hirn spritzt
über Marylou.

MANCHMAL MIT LILI MARLEEN

für Helmut Spielmann (1944–1971)

Was zu beschreiben bleibt
wird nicht leichter weil es
das einzige ist
immer wieder der Regen die Gesichter
der Sterbenden und der Toten

als Kerouac starb war ich in Istanbul
ein Jahr später sagte meine Mutter zufällig
»Der ist schon lange tot«

Und die anderen
die sich in Cold-Turkey-Gefängnissen aufhängten
in Badezimmern absackten oder einfach irgendwo im Park
die gleichen Gesichter die gleiche Sinnlosigkeit
das kalte ausgehungerte Fleisch
nachts träume ich manchmal von der Spritze
ich hab gesehn wie sie sich in Penis
und Halsschlagader fixten
meine Freunde in der Morphiumbaracke
ich selbst habe Narben außen und innen
Narben die nie verheilen Bilder die nichts auslöscht
was ist Leben am Ende als ein Tropfen in der Kanüle
oder Tod etwas anderes als sich weigern noch was zu sagen
die letzte zerbrochene Flasche im Sand
Cassadys Kopf auf dem Eisenbahngleis
Hermes der sich in den Mund schoß
und das alles schon zu oft gesagt
immer schwerer zu beschreiben

die Nebelhörner die Frachter die Jahre der Sucht
die Jahre der Cafés der Irrenhäuser
die Nächte ohne Opium

ich stelle keine Fragen mehr
wie Hermes sich noch Fragen stellte
auf die er die Antwort schon wußte
Regen und Whisky und Winternebel im Park
Nachmittage in der Interzone der Infernos
allein mit dem Radio und weit weg mit Erinnerungen
und manchmal mit Lili Marleen

17. 12. 1972

HOMMAGE À SPEEDY

Speedy Gonzales mit den ausgeflippten Augen
Speedy an der Autobahnauffahrt Mannheim/Arizona
Flecken vom letzten Gelatine-Fick auf der Lederjacke
Überdosis Sex in die Kloschüssel gekotzt
Jazz-Cafés unterm Fingernagel
rauchende Selbstmord-Silos
Speedy Gonzales dein blutiger Schädel auf dem Ku'damm
mit ihrer Tunten-Kultur konnten sie dich nicht einwickeln
mit keinem ihrer Systeme konntest du was anfangen
verlauster Hitchhiker in der finalen Flash-Periode
Speedy Gonzales der Abbruch- und Irrenhäuser
kalte Explosion von Kotter Aorta und Wichse
Gehirne platzen wie Morphiumkristalle
Kirmes-Killer und Lederjacken-Lear
dein Schwanz paßte nicht in ihre Mandala
unterbelichtete triste Vorstadtmoräne
deine Anarchie immer nur Alptraum
in keiner Beat-Anthologie zu finden
Speedy Gonzales weint Sperma
in der Windstille der Sucht

6. 4. 1973

CUT CITY BLUES

für Carl Weissner

Erinnerungen an morgen
Erinnerungen an Carls letzte Wohnung
der Feldstecher aus San Francisco
Bukowskis Briefe mit Wichsflecken
irgendwann setzte er ein anderes Gesicht auf
und verschwand in Taormina
wo wir alle irgendwann verschwinden
später die Ansichtskarten
mit zerhackten Suppendosen Autowracks
und blutigen Tampons
Erinnerungen an das zerschnittene Gesicht des Dealers
fünf Uhr früh in der Roxy Bar in Westende
Pélieus letzter Tango im Ölschlick
Junk-à-go-go im expressionistischen Stil
Cold Turkey nach Vagina und Schanker
auf der gefleckten Matratze dreimal das I Ging gefragt
und doch nichts gewußt
Erinnerungen an heute
an Autofriedhöfe und den Jazz der Tottenham Court Road
Cafés
Erinnerungen an Trichomonaden und geplatzte Venen
in verlassenen Tankstellen und verlausten Latrinen
Opium Jones bedient die automatische Sprechanlage
the man within
Erinnerungen an die letzte Flasche Wodka am Sloane
Square
Eiterbeulen im Hyde Park Terry lebte in einer Plastiktüte
mit Trichloräthylen eine ätherische Schöne aus grüner Pisse

it's nothing she said
Erinnerungen an die subkutane Periode in Heidelberg
Speedy Gonzales schluckte zum Frühstück drei Irrenhäuser
andere verschwanden spurloser
in ihren zerstochenen Pupillen
Erinnerungen an gestern
sind Erinnerungen an nichts

WESTLICHE VORSTADT

Am Fenster stehn
Ratten und Mimosen und das bißchen Leben
in Mitteleuropa
zehn Jahre ausgepreßt wie eine Zitrone
und dann geht der Saft noch daneben

Geranienpötte graue Gardinen lila Unterwäsche im Regen
Rock-'n'-Roll-Fetzen mit dem Rest Sommer im Hinterhof
Erinnerungen an Lola
oder doch lieber gleich die Flasche Korn
bleibt mir vom Hals mit euren Gebetsmühlen und
Lenin-Litaneien
was zu verändern wäre ist unveränderbar
immer der gleiche Wichsfleck
zerebrale Desaster danach
die kein Veronal auslöscht
schwarzer Jazz rinnt aus Geschwüren
Ray Charles' solitärer Blues
im tiefsten Dunkel der Dämmerung

Später ein Bier mit den Rentnern und abgetakelten Nutten
falsche Gebisse Bartflechte schiefe Absätze und Arthritis
Klumpfuß kotzt in die Latrine Krebs schiebt mit Fettleber
ab
Perücke rutscht ins Spülwasser Krampfader deliriert la belle
de nuit
und aus allen dringt zuversichtlich
der Geruch nach Gas
unten schrieb Fallada zuletzt
läßt es sich auch leben

am Fenster stehn
wie ein stellungsloser Clown
vier Etagen
über der letzten Vorstellung
seine Angst
ein letztes winziges Om

HIGHWAY 65

Tagebuch aus Tankstellen
Nachtcafés Fernfahrerkneipen Rangierbahnhöfen
La Tristesse eine Nutte im Regen
Europa ein ganz anderer Kontinent
marode Bilder in abgewandten Gehirnen
entzündete Figuren Fieberfinalisten in verrutschten
Weltbildern
nach Vorwarnung disqualifiziert
von den Marxisten in der Beletage
und auch sonst solo oder schubweise erledigt
in Irren- und anderen Spezialanstalten
zwischen Bakirköy und Bonnies Ranch

Highway 65
verrostete Benzinfässer und die Pinienwälder in Alicante
nächtelang nichts als das Gelaber der Tunten
zwischen Rambla und Rambla
Jones fixte immer komplett mit Anzug und Hut
zahlte mit zweifelhaften Travellers und verschwand spurlos
an den Kais von Algeciras
Nachmittage in Valencia
Preludin für zerebrale Zwischenschichten
und sonst Anarchie am Bahnhof mit den Arbeitslosen
Tramps und Taschendieben aus dem Süden
wir tauschten Zigaretten schliefen aneinandergekauert in
der Kälte
ein Lumpensammler und weißhaariger Hobo
schenkte mir eine Ampulle Penicillin
Nächte an der Costa Brava
die Enkel der Frau Carrar
verhökern ihren Schwanz für zwei Dollar

und einen Trashman-Comic an Mr Nice Guy aus
Milwaukee/Michigan

Highway 65
Route durch Rattendreck gebrauchte Kondome Ölschlick
und Abgas
immer noch Glockenläuten und Brautkleider
Sonntagnachmittage
in Schrebergärten oder Fiesta später Suff und die Frau
bestiegen
Stasis
dahinter ihr Niemandsland
Afterzone im Regen
eine halbe Stunde und vin rouge
mit der Nutte im Sackkleid in Le Havre

Fotos zwischen rosa Unterwäsche im Regal irgendein
Babyface
und selbst das alles ganz anders
zuletzt das Zimmer Nähe Notting Hill
das bißchen beliebige Geschleim
spritzt in eine rostige Dose Heinz' Tomato Soup

Highway 65
tausend Schnappschüsse später
marode Erinnerungen tote Bilder
laß andere ihre Kinder kriegen und Veränderung zelebrieren
ihren Umschwung von Bierzelt in Beletage
hier haben wir schon
viel zu viel Zeit verloren
hier ist alles
zu spät

LEBEN IN MITTELEUROPA

Charlie hatte einen halben Schein verwettet
und Harry's Alte hatte ihn sitzen lassen,
sie hockten in Harry's Bude und starrten in ihre Gläser
und Harry sagte, schätze ich kann noch froh sein
wenn sie mir keine Trichos angehängt hat,
dann drehte Charlie die Platte und sagte,
ich weiß nicht, ich habs allmählich über –

immer dieselbe miese Nummer,
derselbe sinnlose Mechanismus der sich einfach nicht
abstellen läßt, du hockst da wie ein vergreister Idiot
und ziehst irgend so 'ne Spielzeugmaus auf die
ihre paar lächerlichen Runden dreht, und du versuchst
verzweifelt
dich daran zu erinnern, was du eigentlich wolltest,
aber du schaffst es nicht, fragt sich ob du's je gewußt hast –

diese ganze abgefuckte Horrorschau,
blutig gekratzte Hodensäcke, weiter nichts,
fuckit, und nichts mehr zu erwarten,
letztes Kapitel, end copy,
irgendwo gibts noch 'n Haufen debiler Affen,
die mit tranigen Fingern in einem Kontinent
aus verschissenen Illusionen stochern,
fun & games, yippie!
und Charlie schmiß das Glas an die Wand.

Naja, sagte Harry nach der nächsten Flasche,
du kennst ja das Kerouac-Foto von 67,
eingefallenes Gesicht, der Mund hängt nach unten,
end of the road, an die letzte Bierdose geklammert

in Petersburg/Florida, dehydrierte Palmwedel,
im Hundefriedhof nichts als eingeäscherte Mösen,

er wußte endlich Bescheid,
»der Frühling ist das Lächeln eines Wahnsinnigen«,
Harry schnickte seinen Stummel ins Waschbecken und schluckte,
was soll's –

es läuft immer aufs selbe raus, Schmierseife
fressen und auf die nächste Müllabfuhr warten
und auf den großen dunklen Bruder der husch-husch macht
und Sense und das war's dann, ein Eimer voll Scheiße,

ein Eimer voll feuchtem Zwieback,
ein Eimer mit grünen Kutteln und blutiger Kotze,
abgewichsten Heringen und marinierten Ratten,
yeah, Leben in Mitteleuropa,
als Soft-Eis aufwachen, als Eisklumpen einschlafen,
im Hintergrund dudelt das Radio immer den gleichen
sinnlosen Song, kakadu/kakada,
irgendwann schnappst du über und gehst mit dem Hammer
auf die Spielzeugmaus los und natürlich
triffst du immer daneben, immer nur
dich –

sie ließen sich vollaufen,
dann wankte Charlie die Treppe runter
und Harry stand überm Spülstein und wartete auf irgendwas,
auf Trichos, Tripper, Tralee,
kakadu/kakada,
Scheiße sagte Harry, stehn wirs halt durch,
er wartete bis es ihm kam.

DIE KILLER KOMMEN FRÜH GENUG

Dich einfach hinfallen lassen
auf die plattgewälzte Matratze
oben oder unten
ist egal

irgendwelche letzten Zimmer wird es noch geben
irgendeinen Hermes oder Frankie Machine
letzter Orgasmus
mit dem Strick um den Hals
während sie draußen vorbeiflitzen
mit ihrem sogenannten Leben
Beine breit machen und Revolution skandieren
okay du weißt die Welt ist schizo
wen juckts

laß sie ihren Schmant selber fressen
die Schaumschläger und Dauerlutscher
Radarregen fällt auf den letzten verschissenen Deal
gieß deinem Geschwür noch was nach
deinem laut- und absichtslosen Geheul
die Killer kommen früh genug
aber wie sie aussehn
bleibt sich völlig gleich

TROTZKI, GOETHE UND DAS GLÜCK

Gedichte 1974–1979

I. 604 RIVERSIDE DRIVE

VOR DER TAGESSCHAU

Man kommt leicht angetrunken in das, was
Zuhause ist, zum Grog, zum Krimi,
zum Halbmond. Keine Rede von Selbstmord.
Träume.

Träume, Nebel, Kälte. Wasser heißmachen
für den Grog. Pissen. Gasheizung anschmeißen.
Das Gas leckt. Leichte Gasdröhnung, und auf
die ersten Gedanken, auch Bilder
warten. Grog, Pressack, die Zeitung.
Abwarten. Gelassen bleiben. Roth
hatte es schwerer. Träume. Zigaretten.
Gasträume. Laster draußen, Bäume im Regen,
Preßlufthämmer. Auch Stehausschänke.

CSU in jedem Briefkasten. Keine Münze,
auch keine Gefühle. November.
Vorstellung: Gefrierfachproduzent sein
oder Disc-Jockey, Stadtrat,
statt dessen lieber
November, Stehausschänke, Gedichte.

Später Bus nach Schwabing,
Gespritzter im Perkeo. Eiszeit im Perkeo.
Bleib gelassen. Mal vorbeischaun,

Frauen, die nicht deine Frauen,
Kinder, die nicht deine Kinder sind,
du bist nicht der Typ, du kriegst
Bock. Andechser Bock. Keine Gefühle,
aber du versuchst doch noch,
du versuchst noch Wörter, Sätze,
keine Gedanken, nur Bilder,
Bilder, und dann gnadenlos
die Tagesschau.

SCHMANT MIT COLA

Wir waren grade dabei
unsre Hühneraugen mit Koks
vollzupumpen, da hörte ich
diesen Horror-Sound:
Chinesin mit Strauß im Clinch,
oder Rilke, von Mickymäusen
angenagt. Ich starrte Dimi an.
Er schob sich das Ding rein.
Ich starrte das Ding an.
Ein Jojo klapperte kurz durchs Zimmer,
grün fluoreszierende Funken,
du liest zuviel Leitartikel, sagte Dimi
und schoß sein vereitertes Auge
in das Mantra an der Wand.

Ich verstand nichts mehr,
der Sound war weg,
ich schob das Ding rein
und Dali komplett mit Buckel
und silberner Monroe-Perücke
tanzte im McDonald's gegenüber
einen Strip auf den leeren Tischen.
Wer spricht von Siegen, sagte Rilke,
dann verflachte alles,
ich roch Gas, Dimi war weg,
ich hörte Mickymaus kichern
und steckte mein Ding
fester rein,

dann kam ich langsam zu mir
auf der Matte, B 3 plärrte,

ich hatte meinen Schwanz in der Hand
und kicherte, Verkehrsstau
zwischen Schleißheim und Allershausen.
Kälte, die Gasheizung zischte,
ich zog den Bademantel an
und tappte an den Briefkasten.
Eine Mahnung der Stadtwerke
und jemand war der Überzeugung,
ich solle trotzdem
SPD wählen.
Ich warf mich wieder hin,
griff nach dem Glas neben mir,
warme Cola mit Rum.
Ich schüttete
den Schmant runter.
Es schneite
immer noch.

BOCKBIERABEND

Wenn ich so beim Bockbier sitze
mit meiner qualmenden Dutch Master
zwischen den Zähnen
und über den Hof starre
auf die Hauswand gegenüber
und den Katzen zuhöre
denke ich manchmal an die Mädchen in Rabat
an die singenden Blinden in der Medina
an den einbeinigen Bettler am Blumenmarkt
an das warme Bier am Strand
an den Abend in Casa
als sie uns Tickets andrehten für den Zug
der längst über alle Berge war
an die Hitze und die Zuhälter im Hotel Le Petit Chaperon Rouge
an die Nacht in der Bar Bowling
mit Kif und Pernod und Huren auf unsrem Schoß
wie wir besoffen unsre Bäuche über die Tanzfläche schoben
und an den Krüppel
der in der Dämmerung die Sägespäne zusammenfegte
ah
Messieurs
beim Bockbier schmeckt alles nach Blues
in diesen letzten schwülen Sommernächten
wenn die Städte ausgelaugt sind
und die Gewieften unter den Pennern
bei der Heilsarmee
den Wintermantel buchen
irgendwo Radiogedudel
Religion
oder Schlüpfer im Bidet

die Zigarre geht aus
Ginsberg würde jetzt loslegen
ich warte darauf daß es klingelt
und jemand mit mehr Bier
und anderen Gedanken kommt.

TANGER SUTRA

Komm mit mir nach Tanger sagte er
ich kann ohne Tanger nicht leben
und in Tanger nur mit dir
sie biß ihn in die Schulter
er stieß mit einem Fuß
die Wermutflasche um
dann lagen sie im Clinch
und dann war er drin

und in Tanger ging ihm das M aus
und sie bekam die Krätze
im Café de Paris schnorrten sie
die reichen Homos an
und im Café Tingis
die erfolgreichen Hippies
Palmen verrotteten am Rand
der Bidonvilles
Tanger
Radio Tanger
blutiger Anus Tanger
Tanger à deux
und Solos Suizid
am Gran Socco

halbe Flasche Fundador
im Hotel Astoria
von Kakerlaken verhaftet
von Op-Art-Wanzen gefoltert
sich zu Tode geschlafen
im Sand zwischen den
Eisenbahngleisen

Tanger amour fou
Lächeln frisch gelöschten Kalks
Gelächter der Huren
wie brennender Dornbusch

ah sagte er
wenn wir in Tanger wären
könnte ich sogar
mit dir sterben
es regnete IG Farben
in Frankfurt/Main

Rabat, 26. 7. 1975

AM TAG ALS DER EMIR KAM

Als der Emir von Katar nach Rabat kam
stand ich zweieinhalb Stunden bei 32 Grad im Schatten
auf dem Platz vor der Moschee *As-Souna*, mitten in der
Sonne,
mit ungefähr 729 anderen Kindern, Irren und
aus den Cafés ausgesperrten Tagedieben von Rabat,
davon die Hälfte Spitzel in Zivil,
gut bewacht von einer Kompanie cooler
habichtäugiger wüstengestählter Soldaten
des Königs.

Natürlich hätte ich mich diesem Martyrium
nicht so ohne weiteres ausgesetzt,
aber wie gesagt, die Cafés hatten geschlossen
und dann fiel mir Hemingway ein, der
die Leiden der Griechen auf der Flucht
beschrieben und selbst unter Läusen, Leichen
und viel schlimmerem als Durst gelitten hatte,
und ich sagte mir, daß ich ziemlich blöd dastünde,
wenn irgendein Narr mit einer Handgranate,
ein Aficionado des Freitods,
den König von Marokko samt seiner Eminenz
dem Emir von Katar exekutierte, während ich
auf der Suche nach einem Campari-Soda
ins zeitgenössische Abseits
stolperte.

Ich stand also da, angelehnt an einen Schuhputzer
und einen Hilfskellner, in Tuchfühlung
mit den Claqueuren der Könige, den Taschen-
dieben, Zuhältern und Touristen,

und langweilte mich allmählich zu Tode,
während eine Folklore-Gruppe,
eine Handvoll ältlicher Herren und rundlicher
Damen in der Landestracht, monoton
vor sich hinstampfte und die Würdenträger
von Rabat, auf der Ehrentribüne,
ausgiebig Gelegenheit hatten, ihre neuen
Gebisse und tadellosen Maßanzüge
herzuzeigen.

Die Soldaten bewachten das Volk,
die Offiziere die Soldaten,
die Würdenträger die Offiziere,
die Sonne bewachte uns alle.

Nach zweieinhalb Stunden plötzlich Schlag auf Schlag:
Hubschrauber über uns, eine Armada von 20 Meter langen
schwarzen Wagen, wie sie sonst nur, dem
Hörensagen nach,
die Mafia für ihre Beerdigungen benützt,
und mindestens 100 Leibwächter, Hand am Revolver,
strategisch über den Platz verteilt. Aus einem
der Leichenwagen hastete ein kleiner dicklicher Mann
mit rotem Tarbusch, der König, neben ihm ein bärtiger
Beduine, der offensichtlich unter Verstopfung litt,
ich kenne diesen Gesichtsausdruck, diesen angespannt
nach innen gekehrten Leidensblick: dies also
seine Eminenz Scheik Khalifa ben Hamad
Al Thani, der Emir von Katar.
Ich wartete auf die Reden.
Statt dessen klatschten ein paar Leute
etwas verlegen in die Hände, zwei oder drei
Fähnchen wurden geschwenkt, einige Maßanzüge

küßten dem Emir die Hand, ein paar Kinder
wurden zusammengestaucht, ein Baby plärrte,
ein Soldat kratzte sich am Kopf und ich sah,
daß er unter der Achsel fast so naß war
wie ich,

dann klappten die Wagentüren lautlos zu
und König, Emir und die 100 Revolver
verschwanden hinter den Mauern
des Palasts.

Die Folkloristen und Claqueure wurden in ihre
klapprigen Busse verladen,
die Show war vorbei,
die Läden der Cafés rasselten hoch,
und ich bestellte einen Campari-Soda
und sagte mir, es muß auch
Tage gegeben haben,
an denen Hemingway
umsonst gelitten hat.

BELUTSCHISTAN JOE IM HOTEL PETIT CHAPERON ROUGE

In der Bude waren es mindestens 60 Grad,
und jedesmal wenn er einen ließ,
fing die lila Überdecke zu glühen an
und verkohlte ein Dutzend Wanzen.

Er hatte die Füße in einem Eimer mit
geschmolzenem Stangeneis und eine Flasche
dampfendes Bier in der Hand,
saß am Schreibtisch während die Handelsvertreter
und untergetauchten Dealer nebenan
Rühreier kochten, und schrieb:
Rilke, Rabat, Rübezahl, oh
rosenfingrige Dämmerung
über dem alten Filmriß …

Quark in dieser Richtung.

Die Tür ging auf, wahrscheinlich
waren die Angeln geschmolzen,
und der pockennarbige Zuhälter
aus der Pharmacie gegenüber
schob eine verschleierte Fatima rein.

Halt mal, Mustafa, sagte Joe,
ich hab diese verdammten Klischees
bald satt, demnächst krieg ich
den Schiller-Preis und dann Africa,
Addio!

Mustafa nickte nur
und verschwand.

Die Fatima
nahm Joe die Bierflasche
aus der Hand, trank sie ex
und zog sich aus.

Bei Lumumbas Ohr! sagte Joe,
du kannst meine Rühreier
und meinetwegen auch meinen Schwanz
haben, Fatima, aber nicht
mein Bier!

Ah, sagte sie und faltete ihren
Schleier zusammen, Männer!
was ihr könnt, kann doch jede Gurke,
jede verrunzelte Steckrübe, pah!
auf der Schreibmaschine, ja, da könnt ihr
euch einen runterholen, euch vollügen,
gegenseitig abwürgen, Politik, Feuilletons,
der ganze Schwindel in euren Köpfen,
plus Vivaldi und Schiller, und wenn das
nichts nützt, die Legion! ah!
lauter Giganten, lauter Propheten,
Mohammeds en masse, und wenns darauf ankommt
fickriger als die fickrigste
Maus …

DAS LASS ICH MIR NICHT BIETEN,
DU VERLAUSTE PILLENDREHERIN!
schrie Joe und achtete nicht
auf verschiedene platzende Adern,

DEINE MUSCHI IST JA SCHON MIT MOHAMMED
OBSOLET GEWORDEN! JAWOHL! VIVALDI!
JAWOHL!
SCHILLER! JAWOHL! FEUILLETON! DAS
ABENDLAND!
JA! RILKE! AH WIR! JAWOHL DIE LEGION!
SCHWÄNZE HART WIE KRUPPSTAHL! DAS SALZ
DER WÜSTE GOBI! OH RÜBEZAHL!

und er warf sich
auf Fatima
und fiel in Ohnmacht.

Als er zu sich kam
war es Dämmerung,
der Muezzin heulte,
und auf der Schreibmaschine
saß eine Maus
und schiß.

Rabat, 31. 7. 1975

604 RIVERSIDE DRIVE

Es ist lange nach Mitternacht
und die Musik ist verstummt
nur die Hydranten verspritzen ihr Wasser
und die Katzen beobachten die Ratten
es ist immer noch heiß
und an der Laterne baumeln 3 Paar Tennisschuhe
wie 3 Paar futuristische Erhängte
die Kakerlaken flitzen durch die Küche
der Neger schnickt seinen Joint in den Hudson
die Skyline von New Jersey reduziert auf
einige flimmernde Lichter
es ist still
nur der Ventilator brummt
verteilt warme Luft
auf meinem Rücken
die Vorhänge schlaffe Leichentücher
das Eis schmilzt im Glas
die Zuhälter schnarchen
die Nutten spielen Reise nach Nirwana
der Streifenwagen fährt langsam am Riverside hoch
Richtung Garage Latrine oder Tod
Richtung Bronx
es ist die Stunde aller ungeschriebenen Gedichte
es ist keine gute Stunde um noch wach zu sein
Neon Radar in Amerikas Gehirnzellen
was tu ich hier
worauf warte ich
auf Schlaf nein
auf Medusa
auf Rausch minus Horror
auf den irren Bomber

der uns alle
weckt

6/1976

DICHTER IN NEW YORK

New York City, Sommer 76. 92 Prozent
Luftfeuchtigkeit. Als würdest du in einer
Eisernen Lunge durch lange Korridore laufen,
und dann fällt der Strom aus. Selbst die Ratten
machten schlapp.

Als ich in MacSorleys Taverne
in der East 7th Street auftauchte,
waren sie schon ganz schön abgefüllt –
Jack, Charles und Michael. Der Tisch
stand unter dunklem Bier. Eine verknuste Lady
aus Philadelphia versuchte, Jack anzumachen,
er aber stürzte alle Viertelstunde aufs Klo,
um Salbe auf seinen Hämorrhoiden zu verteilen,
und sie bekam ihn nicht richtig zu fassen.
»Du siehst aus wie Bob Dylan mit 80«, sagte sie.
Sie meinte es als Kompliment.
»Scheiß Dylan«, sagte Charly. Michael holte Bier.
»Was macht Carl?« fragte Jack. »Übersetzt Dylan«, sagte ich.
»Siehst du«, sagte die Lady. »Selbst die Krauts
lieben Bobby.« »Das sieht ihnen ähnlich«, sagte Jack.

Vorne fiel einer um. Die Hitze. Jack kam aus dem Klo,
völlig verschmierte Finger. »Ja ja«, sagte er,
»'n häßlicher Bierbauch braucht verdammt
lang, um's in dieser Branche zu schaffen.«
Er hatte gerade in einer Small Press
ein neues Buch rausgebracht, ein richtig
bibliophiles Ding mit Schallplatte.
In zwei Jahren würde es seine 50, 80 Dollar
wert sein. Jetzt verscherbelte Jack

seine Belegexemplare für 3 Dollar 50. Biergeld.
Einer der großen Straßenpoeten der 50er Jahre,
selbst an die 50, Bierbauch, Hämorrhoiden,
immer mit dem Arsch an der Wand, aber
nicht kleinzukriegen.

Wir zogen noch um in eine Pinte an der Mercer Street,
dann kaufte ich ein Sixpack Rheingold
und wir fuhren zur Bukowski-Lesung
in der St. Mark's Church. Im Taxi sagte Jack
auf der Bowery: »Auf dieser Straße sind 'ne Menge
Leute gestorben.« Er starrte raus. Vielleicht
starb gerade jemand. Die Lady
war nicht mehr dabei.

Die Kirche war gerammelt voll, und immer noch
drängten sie sich herein, die Dichter und ihr
Publikum – die Hausfrauen, Zuhälter, Säufer,
Kellner, Diebe, IBM-Abteilungsleiter und
anderen Dichter – und Malanga hüpfte in Shorts
herum und filmte, und die Hitze trieb Blasen,
und es stank nach Schweiß und Bier und Rauch,
und dann kam Bukowski reingetrottet
mit seinem Sixpack Budweiser,
Sporthemd und Jeans, die ihm
zwei Nummern zu groß waren, und las.

Und die New Yorker waren zahm und verlangten nur ein
bißchen Ermunterung und sie lachten gern und reichlich
und applaudierten wild und kicherten,
er hätte auf sie pinkeln oder tot umfallen können,
sie hätten gekichert und applaudiert, besonders
wenn er tot umgefallen wäre, und die Kameras blitzten

und die Bierdosen gingen herum und Malanga lichtete ab.
Jack schlief irgendwann ein. Bukowski las exakt
eine Stunde, ohne sich zu betrinken, ohne ausfällig
zu werden und ohne auf sie reinzufallen, dann
tat er den letzten Schluck, klappte das Buch zu,
brummte »Thank you, good night«, gab Autogramme
und verschwand.

Wir drifteten weg zur Bowery und tranken bis vier Uhr.
Die Lady aus Philadelphia tauchte wieder auf und
wir kauften ihr einen Hamburger, dann sagte sie:
»Ich dichte auch« und wollte uns ihre Gedichte
zeigen, sie trug sie mit den
Fotos von ihren Männern und Kindern und Dichtern
in einem fettigen Umschlag mit sich herum,
aber das legte sich dann, und irgendwie
verloren wir sie aus den Augen,
und Jack aus den Augen, und Michael aus den Augen,
und dann hockte ich mit Charly
in einem Taxi und wir fuhren durch New York,
vier Uhr früh, immer noch viel zu heiß,
der Kanaldampf stand wie Rauchfahnen in den Straßen,
irgendwo am Times Square besorgte Charly sich ein paar
Aspirin,
die ersten Frühsportler trabten schon
durch den Riverside Park, der Hudson River
lag im Dunst, und wir waren müde
Dichter in New York und saßen stumm
mit dieser Welt im Taxi und fuhren hoch
zur 137ten wo ich wohnte,
und Charly spülte die Aspirin runter
und haute sich auf mein Bett
und ich kroch zu einer Freundin, die sauer
wurde als ich sie weckte, weil sie früh rausmußte.

Siehst du, sagte ich im Einschlafen zu Jack,
Dichten ist wie Schlafen, nachher beklagt
sich jeder, er hätte nicht genug gehabt,
und ich hoffte, daß Jack
seine Hämorrhoidensalbe
nicht verloren hatte.

STARDUST MOTEL, HOLLYWOOD

Am Swimmingpool hockt heute nacht eine dunkle
Schönheit und gießt den Mond durch ihr Haar
und im Licht der Zigaretten-Reklame
zwischen den Palmen schwimmt sie
mit den Sternen um die Wette
alle 2 Minuten das Kling-Klang derTür
vom Drugstore & Liquor Shop über La Brea Avenue
und Tüten voll Whiskey und Icecream und Sodapops
und in den langen Schatten der Mitternacht
hält sich die Stadt ihren Neon-Puls
und alle 5 Minuten jaulen die Sirenen
der Streifenwagen und Ambulanzen
zwischen Vine Street und Wilshire
Sunset und Hollywood Boulevard
Rock 'n' Roll und das Klirren der Eiswürfel
in Cocktailgläsern und der Wino mit zerrissenen
Hosen und purpurfarbenen Füßen
legt sich ein paar feuchte Fetzen der L. A. Times
auf seinen Schlafplatz zwischen 2 Mülltonnen
drüben an der Hofmauer von Tynie's Coffee Shop
dreht den Verschluß der Flasche Port
und trinkt langsam ohne Hast und Angst
ihm kann keiner mehr

und der Süchtige im verdreckten Regenmantel
tritt aus dem Schatten des Parkplatzes
der Bar The Fog Cutter
und mit einem Lächeln das niemand angeht
überquert er La Brea Richtung Hollywood und Broadway
kalte Finger zur Faust geballt
Faust versteckt in leeren Taschen

und die Dealer und Nutten und Handelsvertreter
und Pornofilmer im Stardust Motel
klopfen Matratzen und Wände nach der Angst
von morgen und verborgenen Dollarscheinen ab
in 69 Zimmern flimmern 69 Color-TV-Sets
wie 69 künstliche Orchideen
und drüben am Pizza-Stand lachen die Señoritas
in dieser Gringo-Stadt Los Angeles
»I've been in Hollywood / I've been in Redwood /
I've crossed the Ocean / for a heart of gold«

Rock 'n' Roll im Herzen und zähe Lebenssehnsucht
unter den Schatten der Engel
das geschminkte Lächeln des Todes
und die dunkle Schönheit am Swimmingpool
hebt ihre Arme und die Palmen
wie neidische Weiber verhöhnen sie
das Leben dauert länger als die Schönheit
und ich komme mit meiner Tüte
Whiskey und Zigarren aus dem Drugstore & Liquor Shop
und gehe über die Straße
und der Wino lehnt an der Mülltonne
und schläft

Erstveröffentlichung National-Zeitung (Basel) 23. 10. 1976

NEVADA

Morgens stellte sie mir Eistee ans Bett
und ging raus um die Hunde zu füttern.
Ich trank den Tee, zog mich an
und tappte durch den Wohnwagen
in die Sonne:
meilenweit nichts als Sandwüste
und Staub und drüben die violetten Berge
und 40 Grad im Schatten, wenn es Schatten
gegeben hätte.

Wir standen in der Duschnische
bis mir das Wasser zu warm wurde,
und sie sagte lachend: du solltest mal
im Sommer hier sein.
Ich trank ein Bier.
Frühstück hab ich keins, sagte sie,
ich hab selten Besuch.
Okay, sagte ich, und jetzt?
Mein Hemd war schon wieder
durchgeschwitzt.

Später fuhr sie mich die 5 Meilen
zum Saloon. Die Berge flimmerten
in der Hitze. Einmal sah ich
ein Rudel wilder Pferde.
Und eine zweimotorige Piper
landete auf der Piste in Pahrump Valley, Nevada,
wirbelte Staub auf und irgendein hohes Tier
der Wulfenstein Construction Company
kletterte mit seinem Aktenkoffer
in den Firmen-Jeep.

Vielleicht seh ich dich nochmal, sagte sie,
sicher, sagte ich. Mach's gut.
Und sie fuhr weg.
Im Saloon saßen die ersten Biertrinker am Bier,
in der Box sang Willie Nelson
von seinem Girl in Texas.
Schwitzt du etwa? sagte Ed mit der roten Baseballkappe.
Hatte 'ne harte Nacht, sagte ich.
Er lachte und bestellte mir
ein Bier.

EINMAL HAB ICH SOGAR JOAN BAEZ GESEHN

Einmal hab ich sogar Joan Baez gesehn
ein Zipfel ihres schwarzen Abendkleids
hing in den Brunnen am Trafalgar Square
ihre Füße waren nackt ihr Haar wehte im Smog
vielleicht hatte sie Hühneraugen aber ihre Sandalen
waren mit Gold verziert und immer wenn sie an die höheren
Töne kam strich sie sich diese sexy schwarze Strähne
aus der Stirn es war eine aufregende Strähne es war
wirklich Joan Baez sie kam gerade aus der Albert Hall
und hatte sehr pazifistische Nasenflügel We Shall Overcome
und der Typ neben mir stank aus dem Maul und sagte
die würd ich gern in die Nase pimpern die Lady
und der Polizist vor uns wippte mit seinem
schwarzen Knüppel und ein paar anämische Tauben
kurvten über uns und über Joan Baez und schissen
in unsere Bierflaschen und Kinderwagen und
Haschischpfeifen
und Joan bekam nichts ab sondern sang Glory Glory
Halleluja
und ich hatte noch sieben Shilling und vier Pence
und über Battersea und Fulham hing der nasse Londoner
Himmel
und die Fahnen des Committee of 100 knatterten im Wind
und die Junkies wurden müde und die Mamas wurden
sentimental
und die Anarchisten wurden durstig und schoben sich an
Joan Baez
vorbei Richtung Soho und den Red Lion und den Pint
Bitterbier
und Joan Baez raffte ihr Abendkleid hoch und strich sich ihr
Haar glatt

und schaffte mit Sicherheit noch die Diät-Party
der Oberpazifisten und den letzten Flug nach Amerika
und die schwarzen Fahnen hingen schlaff über Junkies
Mamas Polizisten und mir
und ich schnorrte eine Woodbine und ging in den Duke of
York
und die Stadt London hob ihren verstunkenen Rock
und wir warteten

BACK IN THE USSR

Die Verrohung der Zustände, die Isolation,
Katzenpisse auf'm Kopfkissen,
das Bier wird auch schon wieder 20 Pfennig teurer
und überhaupt geht's mit uns zu Ende, tja:
politisch nichts zu sagen, poetisch
nur Sackratten zugang, oder nenn du mir mal'n
Gedicht wegen dem sich's lohnt
hungrig ins Bett zu steigen, 20 Stunden durstig nach
Norden
zu fahren, müde Mädels wieder wach
zu kriegen, zu leben –
Pustekuchen, nur poplige Popsongs
die halbe Nacht durch
und dann aufwachen mit 'ner Stromrechnung
von vor 3 Jahren und Genickstarre
und meilenweit nichts als miese Gefühle
und El Dorado, Gringo,
das war mal'n Fetzen Traum
als Träume noch
unverzollt aus Sansibar
oder Samowar
rauchten.

Aber jetzt geht nichts mehr,
heißt es.
Katatonie.
Kippe, Kurzschluß, Katastrophe.
Bestenfalls ballern sie deinen Doppelgänger ab,
da kümmert sich aber kein
Börsenverein drum.
Die Bullen haben das Sagen, heißt es.

Wozu noch Mütter in die Welt setzen,
die Töchter sind müde.
Schlechte Gebisse,
schlechte Zeiten,
oh ja, ich weiß,
was ihr meint.

Aber noch hab ich Wodka im Glas
und klimper gelassen mit Eis:
ein halbes Leben November ist immer noch besser
als gar keins.

München, 21. 7. 1976

SONNTAGNACHMITTAG: WIEDER IN SCHWABING

Dösende Taxifahrer, fette Tauben
am Elisabethplatz, kein Wermutbruder
in Sicht, auch die Krawall-Hildas
schlafen noch: sowas nenn ich mir
eine Ordnung.

Im ZumZum eß ich Tiroler Speckknödel
mit Salat, trink zwei Weißbier.
Ein grauhaariger Herr nimmt am Nebentisch Platz,
sagt zum Kellner »Das gleiche, wie immer«
und bekommt: einen Kaffee,
ein Eisbein, einen Underberg.
Sorgfältig raucht er eine Juno,
zahlt, geht. Kein Wort zuviel.
Die Musikbox spielt *Wenn ich denk daß ich denk.*

In der Welt am Sonntag lese ich,
daß die Erde bald untergeht,
sogar die sowjetische, aber wir zuerst,
weil wir ihnen die Regenschirme liefern
und dann ohne dieselben
im Regen stehen.
Ich denke, das ist eine nützliche
Information, und zahle meinerseits.

Wieviel Sonne sich da plötzlich putzt!
Ich trink noch eine Halbe in der Isabella-Klause.
Zu den Schafskopfspielern bleibt man besser
höflich, das fällt mir nicht schwer.
Es gibt Sonntage, wo einem nichts schwer fällt,
nicht mal die Welt.

Zu Hause im Keller
schenk ich mir einen Schnaps ein
und treffe eine Verabredung für den Abend.
Auf die Frau freu ich mich.
Schleicht sich da eine Unruhe ein?
Ach was, das liegt am Speck.
Fette Tauben, fette Dichter:
und draußen die schlanken Streifenwagen
der Polizei.

Erstveröffentlichung in Deutschheft, *Nr. 9, 1978*

ZU DEN FRAGEN DER ZEIT

Mir geht's wie euch, zu den Fragen
der Zeit fällt mir auch nur mehr Unsinn ein,
aber ich hoffe, es gibt in der Leipziger Straße,
in Frankfurt, an der Bockenheimer Warte,
noch die Imbißstube, wo ich oft
mit meinen Freunden, den Nachtwächtern
und Schlafwandlern hockte und über Bier
und Fritten die Frage erörterte,
ob Durutti den tödlichen Schuß nicht
doch in den Rücken gekriegt hat, und soviel
ich noch weiß, wurden wir uns nie
einig, und vielleicht spielt es auch
wirklich keine Rolle mehr,
aber da gab es immer ein paar
bediente Mädchen, man mußte nur
aufpassen, daß man keinem von den harten
Jungs mit dem weichen Leder in die Quere
kam, aber sonst war da oft eine gute
Stimmung, viel Bier, viel Gelächter,
und noch spät nachts eine saftige
Wurst und immer die neusten Platten
in der Box und um die Ecke die neuste
Basisarbeit der Studenten, besetzte Häuser,
in denen man manchmal unsäglich fror
aber fast nie allein im Bett lag,
und wenn man morgens um drei noch
Hunger hatte, und wie oft hatten wir den,
gab es genug Eierautomaten in der Gegend
die man knacken konnte, einfach
mit dem Stein drauf und die Eier raus
und gerannt, und dann wieder die seltsam

friedlichen Stunden am Wasserhäuschen, wenn man
glaubte, das Leben läuft rückwärts, und die Welt
wie eine Flocke Eigelb war, so leicht,
so sanft, mit dem grünen Laub und den
Mädchen, die man für ihr Lächeln liebte,
und die Fragen der Zeit so klar
wie der Schluck Wasser für einen durstigen
Freund …

KARFREITAG

Als er die Schuhe anzog,
riß ein Schnürsenkel.
Er aß eine Scheibe Brot
und eine halbe Zwiebel
und trank den Rest Büchsenmilch,
mit Wasser gemischt.
Er hatte noch 8 Mark 40.

Am Nordfriedhof
hockten die Raben
in den Bäumen.
Von den Bauzäunen rann
der Schnee und löste
die alten Faschingsplakate ab.
Die Kneipen hatten dicht.
In der Imbißstube trank er
ein schnelles Bier.
Es schmeckte nach Plastik.
Die Leute waren stumm
und starrten ihn an.
Auf der Georgenstraße
lief er fast einem BMW
vor die Haube. Der Fahrer
drohte ihm mit der Faust.
Im Isabella zeigten sie
Filme über die Angst.
Die Zeitungskästen
waren alle leer.

Zu Hause fand er noch
eine Dose Tomatensuppe, löffelte

sie mit dem Brot, las einen
Spillane, wichste
sich einen ab und beschloß,
morgen früh aufzustehen,
um doch den Toaster
zu versetzen. Und er dachte,
daß er den ganzen Tag mit zwei
Worten ausgekommen war:
Ein Bier. Christus am Kreuz
hatte mehr gebraucht.

BELLA ISTRIA

Bei offener Balkontür
auf der Pritsche liegen
die Zikaden hören und das Gebrüll
aus der Hotelbar

und von Glassärgen träumen
von Nabelschlangen
von blinden Staren
und katatonischen Wanzen

oder von Los Angeles
Sommermorgen mit heißen
Hüften an der Highland
Avenue
von Margaritas
und rothaarigen
Irrenhäusern

zarte Gedanken an Sex
unter istrischem Halbmond
wie eine zweite Haut
zum Überleben

und danach die Möwen überm Ölschlick
am Strand von Santa Monica
ausgebrannte Augen
ausgebrannte Hüften
BACK TO THE VALLEYS CHAMPS
Rotweinpfützen im Sand

ein leeres Lächeln
zahnlos und irgendwie
zu spät
und was kostet schon
der Untergang der Erde
diese Zikaden

METZGEREI
(ODER: A MAN CAN BE DESTROYED AND DEFEATED)

Heut abend in der Metzgerei
stand ein alter Mann vor mir
fadenscheiniger Wintermantel
eine Warze im Genick
schwärzlicher Rand am Hemdkragen
ausgetretene Halbschuhe
Reste von Ohropax in den Ohren
verknorpelte Hände
an eine Plastiktüte geklammert
und als er an der Reihe war
bestellte er mit leiser Stimme
50 Gramm Blutwurst
50 Gramm Sülze
und eine Flasche Vollbier
zahlte zögernd aus einer abgewetzten Börse
und ging rasch und ohne Gruß
in seinen Winter

und mir wurde plötzlich klar
wie sie alt
und besiegt und vernichtet sind
meine Väter

Erstveröffentlichung in der Anthologie Mit gemischten Gefühlen, *München 1978*

24. 12. 1977

Der Fluß meiner Kindheit trägt weniger
Schaum als sonst.
Wahrscheinlich Feierschicht in den Fabriken
flußaufwärts zwischen Bonames
und Schotten.

Die Berge meiner Kindheit stehen im Hintergrund
unter diesem trüben Winterhimmel
wie die Stadt,
verbaut, verkleistert, und sie pfeifen
auch aus dem letzten Loch.

Auf den Bäumen am Fluß rote Warnzettel:
ACHTUNG! AUF DIESEM GRUNDSTÜCK
RATTEN- UND MÄUSEGIFT!
KINDER UND HAUSTIERE FERNHALTEN!
GEGENGIFT VITAMIN K ...
Die Wasserratten gluckern weise
und abgebrüht und fett
im Abwasser.

Am Kiosk bei der Trambahnhaltestelle
stehen gedämpfte Trinker
und finden immer noch einen Satz,
um das Nachhausegehen aufzuschieben,
sie sind einsam, gewiß, aber noch
sind sie nicht allein
mit ihren Frauen, ihren Kindern
und ihrer Angst vor dem Durchdrehen.

Ich trinke nichts, ich geh ins Telefonhäuschen
und rufe eine Nummer an. In München
ist Föhn. In München ist Weihnachten.
In München ist München.

Die neuen Häuser hier, die hohen Türme, die roten
Trambahnwagen auf der neuen Brücke, sie alle
sehen schon verloren aus, verloren und verkommen
wie alles Neue, verkommener als der Fluß
unter der Brücke, der geduldig
sterbend das Neue
überlebt.

BAR BRAZIL

Die alte Puffmutter hinter der Theke
starrt auf ihr kleines batteriebetriebenes
Fernsehgerät. Lee Marvin
schiebt das Magazin in die Pistole,
dann fällt das Bild aus.
Wackelkontakt. In der nächsten Einstellung
liegt er tot am Boden, und nie
werden wir wissen, ob er
die Szene geschmissen hat.

Der Junge mit der Hasenscharte
schiebt mir einen Gin-Tonic zu.
Eine ganz gewöhnliche Barfliege
scheißt auf das Ohr des Königs,
der in seinem billigen Rahmen
so aussieht, als wäre er
das Land nicht wert.

Der einzige Gast außer mir
reibt die Kreppsohlen
seiner weißen Slippers
auf der Messingleiste
und spuckt gelangweilt
ins Sägemehl.

Ich sage, ich hätte gern eine Scheibe
Zitrone in meinem Drink, aber der Film
erreicht gerade seinen Höhepunkt,
und wer bist du schon, Fremder?
Ich trinke ihn einfach ohne.

Dann höre ich die dicke Blonde
mit den Zöpfchen lachen und drehe
mich um, aber die Puffmutter sagt
etwas und Zöpfchen verschwindet.
Ich überlege, warum ich nicht
mit Zöpfchen darf, komme aber
nicht sehr weit. Außerdem
ist es viel zu heiß.

Dann ist der Film zu Ende, und ich
bekomme einen Gin-Tonic mit zwei
Zitronenscheiben. Ich fische
eine Scheibe raus. Die Barfliege
krabbelt über die Theke, und
der Mann mit den Kreppsohlen
erledigt sie mit einer schnellen
Hand des Todes. Wahrscheinlich
ist er Monarchist.

Die Puffmutter entscheidet, daß ich für
heute genug Schwierigkeiten gemacht
habe und der Fliegenkiller
wird mit einem Zahnstocher
abgefertigt, aber alles
kommt doch zum günstigen
Abschluß: er repariert den Wackelkontakt,
und als Angelina kommt,
gehe ich mit ihr nach oben.

21. 8. 1977

HOTEL AVENIR

Die Blonde im grünen Tüll
zieht sich die Lippen nach
und sagt, sie hat
das Leben satt.

Sanft wie ein alter Schlager
rieselt der Schnee
über die Normandie

und dem Schaum auf meinem Bier
hat die letzte Flut
seine Krone gesetzt.

Der Poet ist ein Lumpensammler,
er kommt mit den Abfällen aus
wie die Ratte und der
Schakal,

aber für Blondinen mit Liebeskummer
ist das Leben ein einziges
déja vu:

die ewig knarrende Tür,
die Laufmaschen in den teuren Strümpfen,
der Mann, der sich umdreht
und einschläft,

indes die Laster
über die neue Straße
am Hotel Avenir vorbei
nach Paris brausen.

Mais hélas, que faire! Sie klappt
die Puderdose zu und lächelt
den Poeten an. Mag er
Lumpensammler sein!
Er ist doch auch
ein Mann.

Granville/München, Dezember 1977

PARIS, IM VORÜBERGEHN

All diese Tode, wozu?
Das Leben ist nur
ein Traum.
Und in der Welt bin ich,
Gefährten, so wenig zu Haus
wie ihr, verstehe auch nichts
von den großen Zusammenhängen,
Dialektik, Aufbau, Abbau,
alles Tinnef: mühsam
halten wir uns mit letztem
Atem über Wasser, von der Natur
für die Pflaster der Städte
bestimmt und von den Herrschern
der Städte zur Nutzlosigkeit,
nun gut, c'est la vie:
aber in dieser Nacht mit Anis
keine großen Tragödien,
nur ein Schatten
wo schon Millionen Männer
fielen, nur ein Tropfen
wo schon Millionen
Flaschen nichts nützten,
und das Gedicht ist kein Stein,
nicht für Fäuste noch Brücken
gedacht, eher gewidmet
den Huren in den hellen
Pelzen, ihren kühlen
Blicken, ihren müden
Lippen, ihrem Lächeln
und dem Duft danach,
Paris im Vorübergehn,

dem Blut aus dem Traum
der Heiligen unter den weißen
Bannern, und euch, Gefährten,
dies Glas, diese Zeile
und dann schon
adieu …

II. GESCHICHTE VON DER RIESIGEN FINNIN

SPÄTSOMMER IN HERTFORDSHIRE

Wir versuchten es auf der Wiese neben der Fabrik,
Keksfabrik, Fahrradfabrik, aber ich schaffte
es nicht, zuviel Bremsen und Ameisen, und
im Hintergrund am Teich die Angler, ich schaffte
es nicht. Dann gingen wir was trinken,
und später nochmal auf dem Boden vor dem TV,
und ich schaffte es wieder nicht. Schau, Stella,
vielleicht morgen. Ich rollte mir eine Kippe,
ging raus und hielt meinen Daumen in den Nieselregen.
Irgendein Irrer trat auf die Bremsen und hielt.

Wohin willste?
Keine Ahnung.
Steig ein.
Ein Ire, Sonntagsanzug, zu klein, schäbig,
besoffen wie tausend Matrosen.
Meine Alte hat's gerade geschafft, gerade eben hattses
geschafft, sagt er und gab Gas.
Was geschafft?
Mann, das Baby. Nach 12 Monaten. Stell dir
das vor. 'ne Tochter.
Wo willste hin? Ich hatte immer noch
keine Ahnung. Dann bistu mein Gast!
Muß nur noch Milch holen fürn Tee.
Wir fuhren, er fuhr, er raste, ich paffte.

Wir hielten kreischend, wieder eine Fabrik,
ich blieb im Wagen, er verschwand. Mir war
alles gleich. Ich hatte es nicht geschafft.
Er kam zurück mit 'ner halben Flasche Milch.
Glück gehabt, sagte er, 'n Kumpel von mir
hatte gerade Schichtwechsel.
Wir fuhren weiter. Wir hielten, stiegen aus.
Das is mein Glückstag, sagte er, stell dir vor:
nach 12 Monaten hat's noch geklappt. 'n Mädchen.
Muß 'n langes Jahr gewesen sein, sagte ich. Er lachte.

Wir gingen in seine Bude. 2 Zimmer unterm Dach,
Kennedy an der Wand, die Jungfrau Maria, 'n Sofa,
'n Radio, paar klapprige Möbel.
Er machte Tee, schüttelte den Kopf:
Heut brauchen wir was Besondres. Er kramte rum,
kam mit 'ner Flasche Irish Whiskey an. Du trinkst doch
mit?
Wir tranken. Wir besoffen uns. Auf die Frau,
auf das Mädchen, auf die 12 Monate, auf Kennedy,
auf die Jungfrau. Er kippte die Milchflasche um,
wir waren Brüder, seinen Namen hab ich vergessen.

Am nächsten Morgen, so gegen sieben, weckte er mich,
fuhr mich fast den ganzen Weg raus, immer noch
im gleichen zerknitterten Anzug, der ihm
2 Nummern zu klein war. Wir umarmten uns, ich stieg aus.
Ich fand einen Woolworth, der gerade aufmachte,
fand ein paar Shilling in meinen Jeans,
kaufte einen billigen Ring mit imitiertem Jade.
Ich trieb mich den ganzen Tag irgendwo rum,
holte gegen 6 Stella vom Büro ab (Job für
8 Pfund die Woche). Wir gingen zu ihr,

die Alte keifte, ihr Bruder
kam vom Schlachthof heim und stank,
wir hockten hinten im Garten, ich gab ihr den Ring,
Spätsommer in Hertfordshire mit einer müden Sonne,
aber später schaffte ich's endlich,
wir schafften es, irgendwas,
die Jungfrau lächelte.

AMERIKA

Jemand drückt mir Kazans
America, America in die Hand.
Irgendwann abends, wenn der Wolfman
Janis Joplin spielt, lese ich
America, America.

Eigentlich hat sich nichts geändert,
geblieben ist der Schnee,
bleiben werden die Frachter,
die Lastträger, das Messer
in der Seitengasse, die Moscheen,
der Blick frühmorgens über die See,
die Wanzen, der Geruch nach Raki,
Opium und Armut.
Das, was man endlich verstanden hat,
bleibt. Alles andere
Utopie.

Ich geh raus, München 74, Winter,
Glatteis, ein Bier nebenan,
Ruhe: nichts
ändert sich.

Ich rufe an.
Es ist spät.
Ihre Stimme: »Ist denn
irgendwas?
»Nein, nichts ist.
Konnte nicht schlafen.«
Der Wind zerrt Zeitungen
über die Kirchenstraße.
»Bis bald.« »Ja.« Ich hänge auf.

Ich liege auf der Matte, immer noch
Janis Joplin, die Toten
in einer Umdrehung von 45.
Und die Schreibmaschine.
Ich spanne einen Bogen ein.

Schnee fällt auf die Lastträger,
die Krüppel, Nebelhörner im Hafen.
Neben mir ein Drink.
Ich trinke.

13. 12. 1974

TROTZKI, GOETHE UND DAS GLÜCK

Kaum war ich von der Spritze runter,
tappte ich in die nächste Falle:
die Revolution.

Die Revolution hieß Louise,
hatte unglaublich schmale Hüften,
blitzende Augen, flatterndes schwarzes
Haar, kam aus Paris
und war Trotzkistin.

Wir wohnten zusammen in einem
der besetzten Häuser, hielten uns
glänzend in Schuß, hielten es sogar
für Liebe, und ich palaverte,
wenn Palaver gefragt war,
schwenkte Fahnen, wenn Fahnen
gefragt waren, und frühstückte
entgegen allen Lehren
des Großen Vorsitzenden
mit einer Flasche Wermut
und einem netten dekadenten Gefühl
im Bett.

Das ist das Glück, dachte ich.

Das ist das Glück, sagte ich zu Louise.
Warum lassen wir die Revolution nicht sausen,
das sinnlose Palaver und die Fahnen
und die endlosen Auseinandersetzungen
um die Maschinenfabrik in Shanghai,
suchen uns irgendeinen stillen Winkel

wo ich in Ruhe mein Bier trinken und
zwischendurch mal'n Gedicht schreiben kann,
et du reste l'amour?

Und Trotzki? schrie Louise,
und die Genossen im Knast?
Dein bourgeoises Glück, pah! Bier
und Gedichte, während die Revolution
organisiert wird!

Von da an ging alles schief. Als ich
im Suff mal mit einer anderen ankam,
ging Louise mit dem Messer
auf mich los. Dann mischte sie
bei einer Frauengruppe mit und ich
mußte nehmen was kam:
meistens nur Bier und manchmal irgendeine
neurotische Studentin, und später selbst das
nicht mehr, und dann
schmissen sie mich raus,
und ich zog woandershin.

Das alles ist etliche Jahre her, aber neulich
traf ich ein Mädchen, das noch in den Kreisen
verkehrt, und fragte sie nach Louise.

Louise, sagte das Mädchen –
die ist wieder in Paris.
Sitzt sie im Zentralkomitee? fragte ich.
I wo, sagte das Mädchen, die hat irgendson
Goetheforscher geheiratet.

An dem Abend trank ich alles durcheinander,
trank wie lebensmüde, aber als ich gestern
an dem Haus vorbeikam – es sieht
inzwischen ziemlich verkommen aus,
absolut déjà vu –
dachte ich, na ja,
vielleicht hast du doch Glück gehabt.

Erstveröffentlichung in Tintenfisch *8, Berlin 1975*

WINTER-SZENE

Draußen schneite es.
Drinnen im Keller
saß ich auf dem ungemachten Bett,
trank Alka-Seltzer aus einem Bierglas
und sah ihr zu.
Sie zog sich an.
Mußt du denn schon gehn?
Ja, ich muß den Kindern Mittagessen machen.
Und dann?
Dann muß ich auf die Krankenkasse,
aufs Finanzamt, aufs Schulamt,
aufs Einwohnermeldeamt, zum Zahnarzt,
zum Bäcker, in die Wäscherei,
Abendessen machen und dir
einen Schnaps vorbeibringen,
das muß ich machen,
verstehst du?
Ich verstand.
Sie schlüpfte in ihren Slip,
er war lila.
Weißt du, daß ich seit sechs
Wochen kein Gedicht mehr
geschrieben hab?
Dann schreib doch eins.
Und das letzte war schon Mist.
Dann schreib jetzt ein besseres.
Vielleicht hab ich's verlernt,
sagte ich.
Sie setzte sich zu mir,
ich küßte ihre Titten.
Das verlernt sich nicht so leicht,

sagte sie, stand auf, zog ihren Mantel an
und ging ihrem ausgefüllten Tag entgegen.
Es schneite immer noch.

GESCHICHTE VON DER RIESIGEN FINNIN

Sie war natürlich nicht riesig, aber
ungeheuer massig, schwabbelndes Fett
um Büste, Schenkel, Kinn –
und sehr zarte Knöchel, und wenn du da
deine Zunge kosten ließest,
schmeckte alles nach Rosen, oder
Finnlands Sommernachtssonne.

Einen Vormittag, Mittag und Nachmittag
habe ich sie geliebt.
Mit grünem Hut und Netzstrümpfen und dick
geschminktem Gesicht und einem Kichern
wie die Sünde selbst
lag sie in meinem Bett
und ich liebte sie.

Ich nahm ihr das braune Kostüm vom Leib,
den Büstenhalter, pink, und den makellos
lindgrünen Slip vom Po, ich lachte,
ich biß mich fest in ihrer Brust,
sie seufzte und schrie, selig
sind die Liebenden, der Rest der Welt
ein Mißverständnis.

Smaragdgrüne Ohrringe, eine Zunge aus Perlmutt!
Ich war dem Wahnsinn nie näher, ich fickte
ein Kunstwerk! Männer wie Rubens
wußten Bescheid, das Fleisch
der Frauen ist das Salz
der Erde.

Frauen wie die riesige Finnin
schenken dir einen Sommernachtstag
das Gefühl, als dringe dein Schwanz
in den Mittelpunkt der Erde ein,

und nachher liegst du da wie ein Mensch,
der mit Göttern verkehrt hat.

VOR DEM SCHLAF

Es ist ungefähr 5 Uhr früh
und die Musik klingt sehr schlecht
und du bist nicht da
und du weißt ja wie die Furcht
vor Alpträumen schmeckt.

Anders gesagt, wer hindert all die
magenkranken Gewerbereichseintreiber
daran, mir die Tür einzutreten, ich seh
ihre irrsinnigen Gesichter im Whisky-
nebel, ihre Fratzen, die Fratzen
der Geschichte –

»allez chanter, Mylord«, sicher,
in der Teng-Stube diese französischen
Klunten, etwas mehr Sparsamkeit
im Umgang mit der Umwälzung
hätte denen auch besser gestanden,
vor allem weil ich ihnen immer nur,
wie auch dir, ein halbes Dutzend
Stehausschänke voraus bin:
nicht genug in diesen miesen,
unmoralischen Zeiten.

Und du bist immer noch nicht da!
Ich liebe dich nicht, ich brauche
dich nicht, trotzdem warte ich
auf dich, meine Dürre
wartet auf deinen
Regen. Übrigens siegte
im letzten Rennen Anarchist

vor Schwips, und ich mußte nach Hause
laufen. Ich kann dir
nichts Genaueres sagen,
aber ich mag deine Einfachheit,
und manchmal brennst du
wie seltene Kräuter.

WEEKEND

Taten dies und das,
liebten uns
unter der braunen Marokko-Decke,
sahen fern,
all den Irrsinn,
liebten uns,
hörten die Steine
im Hinterhof wachsen,
und ich trank kaum was,
wir waren ruhig,
letztlich all das Sperma
für Ruhe, Ruhe,
etwas Köstliches
wie Palmen im Westwind.
Alle Gefahren weit weg,
dein Sohn vielleicht
mit Muskelschwäche, exzessiver
Fußball, deine Tochter
mit Rock 'n' Roll im Ohr,
vielleicht Wermut
im Mund,
ich liebe dich
unter der braunen Decke
und später Tee und Buletten
und Deutschlands, Deutschlands
Käse per Wahlschein frei Haus,
komm lach mit mir: wir fahren heut nacht
weit raus, weit raus
und klinkern mit unserm Eis
wo alles viel leichter fällt,
wo Mexiko

einfach und sanft
nach Süden zeigt
und die Greyhounds
ihren eigenen Sound
in die Straßen sirren …

EINS FÜR DIE DAMEN

Manchmal muß ich gegen euch
schreiben gegen eure Haare sogar
dieses blonde Radar
ist nicht immer entzückend

manchmal überzeugt mich das nicht
wie ihr eure Titten schwingt
eure Hintern rausstreckt oder
in der Teng-Stube
über meinem Zwiebelrostbraten
Zirkus Möse zelebriert
und will man einfach ins Bett
muß erst ein Kräutertee her
ein Gedicht oder ein Kind

auch zur Holunderblüte
fällt mir manchmal nichts ein
aber zu Dampfern nach Mexiko
und dann auch wieder zu euch
wenn ihr am Hafen steht
und die weißen Tücher schwenkt

Erstveröffentlichung in Nachtmaschine *Nr. 3, Basel, September 1977*

DAS EINWEG-BABY

Als ich sie kennenlernte war sie ungefähr 15
ziemlich gute Brüste aber sonst noch Baby
irgendson Kiffbruder mit dem ich rumgammelte
kannte sie vom Club Voltaire und dann
trafen wir sie mal total abgebrannt an der Hauptwache
ihre Eltern waren gerade in Urlaub und wir fuhren raus
Sozialbaugegend leerer Eisschrank bloß noch der Rest
Streuselkuchen vom letzten Sonntag
wir blieben eine Weile hörten Platten quatschten
irgendwie mochte ich sie
ihren klebrig-süßen Mund

Jahre später sah ich sie mit 'ner stadtbekannten Lesbe
im Onkel Max
schwarzer Pulli schwarze Männerhose
da wollte ich ihr was sagen
war aber völlig weggetreten und glotzte nur in die Gegend

ein Jahr drauf kam ich von Istanbul zurück
traf sie wieder und sie hatte immer noch diese
spitze klebrig-süße Zunge
und wir fickten mal im Studentenheim am Beethovenplatz
und am nächsten Morgen kaufte sie mir 'ne Bratwurst
und wir redeten vage von Zusammenziehn
aber dann verschwand ich in Berlin

Jahre später wohnte ich wieder im Westend
und sie in einem der besetzten Häuser
immer noch diese Zunge
ein zwei Wochen gings ganz gut
nur mit dem Reden nicht
dann verloren wir uns wieder aus den Augen

als ich zuletzt in Frankfurt war
wohnte sie einen Stock unter mir
wir trafen uns manchmal auf der Treppe
aber es war längst zu spät
ums nochmal zu versuchen
mit Zungen mit Ficken oder mit Worten

LIEBESBRIEFE

Wir sitzen in Tynie's Coffee Shop
Ecke Sunset und La Brea in Hollywood
und das Mädchen fragt mich
über ihrem Fruchtsalat
und meinem Hangover:
»Wann hast du deinen letzten
Liebesbrief bekommen?«

Ich huste in meine Kaffeetasse
und sage:
»Keine Ahnung. Muß lange her sein.
Wer bekommt schon Liebesbriefe,
wenn er nicht selbst
welche schreibt?«

Sie wirft mir einen ihrer schrägen
Blicke zu. Die Serviererin
stellt meine Rühreier
auf den Tresen.
Ich versuche den Kaffee
im Magen zu behalten.
Sie erzählt mir von dem Typ
der ihr Liebesbriefe schreibt:
»… dabei kenn ich ihn nur flüchtig.«

Der Bastard, denke ich, macht sich's
verdammt leicht. Ich seh mich im Spiegel:
unrasiert, verkatert, seit 4 Jahren kein
Liebesbrief, seit 4 Wochen
kein Gedicht.

Ich sage nichts, stochere im Rührei.
Es gibt nichts zu sagen.
Dann gehen wir rüber ins Stardust Motel
und ich hocke mit dem ersten Bier des Tages
vor der Schreibmaschine und warte
auf die Liebesbriefe
und die Gedichte,
aber sie kommen nicht,
nichts kommt,
nur der Smog über L. A.
und die Ölpest im Meer.

ALT GENUG

Sie liegt dann einfach da:
ihre Brüste, ihre Beine,
ihre Kinder. Selbst
Straßenbahnen
fahren gelinder vorbei.

Das öffnet sich alles –
Schenkel, Mund, Haar, Hoffnung:
wir sind nicht erzogen
zum Widerspruch,
wir flippen höchstens aus,
stecken Worte
auf Zungen, fürchten
wen eigentlich? Zungen?

Das eigentliche Leben geht an mir vorüber,
sagt Tom,
er hat die Traute, es
zu sagen.

Der Rest
der Mannschaft, der abgekarrten Hunde,
trifft sich in der Teng-Stube,
wartet auf das Verdikt
der Kellnerin, der Hausfrau,
der Geliebten –

gern würd ich grad jetzt dich in meine Arme schließen,
aber Welt ist Welt
und saust vorbei
niemand möchte sie missen

die Klapperschlangen
am Missouri

und du
und ich unfähig zu wissen
wie und warum
aber alt genug
um's zu erfahren.

MÜNCHEN ENDE SEPTEMBER

Der Regen platscht leise runter
und der AFN spielt Country & Western
und ein Schatten fällt über dies Blatt,
aber es ist nur der Schatten den Whisky macht
und wem schreib ich das?

Sommer in Ramersdorf, verpaßte Okkasionen
damals mit Dimi, jetzt auch schon tot,
sausendes Treibeis, amigos,
kommt nach Haus:
die Vögel schwirren schon ab,
Café Schöberl im Traum mit Kerzen
und sanftblauen Damen,
sie träumen von dir, mir,
oh ja – wir sind schon noch gefragt,
könnten Lebkuchen backen
auf anatolischen Hügeln,
wilde Hunde in trockenen Tälern
und scharfer Ostwind fegt Sand
in die Bierflaschen, ach, amigos,
hätten wir's besser haben können?

Im Schoppenbläser die Nutten
ganz blue, vielleicht englisch,
und ein wilder Radar-Regen über Eastbourne,
aus Verantwortung entlassen wie zahme Stiere,
nur immer Alicante im Aug,
die Orangen-Haine und die See
wenn sie flüchten will,

kommt nach Bel Horizonte, amigos,
scharfe Blondinen am Pool
und das Eis klimpert in schattigen Gläsern
und wie weit dies Land
wo wir Aufstand wollten
und in Rasthöfen landeten …

NACHRICHT

alles sollte zählen die Tage
und die Nächte alle
Stunden
TV Geschrei und Sirenen am
Hollywood Boulevard

bei dir
und nicht
bei dir

auch der letzte Whiskey danach
Telefonat von Trapezunt
Puma und Löwe
dein
und mein Traum

die Tasten der Schreibmaschine
berühren wie
deine Lippen
später sieht alles aus
wie ins Leere geschrieben

nur der Geschmack deiner Achseln
und das Tamburin
als Tamerlan
La Cienega sprengte

um die Uhrzeit ist selbst Mr Smog betäubt
und ich darf in die Falle sinken
und von dir
fallen

EINE FRAU DIE KEIN BIER TRINKT

Heute sind sie mir wieder sehr fern,
die großen Gedanken, die eindeutigen Erklärungen
über das Leben vor dem Tod und den Tod
vor dem Leben, alles was mir einfällt
ist diese Frau die kein Bier trinkt,

eine Frau die kein Bier trinkt
trinkt auch keinen Whisky, es ist natürlich
eine zarte Frau, aber sie darf trotzdem
einen fetten Hintern haben und eine leichte
Gastritis und ein goldenes Kettchen
am linken Fußgelenk und rasierte Achsel-
höhlen mit einem Tupfer billigem Parfüm, und
wenn sie ihre Strümpfe runterrollt gibt es
immer eine Laufmasche zu beklagen und
den Preis echter Krokodillederschuhe
und sie darf den zarten Schatten ihrer
Müdigkeit auf den Stuhl zu meiner Hose
legen wenn sie die Vorhänge schließt,
eine Frau die kein Bier trinkt
riecht nach Veilchenpastillen und Kindern
und Artischockenlikören, ihre weißen schweren
Brüste enthalten Arrakräusche und Milch-
märchen und Hinterhöfe mit süßem Schnee
und Flieder und Roßhaarsonnen,
Amselstädte, Taubenaufschnitt, Gewürzmühl-
asyle,

eine Frau die kein Bier trinkt
kostet mehr als drei Halbe,
einmal Bahamas oder Trinkerheilanstalt

und zurück, sie kostet dieses
Gedicht, sie zieht mich mit ruhigen Fingern
aus jedem Glas in das ich entwische, sie nimmt
den Most meiner Seele in ihren rosa Mund
und spült damit wie mit Zahnputzwasser
und ich reibe meine rote Säufernase an ihrem
zarten dicken Hintern und denke, es ist doch sehr
unwahrscheinlich daß Frauen die kein Bier trinken
einfach sterben sollen wie ich und der Rest
der Welt …

21. 8. 1977

SCHLECHT IN FORM

Den ganzen Winter kein Gedicht
geschrieben, und jetzt bist du
schlecht in Form, selbst im Bett
bist du schlecht in Form,
man verlernt's nicht, aber man muß
am Ball bleiben, im Bett,
an der Flasche, an der Maschine,
was sollst du später mit Erinnerungen
an schlaffe Wintertage, nichts rührte
sich, Rauch färbte die Vorhänge,
Müdigkeit im Schwanz, Dämmerung
im Kopf, kein Stich, kein Gedicht,
kein Sieg, auch keine Niederlage,
nur der neblige Rauch auf Fenstern
und zertrampelten Feldern, in all den
Straßen, die nichts hergaben
weil du nichts hergabst,
sie sind gekommen, sie haben
dich angeschaut, sie sind
gegangen,
die Gedichte,
vielleicht die Frauen,
und jetzt mußt du wieder ran,
die Maschine ist dir geblieben
und ein Haufen Träume in der Ecke
wie alte Kleider, räum also auf,
fang an, wirble den Staub hoch,
klopf die Asche aus deinem
Kopf, den Saft laß
schießen, schmeck diesen
Wind, der jetzt weht,

er ist freundlich,
ein älterer Wind, auch
noch nicht ganz
in Form

8. 3. 1977

FÜNF FRAUEN

Einmal hatte ich fünf Freundinnen
zur gleichen Zeit, ich schlief
jede Nacht mit einer anderen,
fünf Frauen füllte ich ab mit Samen,
mit Geschwätz, mit Gelächter und
Traurigkeit,
aber das hielt natürlich nur ein paar Wochen
und dann war es mit allen fünf Frauen
zur gleichen Zeit aus.

Und heute früh lieg ich angestochen und allein
mit einer riesigen Sehnsucht, einem schmerzhaften Sound
auf meiner Matratze
in diesem Apartmenthaus
randvoll mit schlafenden Bäuchen und Schenkeln und
Busen
und Ärschen und Titten und Mösen,
allein,
und gäbe alle Freiheit des Alleinseins
für eine warme zarte sanfte Frau
mit Hasenscharte und grauen Haaren, egal
mit Silikonnarben oder Wahnsinnsschrunden, egal
für eine zarte Rundung, für den Flaum auf ihren Lippen,
für das pochende Herz und das sanfte Stöhnen
der Liebe,

aber, denke ich, ein falsches Wort
zu solch einer Frau, und wie leicht ist ein falsches Wort
und dann das verschüttete Bier und der sinnlos abgespritzte
Schleim und der Knall der Tür und die Schritte im
Korridor,

oder ein falsches Wort
zu dem Polizisten, der am Abend deinen Ausweis
kontrollierte an der Ecke Türken/Adalbertstraße
und dann die Säuferzelle, der Bunker, das Loch
in dem das Gesetz dich pimpert,

sei zufrieden, Mann,
auch ohne fünf Frauen
hast du allen Grund,
zufrieden zu sein,
jetzt,
wenn du einschläfst, keiner
hinter dir her, du
hinter niemandem her,
allein.

8. 11. 1977

DER REST DEINES LEBENS

Sie hieß Griseldis, eine schlanke, dunkle
Frau mit grauen Strähnen im Haar, und sie wohnte
mit ihren Katzen und Bildern und Büchern
in irgendeinem Winkel in einer dieser grauen
harten Städte an die wir uns immer noch nicht
richtig gewöhnt haben, und sie bügelte mein Hemd
während ich eine Linsensuppe löffelte und ein kaltes
Bier dazu trank, und sie sah mich an und lächelte
und sagte,
weißt du, auf den ersten Blick
gehörst du ja nicht zu den Männern
die leicht vergessen, die eine Nacht
wie gestern nacht leicht vergessen, die mich
und sich und den Fleck auf dem Laken
und das erste Wort am Morgen einfach vergessen,
aber dieser Tag, sagte sie, ist der erste Tag
vom Rest des Lebens, vom Rest unsres Lebens,
und ich möchte ganz sicher sein, verstehst du,
daß du das nicht vergißt, nie vergißt,
ich möchte, daß du mich nicht mehr vergißt,
ich werde dich bestimmt nicht vergessen,
ich vergesse nichts mehr, keinen Mann,
keine Blume, kein Bild, keine Erregung, und wie
der Tag anbricht über den Dächern meiner Straße
und was du gesagt hast als du eingeschlafen bist,
all das vergesse ich nie mehr,
sagte sie lächelnd,
die Katzen hockten auf dem Fenstersims,
das Bügeleisen zischte, das Bier war alle
und mir wurde etwas flau und so
sagte ich, ich wünschte,

ich könnte mir meine Hemden selbst bügeln,
auch etwas, das ich nie mehr lernen werde,
verzeih, sagte ich, ich habe dich unterbrochen,
Unsinn, sagte sie,
ich wünsche wir würden uns ständig unterbrechen,
ständig mit uns umgehen, nie aufhören uns etwas
zu sagen, uns anzufassen, uns zu verbessern,
zu ändern, nie aufhören zu kochen, zu essen,
auszuscheiden, zu lieben, an uns herumzumachen, in
Bewegung zu sein, nie das Leben einfach
abtropfen lassen, sondern ständig eingreifen,
das offene Auge auf die feuchte Erde legen
und mit den Wimpern die Würmer streicheln,
verstehst du, sie lächelte, es zischte,
ah, sagte ich, die freundliche Poesie
der Frauen, der ewige Aufbau, oh ja,
aber vielleicht fände ich es genau so gut
den Rest meines Lebens so zu leben wie den Rest
dieses Tages, bei geschlossenen Fenstern, die Suppe
in Reichweite, die Suppe und das Bier,
und selten ein Wort, kaum eine Erregung,
später wenn's dunkel wird ein paar Takte
ganz gewöhnliche Musik im Radio, und keine
Besorgung, kein Besuch, kein Leben in der Bude,
einfach abtropfen lassen, vielleicht einen
Schnaps und wenn's leichtfällt ein Lachen
und dann das schöne Reiben gefüllter Bäuche
bei der Liebe in der ersten Nacht vom Rest
unsres Lebens,
verstehst du, sagte ich,
und dann war das Hemd gebügelt
und Griseldis sagte,
vielleicht ist es besser, wenn du heute nacht

woanders schläfst, vielleicht erinnere ich mich
dann besser an dich,
wir verstanden uns gut, oh ja,
und so habe ich seither immer irgendwo anders
geschlafen und schlafe auch heute in einer anderen
jener grauen harten Städte an die ich mich
vielleicht schon zu gut gewöhnt habe,
aber weder heute noch in all den anderen Tagen
und Nächten vom Rest meines Lebens
werde ich Griseldis vergessen,
nicht den Leberfleck auf ihrem faltigen Arsch
noch ihre freundliche Stimme, nicht die grauen
Strähnen in ihrem Haar noch ihre besorgte Hand
beim Bügeln und danach, nicht daß es regnete
als ich draußen stand, noch daß es regnete,
als ich die Stadt verließ …

17. 5. 1977

LIEBESGEDICHT

Als wir uns liebten,
liebten wir uns selbst nicht.

Als wir uns den Krieg erklärten,
gaben wir uns schon verloren.

Als wir geschlagen waren,
bemühten wir die Geschichte.

Als wir allein waren,
übertönten wir sie mit Musik.

Als wir uns trennten,
blieben wir am gleichen Ort.

So lagen wir uns bald wieder in den Armen
und nannten es ein Liebesgedicht,

aber kein Liebesgedicht erklärt uns
die Angst vor der Liebe,

und warum der Himmel so blau war
als wir uns trafen,

und warum er immer noch blau sein wird
wenn wir sterben werden,

du für dich,
ich für mich.

22. 11. 1978

EINE ART ABSCHIED

Während die zukünftigen Traum-Kommissare
unter den Landkarten von Belutschistan
und den Laternenpfählen am Ostbahnhof
nach den Spuren des letzten Landstreichers
und meiner Steuererklärung fahnden,
noch ein Raki in der Kneipe an der Ecke –
was zählt ist Münze, Mut
oder Schweigen.
Also schweigen und trinken wir.

Eine Partie Pool mit dem Mann
Izmet aus Adana. Da ist mal einer,
der keine Berufssorgen hat:
Freier gibt's immer.
Natürlich gewinnt der Bastard.
Mehr Raki.

Dann fängt das Mädchen
mit dem geschwollenen Gesicht
und dem fehlenden Stiftzahn
zu heulen an:
it's a hard rain's a-gonna fall –
klar, Schatz, ohne Leute
die durchgehen, sind Türen
völlig sinnlos.

Zuviel Raki, Freund,
kein Durchblick mehr,
ich klammere mich
an den Laternenpfahl wie an ein längst
fälliges Versprechen,

später der Geschmack kalter Laken
und Geruch einer Wohnung,
die morgen verlassen ist.

III. JEDE NACHT EIN GEDICHT

JEDE NACHT EIN GEDICHT

Jede Nacht ein Gedicht
la machine infernale
mit durchlöcherten Schuhen
Krähen im Schnee und Zahnstummel
Raucherbeine und die Beatles
im After-Eight-Programm
kirre Träume an die Wand projiziert
go go go verschimmelte Pyjamas
und Briefe die immer im Stehausschank landen
und jede Nacht ein Gedicht

kein brisantes Finale
nur die qualmende Kippe
und leichte Gasdröhnung
U-Bahn-Schächte manchmal
oder Bilder vom Schlesischen Tor
Flohmärkte eines ausgepumpten Kontinents
Wartesaal zweiter Klasse
verpaßte Anschlüsse zwischen Koblenz und Cuxhaven
Midnight Special in Central Europe
sonst nichts anzubieten
fader Grog trübe Tinkturen
und jede Nacht ein Gedicht

schütteres Haar sagst du
schüttere Bilder
Autofriedhöfe hinter Autofriedhöfen
Augen halb offen im Schlaf
und dahinter mit der rostigen Bierdose
ein Typ der mal du warst
Rest Küche Rest Fliegen Rest Schnee
Krähenfüße auf den Schlaftabletten im Spülstein
aber jede Nacht ein Gedicht

3. 12. 1974

PANTOPON ROSE

»Have you seen Pantopon Rose?«
said the Old Junky.
W. S. Burroughs

Ich hatte auch mal Lust auf die MP
und die Salve die einem anderen Mann
die Därme zerfetzt, und die freie Meinungsäußerung
war auch mir einen Dreck wert, weil ich nicht
wußte, was ich
zu sagen
hatte.

Dann schrieb ich ein paar zornige Gedichte,
ich schrieb mir die Wichse und das dünne Bier
und den kalten Kotter und das Radiogedudel
Deutschland halb vier aus dem Leib,
ich war echt kirre,
ich ging mit Straßenbahnschienen
und Frittenbuden ins Bett, träumte
von Frauen mit Ärschen wie Archipele
und klapperte die grauen Gassen meiner
Vorstadt ab wie die sirrenden Titten
der Königin von Samarkand
auf der Kloschüssel, wenn der Hausherr
an die Tür pochte, hinter der ich
mein Leergut hortete.

Von dem Gedichtband wurden 300 Stück gedruckt
und 269 verkauft und ich bekam 57 Pfennig pro
Stück. Ich glaube nicht, daß ihn irgendjemand
verstanden hat außer 2 oder 3 Männern und Frauen,

die genauso bescheuert waren und fickrig wie ich,
also
schrieb ich ihn für die richtigen 2 oder 3
Männer und Frauen.

Vier Jahre später, das gleiche Spiel,
dieselbe Schreibmaschine
und derselbe Zorn, und ich stehe
am Ende des Tresens einer teuren Bar
und trinke mein Geld weg, wie immer,
und schüre meine schäbigen Träume
ohne MP
und ohne die Königin von Samarkand
ich werde besser bezahlt
für meine Frittenbuden und Straßenbahnschienen
ich muß nicht mehr mit ihnen ins Bett gehen
sondern mit Frauen die ihrerseits mit
Leergut und Dichtern und mieser Musik
aufstehen, gebären, krepieren
und wir wissen nicht
womit wir das verdienen
und warum wir uns zuhören
wenn die Kälte unsres Kotters
und die Leere unsrer Herzen
und die Düsternis der Dämmerung
auf Straßen die uns nie mehr gehören werden
ganz andere Kaliber, ganz andere Träume
ganz andere Männer und Frauen und
Dichter und ganz anderen Zorn
voraussetzen,

und ich schreibe dieses Gedicht
und warte auf Gerry Mulligan/Miles Davis im AFN

und einen Sound der die Tristesse wegbläst
und die Spinnweben wegbläst und das
Gesicht des Trinkers wegbläst
der auf dem Grund der Gläser angelangt ist
und immer noch nichts gefunden hat
außer der alten Hure Hoffnung
hochhackige Pumps und das Fähnchen hängt am Arsch
Purpurmund und irres Flackern in den Adern
echt kirre
echt Mensch
ich geb ihr einen Hunderter
und sie pustet die Frittenbude aus meinem Bett
Pantopon Rose die alte Medizin ist immer noch am besten
Sweet Dreams
indes die Kloschüsseln und MPs und die Gedichte
endlich
zerspringen

11. 10. 1977

GEDICHT FÜR DEN REGEN

Den Winter hab ich über und den Keller
in dem ich hause, Wollsocken,
dreckige Wäsche, Joghurt und Zeitungen,
Kraftwerke, Telefonrechnungen,
Marxismus-Leninismus und laute Weiber,
überhaupt diese miese kleine Welt,
Europa, selbst das Fernsehen
können sie nicht richtig bedienen,
Krampfadern und Kröpfe,
planes Blech, die Sozialscheißer
hab ich über und die Klugscheißer,
die Dröhner und die Drohnen,
ihre Antiquitäten und Badewannen
und billigen Sprüche, ihre Pelzmäntel
und ihre ausgepowerte Phantasie, ihre
Harmlosigkeit die sie so furchtbar macht,
ihre Ferienreisen und ihre Bürgerinitiativen,
ihre verchromte Seele und ihr
drittes Programm,
die Kinos hab ich über
und die Biergläser,
die Geographie und die Bettlaken,
Trips und Trauer,
die Dichter mit ihrer Altersversicherung
und die Angestellten mit Bukowski unterm Arm,
ja doch, die Paradiese sind
überall gleichzeitig, die Landebahnen
sind Paradiese und die Brüter,
die Frühjahrskuren und die Frauenbuchläden,

der Widerstand ist ein Paradies
und die Sportschau, und ich warte
auf den Regen, ich höre
dem Regen zu und liebe den Regen,
der die Paradiese blank wäscht und ertränkt …

Erstveröffentlichung in Basler Zeitung, 17. 2. 1979

AUGENBLICKE DER VOLLKOMMENHEIT

Der vollkommene Augenblick wenn der TV explodiert
im Schnapsglas grüne Nonnen Tango tanzen
Augenblick irrer Illusion
jemand könnte ans Fenster klopfen und sagen
hallo mein Gehirn ist noch frei
Wermuttrinker im April
unter jeder U-Bahn der Strand
diese netten kleinen Augenblicke
wenn das Feuilleton nach Fundador schmeckt
nach Knoblauch nach der Königin von Saba im
Stehausschank
grüne Ohrringe und ein Lächeln schöner
als Lotus im Schnee
all die vollkommenen Augenblicke
Fallada der du hangest
Lebenslinien in Silber geritzt
Aussichten statt auf Irrenhäuser auf Autofriedhöfe
nicht auf Andernach noch Amerika
auf Trakls kahlgeschorenen Kopf
und die Krähen Galiziens
lieber Wahrheit als Vollkommenheit
lieber Charlie Parker als Miles Davis
den Klepper der als erster im Ziel ist lieber
als die Schönheit die in der letzten Kurve
stehend stirbt
mit der Vollkommenheit hält sich keiner auf
wenn er nicht weiß
wovon er morgen trinken soll
vollkommene Augenblicke sind Augenblicke
vollkommener Illusion
die Programme wechseln

wie die Gäule die Bankkonten die Bettlaken
einen Augenblick lang mir selbst nicht fremd zu sein
wäre atemberaubend vollkommen atemlos frei
so atemberaubend frei wie Hemingways Hirn
als er den Abzug berührte
aber was soll mit solchen
Augenblicken der Vollkommenheit
wer nicht weiß
wie er morgen
überleben soll

Erstveröffentlichung in National-Zeitung (Basel), 15. 4. 1976 (unter dem Titel Hemingways Hirn*)*

AN MANCHEN TAGEN

An manchen Tagen sieht die Wahrheit
einfach aus, man muß
die Dinge, wie die Menschen,
nur lange genug sich selbst
überlassen –
die Kartoffelschalen auf der
Anrichte, die zerfledderte Biographie
Dillingers mit dem Whiskyrand,
die verwaschenen Socken,
der Aufgußbeutel Tee,
die leere Bierflasche, in die du
die Asche deiner letzten
Zigarre streifst, und überall
diese stickige Luft, eine
Frau im Kimono, die nach
Senfgurken und Lippenstift schmeckt,
die Schlaflosigkeit, auch
ein so einfaches Ding –
wie Pickel auf der Haut,
ein Schlüpfer im Ausguß,
Rauch und Angst
und genau wissen
wovor – laß alles
für sich selbst sprechen,
an manchen Tagen
sieht fast alles
aus wie die
Wirklichkeit

STORY

Eine Story mit einem Anfang, einer
Mitte und einem Ende, und vor allem
mit einer Entwicklung innerhalb
der zentralen Figur, sagte der
Redakteur, das
sind die Storys,
die unsere Leser
interessieren.

Verstehen Sie mich?

Er bot mir eine Zigarette an,
ich rauchte schon.

Tja, sagte ich, ich weiß nicht,
aber vielleicht fällt mir
was Passendes ein. Wie steht es denn
mit dem Sex?

Tragen Sie ruhig dick auf, sagte er
lächelnd, aber es darf natürlich
nicht so negativ sein
wie in Ihrer letzten
Story. Sex & Pessimismus,
das verträgt das Publikum
nicht. Und er faltete
sein Lächeln
zusammen.

Ah ja, sagte ich, aber damals war ich ja auch
verzweifelt, ein Mann auf der Kippe, seit

25 Monaten keine Möse, seit 17 Monaten
kein Honorar! Sie wissen doch, die
Verzweiflung ist ein mieser
Fick!
Aber jetzt weiß ich ja, wo's langgeht!
WOHLAN!
Und ich hustete ihm eine geballte Ladung
Optimismus
auf seinen Terminkalender.

Okay, sagte er ohne zu lächeln, wir haben uns
verstanden? Und wie, rief ich, sprang auf
und ging raus. Seine Sekretärin war eine
von diesen pummligen Rothaarigen, die
angeblich nie genug bekommen, und sie gab gerade
ihren Lippen einen letzten verzweifelten Glanz
mit dieser merkwürdig verschrumpelten
Zungenspitze, und ich blinzelte ihr zu
und machte, daß ich
da rauskam.

Das Bier im Stehausschank hatte einen Anfang,
eine Mitte und dann auch ein Ende, und in der
Box starb Elvis nochmal einen seiner
optimistischen Tode, und mir fehlte
das Geld für einen Schnaps, und
als ich auf die Straße trat
war es achtzehn Uhr dreiundzwanzig
und die Wahllokale und Leihämter
hatten alle zu, aber
ich hatte ohnehin nichts
zu wählen oder
zu beleihen

und ging Richtung Schwabing,
Richtung Schreibmaschine,
und hoffte
auf den Rest Wein im Nachtkasten
und den Rest Worte
im Schwanz.

17. 9. 1977

WHITE HEAT

Manche in meiner Branche
können sich Filme ansehen
wie *White Heat* mit Cagney
(»Ich hab's geschafft, Ma, jetzt bin ich
ganz oben« … dann jagt er sich mit dem Öltank in die
Luft: »Jetzt, wo er ganz oben ist,
zerreißt es ihn in tausend
Stücke«)
und dann an ihren Tischen Platz nehmen
und mit harmlosen,
netten,
salzlosen Poemen
der Dichtung wieder einen schlechten
Namen verpassen.

Vielleicht solltet ihr euch
weniger mit der Politik
oder euren Freundinnen
und dem Plätschern
der Südsee befassen,
Freunde
und mehr
mit dem Stil.

Vielleicht solltet ihr mehr
allein sein.

Allein mit euren zerschrundenen Sätzen,
allein mit dem Öltank,
mit dem Gedicht.

Allein mit dem gefesselten Fetzen Sprache,
allein mit dem letzten Bier,
mit dem Gedicht.

Und Brüder, wo bleibt die
Prosa?

SCHLECHT FÜRS GESCHÄFT

Ah, heute fehlte mir völlig die Puste
für das Quentchen Wahnsinn,
das bescheidene Maß Rausch
ohne das wir lebendig vereist
und begraben sind,
ich lief rum
sah nichts
fand die Sonne grausig
die Jahreszeit albern
das Bier trist
Bäume gespenstisch, Menschen
mit ihren Gesichtern, ihrem
Geseire schlicht
fatal,
ficken hilft auch nichts,
schreiben ist wie Spuren
ins Spülwasser ritzen,
ein einziger Blick
in die Gegend genügt:
lächerlich, ein
Nirwana
für
Nieten.

NOVEMBERNACHT

Schreib, schreib.
Es ist besser
als der Nebel und alles
Nirwana.

Schreib. Die Frauen kommen
später, wenn du mit dem
Gesicht auf den Tasten liegst.
Schreib.

Aller Blues & Rock 'n' Roll
weht vorbei, du kennst
das. Wie der Südwind
in Istanbul
bevor es schneit.
Schreib, amigo, schreib.

Such nach Strandgut, nach
tristen Seelen nicht,
sie kommen zu dir.
Füll dein Papier
mit all ihren schattigen
Träumen, schreib.

Sie kommen, sie gehen,
halt sie nicht fest.
Sinnlos, deine Nacht
auf ihren Zungen zu
suchen. Sie
kommen, sie
gehen.

Schreib, und später
Schnaps
und Schlaf,
und wenn's gut war,
ein leichter
Schlaf,
wenn's gut war.
Schreib.

Erstveröffentlichung in Gasolin 23, *Nr. 6, Frankfurt, Oktober 1978*

KRÄHEN

Auf den Bäumen am Platz
hocken Krähen.
In meinen Haaren
hocken Krähen.
Bob Dylan singt
von Krähen.
Mexiko ist voll
von Krähen.
All die Winter
all die Krähen
all die weißen Gerippe
im Sand
all die Träume
von Schnee und Blues
und dürren Hunden
in den Wasserläufen
unter Sternen
aus Krähen.
Eis klinkert im Glas
aber der Whisky
schmeckt nicht mehr
nach Jugend.
Auf den Bäumen am Platz
hockt meine Jugend
unter den Krähen.
Manchmal glaub ich
um wieder sehen zu können
mußt du erst
einer Krähe
die Augen aushacken
und sie fressen.

DAS GEWICHT DER SEELE

Heute früh ein Brief aus Berlin.
Eine Freundin teilt mit, daß amerikanische
Wissenschaftler durch eine Wiegemethode
vor, während und nach dem Sterben
herausgefunden haben: beim
Überqueren des letzten Flusses
gehen dem Menschen 21 Gramm
Gewicht verloren,
das Gewicht,
nehme ich an,
der Seele.

Heute abend ein Anruf, ein Freund
in London ist gestorben,
31 Jahre, Hirnschlag,
jetzt schon verwesender Leib
minus 21 Gramm Seele.
Die Stadt Wien wirst du nicht mehr
abbrennen sehen, Benny, und nicht
den Planeten Venus.
Wie hieß das letzte Mädchen?
War die Maschine gut geölt,
was war im letzten Glas?
Und wem galt dein letzter
Zorn?

Wog deine Seele diesen Leib
nicht mehr auf und zerschlug
dir das Hirn?

Ratlos sitzen deine Freunde vor den Frauen,
seltsam schmecken die Getränke, kälter
scheint die Erde.

Freudlos sitze ich diese Nacht über den Tasten
und verstehe doch nichts anderes
als mich an die 21 Gramm zu klammern,
die meine Finger schreiben machen
und meine Träume vorbereiten
auf den Tod.

ZEHN MARK ZWILLING

Der erste Schluck am Mittag nach dem großen Rausch
der erste Herzanfall zwischen den Mülltonnen und
den Metzgereien
Einsichten wie eine graue Haarlocke ein Stück hartes
Brot oder Mozart und dann das Deutschlandlied
Gute Gedichte sind so selten wie gute Exzesse
oder ein Zehn Mark Zwilling mit zwei Außenseitern
oder eine Frau die länger bleibt als eine Nacht
und mit den Fingern den Schnee von deinen Augen reibt
und die Friedhöfe vom Fenster stellt
aber diese Finger schreiben deine Gedichte nicht
noch lindern sie das trockene Brennen der Exzesse
und treiben auch nicht die Außenseiter als erste ins Ziel
Überleben ist auch eine Art Liebe
Allein bleiben auch eine Art Leben
ein Platz mit 22 für 10 ist besser als Wurstpellen fressen
oder einen Strick daraus drehen
und wenn das alles längst erledigt ist
bei den Mülltonnen den Metzgereien und
den Frauen
bleibt dir immer noch an den Kuppen deiner Träume
das Gedicht

DER ZWANG ZUR PROSA

Der Zwang zur Prosa, das ist der
Zwang zur Liebe, zum Rausch, zur
Metzelei, der rasende
Berserker greift zum Schlachtschwert
und zerlegt die Cafés von Angers,
es ist der Zwang zur Prosa
der ihn berauscht, der den Poeten
mit spitzen Fingern das Pernodglas leeren
läßt und den Schlüpfer der Hure
an der Leine im Hinterhof streichelt,
es ist die Liebe zum Lamm
die den Hirten niederbeugt in die Lache
der Erde, er trinkt das Blut, er badet
in Flüssen jenseits aller
Vernunft, jenseits der Bürger
und mäßigen Arbeiter, in seinen
Armen wiegt er das Kind
der heiligen Jeanne, er ist schutzlos,
ein Idiot mit Musik in den Muskeln,
er trinkt ihr Blut, er stirbt
den Tod der Ratte, unter Hausbesorgern
beißt er ins Gras, ein Mann
wie ein Rausch, ohne Zukunft, Berserker
ohne Bar ohne Frau ohne Schwert,
an der Loire ein Mann, er badet
in Bildern, in Prosa, in Wein,
er badet im Land, in der Sonne, im Blut,
und tut alles unter der Fahne
des Winters, er weiß, es gibt
Liebe nicht so, Lämmer nicht so noch Heilige,
er sonnt sich in Schnäpsen, in Frauen,

in Prosa, in sanfter, vernünftiger
Metzelei …

Granville/München, Dezember 1977

RUHM

Ein Mensch auf Durchreise ruft an
und will wissen, was ich
in letzter Zeit geschrieben habe.

Ich will seinen Namen wissen.
Das geht dich gar nichts an!
ruft er und legt ziemlich schnell auf.

Ein Filmer ruft an.
Meine Freundin liest dein Buch
jetzt schon zum zweiten Mal,
sagt er. Vielleicht treffen wir uns mal
und reden über einen Film.

Ich habe schon längere Zeit
keine Freundin mehr
und versuche mir vorzustellen,
wie sie mit meinem Buch im Bett liegt,
die Freundin des Filmers.
Würde sie mit mir auch ein zweites Mal
schlafen?

Ein Mann von der örtlichen Sponti-Gazette ruft an
und will wissen, ob ich
in meinem letzten Buch
enthalten bin.
Für alle Ewigkeit, antworte ich wacker
und der Sponti-Mann legt auf.
Auch der Mann vom Verfassungsschutz legt auf.
Ich habe immer noch keine Freundin
und öffne eine Flasche Whisky.

Inzwischen hat mir der Arzt den Whisky verboten.
Ein Päckchen kommt ins Haus.
VORSICHT! NICHT WERFEN! steht groß neben der
Adresse.
Donnerwetter, denke ich. So wenig geschrieben,
so sanft gegen die Strömung gesprochen,
und schon bist du eine Briefbombe wert.

Ich öffne das Päckchen. Aus mehreren Zeitungshüllen
schäle ich eine Flasche Black & White. Auf dem
angeklebten Zettel steht: HABE DEINE LETZTEN
BÜCHER GELESEN. HABEN MICH STARK
ANGESPROCHEN.

Ich öffne die Flasche, schnuppere. Es ist
zweifellos Whisky. Ich gieße einen
Fingerbreit in ein Glas
und trinke.

Ich trinke auf Fans, Verfassungsschutz
und Arzt.
Er spricht mich stark an, der Whisky,
der Ruhm.
Wenn ich jetzt noch eine Freundin hätte,
würde ich mich fast fühlen wie
ein Mensch.

31. 10. 1978

ROTE FAHNE

Ein alter Mann mit Schirmmütze
passiert in einem Rollstuhl
den Checkpoint Charlie
und rollt lautlos
in den braunstichigen Dämmer
der Wilhelmstraße.

Ist dies die Todeszone der alten,
menschenverachtenden Götter,
feiert hier das Absurde
seinen finalen Triumph?
Oder läuft einfach
der Sinn der Geschichte
auf diese Logik hinaus:
um den Menschen zu ändern,
muß man ihn
einsperren?

Alle Macht der Phantasie, gewiß!
Schönes Wort. Dachte man dabei auch
an die Phantasie von Kerkermeistern?
Eine Fahne blutet
auf dem dunklen Sandstein
dieser Arena,
eine beklemmende Impression:

wer kennt denn noch
die Namen der Matadore?
Woher kamen die Stiere?
Als sie satt waren,
wurden die Völker da glücklich?

Brauchen Völker überhaupt Glück?
Was fangen sie an
mit der Phantasie?

Dies Deutschland, mein Land:
Expressionismus, Auschwitz,
die Mauer. Wo waren
die Dichter,
als die Philosophen
den Zement mischten?

Absurd vielleicht, aber auch ich
gehöre hierhin.
Meine Hände
liegen ruhig auf dem toten
Holz des Besichtigungsturms, indes
der Alte im Rollstuhl
unter der roten Fahne
Richtung Thälmannplatz rollt.

Alter, hör ich mich rufen,
man kann nicht einsperren,
wen man nicht hat!

Alter, hör ich die Antwort rollen
von den Mauern der Stadt,
alle Staaten
sind Kerker!

Aber ja! Ich winke
den Seelen der Anarchisten
und trolle mich
zurück in meine
Arena.

HERBSTGEDICHT

Der Himmel war schmutzig,
aber nach der Grenze
hörte es auf, zu schneien.

Irgendwo in Lothringen
hielt das Auto an
und ich stieg aus
und ließ mein Wasser ab.

In dieser fetten Erde
waren sie krepiert,
unsere Vorväter, unsere
Väter, unsere Dichter,
unsere Helden.

Hier hatten sie ihre Lieder
gesungen, hier ihren
Hölderlin gelesen, hier
waren sie geschlachtet worden
und hatten geschlachtet,
hier kommen wir her.

Auch wir führen unsere Kriege,
auch wir liefern uns Materialschlachten,
und deutsch sein heißt noch immer,
eine Sache um ihrer selbst willen tun.

Männer gegen Männer,
Frauen gegen Männer,
jeder gegen sich,
die Geschichte gegen alle.

Wo war Gott, als Christus starb?
Nur Generäle überleben die Kriege,
nur die Staaten leben
von den Triumphen der Gewalt.

Es schneite nicht, aber der Wind
war kalt, und als die Sonne sank
über den Wäldern bei Verdun
schwärmte ein Krähenzug aus
nach Osten.

BERLIN, PARIS, NEW YORK

Ich habe große Städte gesehen
und habe die großen Städte immer geliebt,
ihre Frauen, ihre Bars, ihre
Dämmerungen vor dem Gebrüll
der Maschinen und dem Sturm
auf die Bastille,

Berlin, Paris, New York,
eine Straßenecke in Schöneberg
erregt mich tiefer
als der Schnee
auf dem Mont Blanc
oder die Wälder
im Untertaunus,

ich habe die Schönheit gesehen
von großen Städten, den Glanz
ihrer Avenuen, das Elend
der Massen und die Vernichtung
von einzelnen,

ich habe die großen Städte geliebt
und ich liebe sie auch
in ihrem Verfall,

es sind nicht die großen Städte,
die die Menschen zerstören,
sondern die Gesetze,
die das Menschliche nicht formen,
sondern ersticken,

ich wurde von den großen Städten geformt,
was ich sah, was ich litt, was ich wurde
verdanke ich einer Mutter aus Stein,
der großen Stadt,
und morgen, wenn meine Zeit vorbei ist,
wird es die große Stadt sein
die mich begräbt.

9. 11. 1978

HEIM

Die Stadt liegt noch nicht in Asche
das Haus steht noch
die Menschen sind nirgendwo zu sehen
sie haben sich verkrochen
aber ihre Autos sehen immer noch so aus
als wüßten sie wie man überlebt.

Leise nimmst du die Post aus dem Kasten
vorsichtig öffnest du die Tür deines Apartments
eine leere Flasche kippt auf den Vorleger
und schon hältst du den Atem an,

dann stehst du mit dem Koffer in der Hand
in deinem Zellendämmer und siehst dich mißtrauisch um
als könnte ein Fremder auf deiner Matte liegen
die Tasten der Schreibmaschine bearbeiten
oder mit einer Whiskylaune aus dem Schrank treten,

aber da ist niemand
und rührt sich nichts
bis auf den Staub
der auf allem liegt
und sogleich auch auf dir,

und in diesem Augenblick, bevor eine Panik
sich deiner bemächtigt und du
zum Telefon greifst und ein Callgirl verlangst
oder gleich Timbuktu

fängt das Kind der italienischen Kellnerin nebenan
zu kreischen an und das Kreischen

geht über in Lachen und Weinen
und in den Belcanto einer südlichen Mutter.

Es ist nicht dein Kind das kreischt noch deine Frau
die das Kreischen liebkost, aber dem Kind, der Frau
die ein Mann manchmal braucht
kommen sie doch so nahe wie möglich
in diesem Zimmer, dem Heim
deiner Schreibmaschine, deines Telefons, deiner
Whiskylaune

sie gehören zu deinem Leben
das du in Raten abstotterst
mit jeder Rückkehr, mit jedem Glas
mit jedem Gedicht.

GEDICHTE AUS DEM NACHLASS

SPAZIERGANG IN HACKNEY

Für Papi
24. 12. 64

I

Hier bin ich,
empfangen und eingeweiht in Hackney North Sixteen,
kein Fremder am ersten Tag
im nördlichen Sommertag Londons.
Und nun getaucht in blauen Samt die Stadt
getaucht und Turm und Park und alle Gassen
getaucht und Hundeschwanz und Kindgeburt und
Fliegentod
und frommer Bart getaucht und Ziegeldächer
und Totschlag Schlußverkauf getaucht und auch die
Bomben alle
in Sommers feinen Sand getaucht.
Und das Licht apfelfarben in Baum und Strauch.
Und Kinderlachen – leiser die Klingel des Eisverkäufers,
nah –
alte Frauen in Pantoffeln Zigarettengepaff aus
Schimmelmündern
sagen einander das Wetterneuste oder gewohntes Gekeif
an Ecken –
»Alte Schlampe diebische Fotze verkommene Hexe« dies
der Todfeindin
von nebenan –
dann kleinere Explosionen (in Sommers feinen Samt
getaucht) und das Jüngste
plärrt im Garten, das den Tag verbringt mit warmer
Erde, Schlaf
und bäuchlings großen Wundern.
Aber gelbe Stille zumeist!

Dort der Psalm der ernsten Sonnenblumen.
Empfangen und eingeweiht. Nur manchmal bang?
Ich habe die Einladung.
Und gehe in der Musik gemacher Fantasien, weit stehen
meine Fenster
offen, bin ich
ein freundlich braun und still geöffnetes Haus.
Dort schlägt eine Tür. Ein Alter geht über die Straße, im
schwarz
geknöpften langen Mantel. Langsam geht ein alter Mann,
geht auf die Mauer zu von ungefähr, in deren Schatten ich
lehne,
geht ein alter Mann mit breitem hohen Hut.
Schlappen weite Hosenbeine schwarz, geflickt.
Geht grauer Bart, ins Buch geneigt.
Dort geht ein alter Mann, liest heilige Kapitel.

2

Mein Alter bist auch du wehklagend und mutlos beizeiten
durch das Meer gegangen, hast in Furcht dem Herrn
gedankt
und im Hunger gesonnen im Hader: daß er uns
auswählen mußte,
aus tausend Völkern uns!
Warst auch du trunken und hast gejohlt im Götzentanz mit
allen
und in der Nacht einen Sohn gezeugt im schieren Suff
in schmatzenden Küssen begraben die zitternden Brüste
der Frau
die erschrockenen Augen in rasselndem Schnarchen?
Später gewiß warst du fromm, älter geworden.
Länger sahst du dem aufwärts sterbenden Rauch nach.

Langsamer wurden die Seiten bedacht.
Eines Abends hieß es: es sind neue Machthaber. Davon, erzählt
mir dein Bart, verstandest du nichts.
Sahst du dich, ein wunderbar entdeckter Patriarch und neuer
Stammesführer, den verstreuten Herden grollenden Zuspruch
und Gottes Segen gewähren?
Ach, mit den Jahren und Zeitungen neigte sich deine Stirn,
sanken in ihre Höhlen die Augen zurück, wurden unverständlich
deine Reden, die Gebete beinah stumm.
Nicht mehr von Widdern und Frauen, auch von den Toten nicht,
sondern von Kinderspielen und Lehrern, Mahlzeiten
und Sommerfahrten auf dem Fluß, grünen Kähnen hinterm Schilf,
träumtest du.
Einmal nachts hast du ganz leise gekichert. Bald starb die Frau.
Und keine Flöte spielt dir, keine Tochter bürstet dir den Hut.
Lange gefallen der Tempel
Jerusalem.
Lange ist dein Sohn, lange dein Bruder
erschlagen.
Lange tot die Frau, tot
der Freund.
Lang gewachsen der Bart, geneigt der Leib
in Gicht.
Lange lange Zeit.
Im Sand klagen, im Wind die verwehten, verschütteten Kinder.

3
Und Hackney North Sixteen,
schon färben Schatten den Samt.
Dort geht ein Alter über die Straße, liest heilige Kapitel.
Nach Staub schmeckt auch die gelbe Frucht.
Jene Schönheit sieh, die der Gräser, den Psalm der
Sonnenblumen,
und dort den alten Mann.
Ich sehe,
und halte, empfangen, eingeweiht, zu Haus,
vor ein Gesicht
eine Hand.

VON DER UNBERÜHRBARKEIT DER ERDE

Für Mami
24. 12. 64

Ich weiß die Erde ist unberührbar
in ihrer einfachsten Blume.
Ich weiß es wird mir nie gelingen
ihre Schönheit auszusprechen, und ohne ihre Täler und
Gärten
auf allen Wegen begangen zu haben
werde ich sterben.
Blätter und Schatten
verlassen die Erde nie,
das Wasser in den Flüssen und die Steine der Berge
überleben auch mich.
Ich ging von irgendwo hierher,
ich werde gehen von hier in ein anderes Hier
lautlos in der überfüllten Welt
der Tode und Wiedergeburten, der angstschreienden
Städte.
Ich werde ein Haus bewohnen
und vielleicht ein anderes,
werde meinen Namen in die Tür schreiben wo ein
anderer war
und ein anderer sein wird nach mir,
ich werde mit wenigen leben und wenige
verlassen,
und werde zur Tür hinausgehen durch die ich eintrat,
ohne Trauer, ohne Freude und Verlangen,
unbemerkt von den Tälern und Gärten der Erde
werde ich sterben.

ABENDE EINES SOMMERS

Die letzten Abende
fallen sacht in die Höfe,
im Wiegen der Halme
tanzt der Schmetterling
im Rausch den Tod.

Grauschattig die Gesichter
der verwaisten Trinker in den
rostigen Bechern,
die Liebenden gehen über die Felder
stumm nach Haus.

Trink die Milch der Nacht,
der Föhn bläst Gott voraus
Asche in die Täler,

komm,
auf den Schienen zieh ich
dem Phosphormorgen
entgegen.

1965

ICH

Ich bin er
der ihr nicht sein wollt
der Verletzlichste
eingeübt
in das Ungeordnete
ein Finger
über die Schmerzgrenze gestreckt

und alles
was ihr mir anhabt
habe ich mir selbst angetan
bin mit meinen Füßen gelaufen
wundenbesohlt
im Traumscheideland

seht mich Abschied nehmen
und getrost auf Verlassenheit bauen
meine winzige Hütte
aus Herbststroh
und einem Rauchfaden
unausgesprochener Hoffnung
der über die Grenze zieht

1966

IN DUBLIN

Alle die Fahnen ehrwürdig überlieferter Trauer überlappen
den Regen in der Straße. Dicht über den schorfigen
Dächern
wächst der Herdrauch mit dem niederziehenden Himmel
zusammen.
Am Rattenkanal ist die Nacht verfilzt mit dürren Pappeln,
und die Schatten der Trinker mit der Nacht.

Kein Schrei fliegt schneller als der Schrei der Möwen,
vom Wind an den Fenstern zerrissen.
Die ineinander vermauerten Wände
ersticken den Husten der Pendüle,
und die Erinnerung, gebleicht von der Totenwäsche.

Haben sie ihren Frieden geschlossen
mit den Seerosen und den Tanks,
den vergilbten Manifesten und verschollenen Schiffen,
mit ihrem lange verlorenen Krieg?

In der Dämmerung, die um die Ecken kommt
und über die grünen Hügel mit den Haaren alter Frauen,
trappen die Blindenpferde über Grafton Bridge,
die Zeitungsjungen halten die Hände auf im Regen
und träumen von Zweipennybomben,
und die Blinklichter der Sterne flackern, als hörten sie
die Lästerungen der trunkenen Weiber.

Wir fahren mit dem Zug hinweg, hinaus,
fort ans Meer. Pappkoffer schleifen den irischen Staub
von den Gleisen, und die See liegt schwer
und müde von den Tränen der Auswanderer.
1966

DAS FEST IST AUS

Das Fest ist aus, die Marmorbalustraden
leergefegt im kalten Griff des Regens.
In der Nebelallee schminkt der Clown
seinen Schatten ab,
der Trommler wirft die zerbrochenen Schlägel
in den verlassenen Teich, und der Wein
schmeckt bitter im lichtlosen Rausch.
Die Fittiche des Windes
wehen den Blütenstaub aus deinem Haar.

In der Straße zwischen Nacht und Morgen
verbrenne ich meine Gedichte
und gehe davon.
Das Fest ist aus, jetzt trägt der Rauch
die zarte Fahne zu den Sternen,
und die schlafenden Tänzer
träumen den Springbrunnentraum.

Tau fällt auf die schmerzenden
Lider der Gärten.
Uns trifft der Schauer
der gefrorenen Sonne.
Schmilz du zurück in die Nacht,
der du entspringst, ich bin gebannt
in einen Ball aus unhörbaren Schreien,
und alle Schreie treffen meinen Mund.

1966

EIN KRANKER MANN STIRBT I

Aus dem dunkel geschweißten Plüsch
senkt sich die Nadel,
und Gottes Medizin
strömt durch die Kanüle
in das durstige Blut.

Die Kreidefelsen zerstäuben.
Aus der weißen Ebbe
kriecht der Krebs
über den Beutesand.

Jetzt mischt sich dem Tag die Nacht,
Zwitter, der wie ein Herzschlag taumelt
im Glast blauer Flammen,
wie von Blumen,
die die Erde nicht kennt.

Staub wächst nach,
durch die offenen Fenster
wirft der Wind ein paar Sterne,
und der Mond leuchtet wie von Sinnen
durch das Flachszelt
des herbstlichen Himmels.

1966

EIN KRANKER MANN STIRBT II

Jetzt weißt du, es ist nicht der Schlaf,
wenn der Atem dir stockt und dein dünnes Fleisch
die Nadel nicht mehr spürt.
Leerer brennt der Schmerz deiner Hüften jeden Tag,
und nimmt dir die Augen fort, und gibt dir nichts zurück.
Du stehst nicht mehr auf, du hebst die Hände nicht,
du ißt, und weinst, und schläfst nicht mehr,
es ist für dich, daß der fremde Weggefährte
den staubigen Sattel hierließ.

1966

STATT EINER ANTWORT

Worauf ich warte? Ich weiß
es nicht. Feuer? Ein
gerechtes Glück? Oder Winde,
die die Dächer stürzen?

Viel Zeit, die am Fenster
vorübergeht in bunten Kleidern.
Und ein Rauch,
wo ich Menschen vermute,
Worte, die den Zorn
in meinem Mund ersticken,

endlich auch Trauer,
schwer wie die Steine,
mit denen der Tag
meine Hoffnung begräbt.

3/1967

ZEHN JAHRE SPÄTER

Als ich 20 wurde
lag ich auf einer Matratze
in einem Reihenhaus im Norden Londons
und morgens kam Jack Stevenson rein
»Secretary of the London Anarchist Federation«
mit seinem schwarzen Bart & den schwarzen Gummistiefeln
und warf mir die Post aufs Bett
»steh auf, Mann, der Tee wird kalt«

und da war diese Zeitschrift
ziemlich Establishment und etepetete
aber sie hatten ein Gedicht von mir gedruckt
und eine halbe Minute
kam ich mir vor wie der Größte

nebenan legte Jack
Bix Beiderbecke und Woody Herman auf
und ich roch Eier mit Speck
und Tee und Katzenpisse und den
Regen im Vorgarten
ich war zwanzig
schrieb Gedichte und
war so gut wie Null

zog meine abgewetzten Jeans an
steckte mir eine Woodbine ins Gesicht
und sagte
»gibs zu, Jack:
Dichter sind das
Salz der Erde«
»Quatsch keinen Zimt« sagte Jack

»sieh zu daß du ’ne anständige Mieze kriegst
und bleib auf ’m Teppich
wenn du in zehn Jahren wiederkommst
darfst du Bix Beiderbecke auflegen
und ich spendier dir ein Bier«

und später trampte ich nach Watford North
holte Stella ab und das Kind
und wir aßen irgendwo fish ’n’ chips
verkrümelten uns im Wald
und schafften es irgendwie
zwischen rostigen Bierdosen und Ameisen
und das Kind sah uns zu und lachte
und ich war zwanzig
und sagte zu Stella
»wir sind das Salz der Erde«
»mal sehn« sagte Stella und
faßte mich da an wo es richtig war
und das Kind fing an zu plärren

zehn Jahre später
liege ich in meiner Bude
in einer gleichgültigen Stadt
ziemlich nah am Zentrum des Schreckens
irgendeine Zone nördlich von Nirwana
Miete nicht bezahlt Telefonrechnung überfällig
und starre die Wände an
zehn Jahre Selbstmord auf Raten
zehn ganz gewöhnliche Jahre
und es gibt keine Mieze
nur noch die Spinne überm Türrahmen
der ich mit einer leeren Rumflasche
den Garaus mache

SZENE IM CAFÉ DE LA PAIX

Irgendwie hatte es mich nach Brest verschlagen
unterwegs nach London blieb ich da hängen
das Schiff ging am nächsten Tag um sechs
ich hatte kein Geld fürs Hotel und
trieb mich einfach am Hafen rum
und landete schließlich im
Café de la Paix.

Es gab da ein paar ältliche abgebrannte Nutten
und auch eine jüngere, mit langem gebleichten Haar
und ziemlich prallen Rundungen, und da es
an diesem Abend so gut wie nichts zu tun gab
setzte sie sich zu mir, ich spendierte ihr
ein paar Coups de rouge und wir redeten
ich erzählte ihr ein bißchen von
meinem Trampen, und sie von ihrem
und während sie ab und zu mal
ein paar Kohlen machte
schrieb ich ihr in meinem schlechten
Französisch ein paar Gedichtchen
Kinkerlitz, was man eben so schreibt
wenn man 20 ist und in Brest an einem
kalten Abend im April mit einer echten
französischen Hure in einem Hafencafé
zusammenhockt.

Dann zeigte sie mir ein paar Fotos
von ihrem Kleinen, Hinterlassenschaft
eines schwedischen Matrosen natürlich
und ich erzählte ihr von Stella in London
und nach dem sechsten oder siebten Glas

sagte sie, wenn du magst, brauchst du
nichts zu zahlen, ich schluckte zwei Preludin
die kannte sie natürlich, ich schenkte ihr
ein Röhrchen, aber als sie mit mir hochgehen
wollte, kam zahlende Kundschaft, Kerle
von der Eisenbahn, so wurde dann nichts draus
und als das Café zumachte, war sie immer
noch oben, und ich ging raus in den Regen
und traf einen Zigeuner, der im Keller
von einem Neubau hauste und mit geklauten
Heizungsrohren handelte, mit dem trank ich
noch Wein, dann hörte der Regen auf und
ich nahm meinen Matchsack und ging
rüber zum Kai.

Köln, 14. 2. 1975

ALTER MANN MIT SANDWICH

Terry weckte mich gegen halb sechs
ich stand auf und fluchte auf die Kälte
kaute einen Rest mürben Apfelkuchen und
schluckte ihn runter mit einer halben Tasse Tee
Mann sagte Terry ich schaffs heute nicht
ich komm einfach nicht hoch die Zigaretten sind
auf der Kommode aber wozu willst du überhaupt raus
ich kann später was auftreiben
schon gut Terry sagte ich
schlaf dich aus irgendwas muß man ja tun
um zu wissen daß es zu nichts gut ist
ich nahm die Zigaretten und ging
und kam mir richtig abgebrüht vor

London November 65 seifiger Nebel 3 Shilling in der Tasche
auf dem Weg zum Arbeitsamt für Penner Fixer und Verlierer
vier fünf U-Bahn-Stationen
all die Woolworth-Mädchen mit Lippenstift
und Beatles im Ohr und die Männchen mit
ihren Trauerhüten und Regenschirmen und
soviel Charme im Gesicht wie 'ne Scheibe Ersatzschinken
also auch alles Verlierer ihr Einsatz
so klein daß es keiner merkte

ich kam natürlich wieder zu spät
sah schon von weitem im Halbdunkel diese
Schlange von Typen in irgendeinem Vorhof
der Hölle und dachte warum spiel ich
jetzt nicht Flipper oder lieg bei Stella
im Bett und frühstücke Bouillon
was soll ich hier Mann

oder in Frankfurt noch 'ne Mütze Schlaf
und dann ins Café Weiß und ein cooler Joint
in der Anlage am Stadtbad

statt dessen dieser abgewrackte Rest Menschheit
wenn du da erst mal dazugehörst
kannst du dich auf nichts mehr rausreden
Zeitungen unter der Jacke gegen die
Kälte der Parkbänke und Tiefgaragen und Neubauten
aber welche Zeitung hilft schon
gegen die andere Kälte die
andere Menschheit
ich stellte mich in meinem Tran dazu
für den 15-Shilling-Tellerwäscherjob
'ne Kanne Ovomaltine 'n Hamburger
vielleicht 'ne Prise Opium
Träume
und vor mir
drehte sich ein Weißhaariger
mit Säufernase um und sagte
du mußt doch Hunger haben Junge
und gab mir ein feuchtes Sandwich
mit einer Tomatenscheibe und Chesterkäse
er roch nach Methylalkohol und Zement und Tremens
und lächelte ein zahnloses fast außerirdisches Lächeln
ich gab ihm eine Zigarette und die Anarchistenzeitung
von letzter Woche er nickte ernsthaft und las
die Schlagzeile »Sozialismus ohne Freiheit
ist Tyrannei«
nickte und schob die Zeitung
unter sein Hemd »Danke Junge
kann man immer gebrauchen«
dann schrie einer von den Bonzen drinnen

»Für heute geschlossen, haut ab!«
und wir schlurften wortlos weiter
ich Richtung Trafalgar Square
mit dem halben Sandwich in der Hand
die Bullen schoben Streife
wie immer
ich verfütterte den Rest Sandwich
an ein paar Tauben
und driftete weiter
wie immer

TOTER MANN IN TOPHANE

An einer Mauer
unter einem Strauch Jasmin
lag der tote Mann.

Im Park von Tophane spielten die Kinder
der Limonadenverkäufer machte Umsatz
die Opiumverkäufer
in den Teehäusern
machten Umsatz.

Der Tote trug einen schilfgrünen Anzug
mit grauer Weste. Er hatte leere
Taschen und ein leeres Gesicht
Ameisen liefen über seine Hände
Fliegen hockten auf
seinen Lippen.

Als ich früh um fünf
wegen meiner Ration vorbeikam
sah ich ihn liegen.
Auch die Zigeunerhure sah ihn liegen
aber Huren halten sich
an die Lebenden.

Später kamen die Hunde
und die Polizei.

Aber die machten keine
Affäre daraus. Auch Polizisten
halten sich lieber an den Preis
den die Lebenden zahlen.

Und so konnte ich schon
bald wieder gehn
mit genug Opium
um ein paar Tage
länger
zu leben.

SOLO POEM

Und du bist nicht da.
Und wenn du da wärst
könnt ich das nicht
schreiben.
Nein, ich würde
bei dir liegen
im Bett, ganz vergessen
und mit der Welt, der
westlichen, vorbei-
sausen an Wurstbuden und
Bierschwemmen und England
ohne vergessen zu können –
oben am Piccadilly Circus
wo ich im Lokus, lang ist's
her, mir die Nadel in den
Unterarm stach, und dann
gingen wir in den
Jazz Club Soho
und die Frauen tanzten
wie nur Frauen
tanzen können
und ich aß ein Papier-
flugzeug und Redwood-Ameisen
en masse, ich war
happy, und von da
liest sich unsre Geschichte
ganz anders, weil Terry
über Üsküdar glatt ins
Jenseits sprang …
keine guten Storys
nein, aber wahr;

und Leben schwirrt wieder
am Kellerfenster vorbei
… und du?
Morgen, ja, und drüben
ganz grau und cool das
Chelsea Hotel, wartend
auf die Geschichtsschreiber
die bei Dortmund
gestrandet sind.

SOUNDS

Der irische Sound zwischen den Lagerhäusern
am Liffey, das Knattern der Fahnen
und das Klappern von Pferdehufen an den Kais
»The Irish Times« im Gras von St. Stephen's Green
Pennymünzen, die den Tresen entlangrollen
die betrunkenen Bettler, einen Choral singend
und die Nebelhörner von Holyhead, später.

Der Balkan-Sound, die keuchende Lok
in der Nähe von Kosovo, singende
Gleisverleger, Gänseherden in Nisch
Slibowitz am Bahnhof von Skopje –
geht die Uhr wieder? Frühmorgens
die muslimischen Frauen beim Straßenbau;
Barbara schlief, lächelnd, vielleicht
sang sie in ihrem Schlaf –

Ohne eine Spur von Ekstase
ohne den Schmerz und die Lieder
der armen Länder, ohne die Möglichkeit
von Gewalt läuft das auf Bonner Sonntage raus,
Jethro-Tull-Flöte in gepflegten Hinterhöfen
D-Züge nach Frankfurt/Main, pensionierte
Spitzel, die falschen Zähne in
Bockwürste versenkt.

Vielleicht ist noch nicht alles
zu spät und es ist nur eine Frage
von Entfernungen, man spürt
man kann nicht mehr hiersein, spürt
man kann nichts ändern, dieser

Schrott, die Lügen, und nur noch
finstere Frauen …

Andererseits dieser riesige Sound
in Istanbul, Galata-Brücke, der Muezzin,
zerschossene Fluchtpunkte, oder in den
spanischen Bergen, Figueras, die Laster
in der Nacht, die Ebene runter nach Gerona,
weißes Fieber, später sprachlos, als die Pferde
aus der Arena geschleift wurden, der Kalk,
der in den blutigen Sand spritzt …

AIRPORT FFM

Jeden morgen in der Frühschicht
kams mir hoch und ich spuckte
ein bißchen Magensaft zwischen die Packwagen
mit Koffern für Ibiza, New York, Acapulco.
Und der Türke mit dem grauen Schnurrbart
sagte jedesmal, oh Allah Mann,
muß das sein.
Aber nach einer Nacht mit Dosenbier
und billigem Wodka und Gedichten
die nie das sagten, was ich wollte,
und dem Nescafé um 5 Uhr früh
und dem halben Schinkenbrot
und den Straßenbahnkontrolleuren
wenn ich, leider, auf Pump fahren mußte –
arkadesch, ich schätze
es mußte sein.
Ich hab keine Entschuldigung vorzubringen.
Noch heute, nach vier Jahren, keine Entschuldigung.
Kein Wort von sinnloser Arbeit!
834,65 Mark im Monat sind nicht sinnlos.
Bloß, du hattest Frauen, Kinder, Wohnungen, Hoffnung,
die hungrigen Vettern in Konya.
Ich nur Durst.
Und Hunger auf Worte und den tatsächlichen Spucknapf
wo Idee sich mit Wahnwitz mixt
und Höchst und Gallus und all die Orte
und die Stehausschänke und Imbißhallen
und der Ostbahnhof
nach Sternen und Frauenmündern schmeckten
die ich nicht hatte, nicht
habe.

FAT CITY FUSSBALL BLUES

In der 81. Minute passierte es – ich stand oben
auf der Gegengeraden an der Bude, um das letzte Bier
zu holen, da hörte ich Geschrei, drehte mich um und
sah den gegnerischen Linksaußen den Ball freistehend
mit dem Innenrist in den Kasten ziehen.
Die Schwarz-Blauen standen völlig belämmert rum.
Null zu eins, und das gegen den Abstiegskandidaten.
Ich ging mit dem Bier runter zu Schotte
und er sagte komm, nichts wie weg
die Affen kriegen höchstens
noch eins rein.
Es war wirklich ein mieses Spiel gewesen
und dazu hatte es fast unaufhörlich geregnet
so ein mieser kalter Novembernieselregen
und jetzt riefen sie Aufhören! Schiebung!
aber sie hatten keinen Schwung mehr
genau wie die auf dem Rasen, 500 von den 700 hatten
noch ihren Hangover vom Samstagabend, und nach
fast zwei Stunden in der Kälte brachten sie
keine Wut mehr zusammen, nur noch gehässigen
Ärger und Selbstmitleid. Sense, sagte jeder
beim Rausgehen, die sehn mich net mehr, aber
nächsten Sonntag latschen sie doch
wieder hin und löhnen ihren Heiermann
stehn mit der Bierdose in der Hand frustriert rum
und warten auf Tore, die sie selbst nicht schießen
können. Dann der Weg vom Hang hoch
zur Allee, im Regen, es wurde immer kälter
die Bäume waren fast kahl, in den Kleingärten
hockten die Krähen, und Schotte sagte
erst mußte so was ansehn, und dann das hier

das geht einem unter die Haut, ich möcht am liebsten
alles hinschmeißen, und zu Haus noch die Alte
die mich nicht ranläßt wenn ich einen sitzen hab
sach doch selbst, Scheiße, nix wie Scheiße …
Wir gingen ins »Faß«, und der erste Rentner
am Tisch links fragte gleich, ei Schotte
wie habtern gespielt, und Schotte wurde rot
und brüllte laß mich in Ruh, und ich sagte
Schotte, der kann doch nichts dazu, und Schotte sagte
dann soll er erst recht sein Maul halten!
Wir tranken so unsere zwanzig Schöppchen und
fütterten die Musikbox ohne hinzuhören
und die neue Bedienung hatte eine ziemlich
scharfe Figur und wollte uns zum Würfeln anmachen
wir lachten bloß und warteten auf die
Nachtausgabe – die Eintracht
hatte auch verloren …

FRANKFURT AM MAIN (I)

Trunken vom Höhenwahn
meldet neuen Rekord
die Deutsche Bank:
67 Zentimeter
wird ihre Zentrale
die Konkurrenz überragen.
Schau dir die Trümmer an
sagt bei der Personenkontrolle
in der U-Bahn ein Polizist
zu seinem Kollegen und
zeigt auf die Stadtstreicher
die auf der Bank ihren
Rausch ausschlafen.
Menschenauflauf vor den
Delikatessenläden.
Für Austern und Kaviar
stehn sie gern wieder
Schlange.
Wie viele Aufputschmittel
sind nötig, um so
hoch zu kommen, wie viele
Schmerztabletten, um den
Sturz zu wattieren?
Um die Ecke stehn
ihre Kinder und
spritzen sich gleich
Heroin Nr. 4 – sie
sind ihre Kinder:
Sie kotzen in die
praktischen
Einwegtüten.

FRANKFURT AM MAIN (II)

Hab in Frankfurt vorbeigeschaut
In Manhattan am Main –
Krankfurt sagen die andern.
Der Fortschritt ist totgebaut
In Frankfurt, der Stadt
Wo die Baukräne wandern.

Überm Fluß schrein noch die Möwen
Die »Vaterland« liegt am Eisernen Steg
Tote Fische an den Planken.
Im Zoo verdämmern die alten Löwen
Und die Türken stehn davor
Und haben auch Gedanken.

Die Kälte ist schwül
In Frankfurt am Main
Wer sich nicht umbringt
Der trägt Gefühl.

Ich seh die Banken im Höhenrausch
Jeden Tag ein neuer Rekord
Jeden Tag 'n Zentimeter
Näher an den Himmel ran.
Frankfurt, die Stadt –
Das braucht der Mann.

Schlangen vor den Apotheken
Und vor den Freß-Boutiquen
Die Austern sind heute knapp
Aber Heroin gibts en masse.
Die Nutten quieken.
Sex vom Faß.

Die Kälte ist schwül
In Frankfurt am Main
Wer sich nicht umbringt
Der trägt Gefühl.

Zwischen den Hochbaumeistern
Auf Müllbergen, in Betonsilos
Auch Schöner Wohnen.
Gift und Smog verkleistern
Frankfurt, die Stadt –
Tod muß sich lohnen.

Und an den Wasserhäuschen
Steht die große Ohnmacht
Wie der Schaum in den Flaschen.
Ach, wir überleben's schon!
Auch mit leeren Taschen –
Wär ja gelacht!

Die Kälte ist schwül
In Frankfurt am Main …

KUDDELS LETZTE TOUR

Kuddel kam völlig erledigt von seiner
Tour zurück 50 Minuten Streifengang
34 Kontrollstellen 376 Stufen rauf
und runter ein alter fertig-
gemachter Apfelweintrinker
bei seinem letzten Job
kaputte Ehe Kinder im Erziehungsheim
vom Sozialamt aus der Wohnung gesetzt
ohne Brille sah er nicht richtig und
mit Brille gar nichts weil er eigentlich
nichts mehr sehen wollte
fand jedesmal nur zehn Stechstellen
auf seiner Tour kam ohne Brille wieder
ins Wachzimmer und ich holte die Flasche
unterm Tisch vor und der Wachführer
leierte seinen Spruch runter
»zum Wachmann muß man geboren sein
solche wie ihr haben keine Chance«
und wir spielten Mensch-ärgere-dich-nicht
lasen die Rennzeitung und hielten uns
gegenseitig wach um nicht von der Kontrolle
auf allen vieren erwischt zu werden
Kuddel hatte wirklich keine Chance mehr
Magendurchbruch kaputte Leber Rheuma halbblind
fünfzig Jahre nichts als Schläge
die alle saßen
wir lasen die Rennzeitung und er gab mir Tips
und erzählte ein paar gute Storys
zum Beispiel von der Pokernacht in
Sachsenhausen wo er den Wochenlohn von 160 Mark
verspielt und im letzten Moment dem

Bauunternehmer aus Hanau das As
aus dem Ärmel gefischt hatte und am
nächsten Tag setzte er den ganzen Kies
auf einen todsicheren Gaul im siebten Rennen
der Gaul hieß Miranda und warf in der
Zielkurve den Jock aus dem
Sattel, Schindler hieß er …
noch zwei Flaschen Apfelwein und
raus zur letzten Tour und dann
kam Kuddel verheult und mit blutendem Mund
ins Wachzimmer getaumelt
»was'n los Kuddel«
»konnte die Scheiße nicht halten«
im Halbdunkel war er im Suff die Treppe
im Physikalischen Institut runtergefallen
und hatte sich in die Hose geschissen
bei Kuddel saß eben jeder Schlag
Gebiß hin Brille futsch Tränen und Blut
irgendein Schwein mit 20 Mark die Stunde
holte Kuddel ab
alles lachte
am nächsten Sonntag
verlor ich beim Buchmacher
einen Schein
Kuddel sah ich
nie wieder

RABAT MON AMOUR

Der große Hit diesen Sommer war
Mireille Mathieu mit »On ne départ
sans se dire adieu«, er hörte es morgens
wenn der Müllmann kam, mittags wenn er seinen
ersten Pastis schluckte, dann später zwischen
dem Muezzin und der zweiten Post, und enfin
den ganzen Abend
während braune heiße Mösen
in der Diskothek Jefferson
mit ihrem Saft
Raubbau trieben.

Abdullah! Ich brauch 'n neuen Koch
oder die Königin von Saba, Brickhead
wenn sie sich den letzten Straps
vom Schenkel reißt, den von
Arafat, you know … tu sais …
Die Japaner spielten Volleyball
die Sonne spielte Kongo
c'est l'année des Nanas
und ich bin Sir
Richard Burton
im Clinch
mit der britischen
Expertin
für Kartoffelkäfer, shit
nach dem dritten Ricard
immer die Sehnsucht nach
Bergerstraßen, last exits to
Mannheim, Drösel im Biergarten
ein paar Leuten

die mit Humanismus
und Schwänzen sowieso
abgeschlossen, ihre Optionen
auf 'n Weißbier
aber noch nicht
verscherbelt haben, ja, die!
Abdullah!
Der Typ kam raus, wischte sich
ein paar Skorpione vom Hals
und sagte
's Abendessen is fertich, Chef.

Rabat, 16. 7. 1975

WINNER

Mit einer Flasche im Gras liegen und Hemingways
»Winner take nothing« lesen.
Rauch über dem Fluß,
eine Sonnenblume da unten
am Rand des Autofriedhofs, das
paßt ins Bild;
später in der Dämmerung, leicht
im ersten Rausch nach dem
Winter, eine Frau
mit festen Schenkeln vögeln
während warmer Regen
auf Ameisen, auf fliegende
Fische, auf Gedichte
fällt –

»er sagt, daß er noch nie
verrückt gewesen ist, Bugs«, schrieb Hemingway,
»da hat er ja noch allerhand vor sich«

wenn ich die Schritte im Treppenhaus
höre, wenn ich den Rest
Wein mit der Asche und den Fliegen
in das Goldfischglas
schütte, wenn im Zoo die ersten
Schüsse fallen, wenn
die Sonnenblume
endlich explodiert

wenn sie ins Zimmer dringen
werde ich am Fenster stehen
und nichts mehr hören

oder spüren,
das Lächeln der Idioten
auf meinem leeren
Gesicht,
Sieger.

APARTMENTHAUS

Die Fernseher spucken lila Gebisse aus
Und Tore in der letzten Minute
Und Gewalt in jeder Form
Und jeder Maschinensprache
Aber im Korridor riecht es nach dem Gulasch
Der Jugoslawen und den nassen Schlüpfern
Der Fräuleins und Mörtel und Matsch
Und der Rock 'n' Roll hämmert im dritten Stock
Und Schuberts Unvollendete setzt ein
Im achten, und der Dackel bellt, es zirpt
Der Kanarienvogel, im Hinterhof gurren
Die Tauben, auch sie spüren längst
Den Winter nicht mehr, Natur,
Das ist der Selbstmörder, der vorher
Seine Geranien gießt,
Der Tümmler im Abflußrohr, die Ratte im
Zahnputzglas, und
Bier ist das Blut der Dichter.

Selbst der Schriftsteller im ersten Stock
Hat eine Frau im Bett.
Laß ihn rein, Mädel, und
Halt ihn fest.
Wir leben nur einmal, oder wie CW immer sagt:
Man kann nie wissen, wozu es noch mal
gut ist.

HALLELUJA

Der Typ mit den gezinkten Würfeln
– »Kleines Spiel gefällig?« –
geht von Tisch zu Tisch
doch alle stieren vor sich hin
sie haben nur den Suff im Sinn
und freitags gibts im Bahnhofsbuffet Fisch.

Der Taschendieb hält auch noch Ausschau
nach einem Opfer, aber hier ist Sense –
Freitag abend, mächtig flau.
Ein Mann aus Memmingen liest schon zum dritten Mal
die Wasserstandsberichte aus dem Isartal
und weit und breit nicht mal 'ne Frau.

Da dröhnt es mächtig durch die Bahnhofshalle
Mit Engelszungen und mit Paukenschalle
»Halleluja, die Rettung ist nah!«

Die Penner taumeln aus dem tiefsten Dämmer
und reiben sich den Ruß vom Lid:
»Was ist denn los? Sind wir schon tot?«
Der Schnellkoch kann nur lachen über solche Lämmer
der Würfler pfeift sich ein obszönes Lied
der Taschendieb sieht Morgenrot.

Ein starker Trinker stellt das Schnapsglas weg
– man weiß ja nie, vielleicht sieht Gott doch hin –
und denkt ans elfte Gebot.
Der Mann aus Memmingen hat so was nicht nötig
ihm kommt das alles vor wie letzter Dreck
und dann noch Fisch zum Abendbrot!

»Halleluja!« dröhnts durch die Bahnhofshalle
Mit Engelszungen und mit Paukenschalle
»Halleluja, die Rettung ist nah!«

Doch durch die Tür schiebt sich zuerst
ein altgedienter Knastologe:
»Au weia, hab ich 'n Durst!«
Natürlich macht er sich sofort
an die Mamsell, der Psychologe –
»Und außerdem brauch ich 'ne Wurst!«

Das gibt dem Trinker doch zu denken.
Dem Taschendieb erst recht – er braucht 'n Stich.
Der Würfler setzt sich an den Pennertisch –
vielleicht wird Jesus seine Hand heut lenken.
»Ich persönlich bin ja Adventist ...«

Da marschiert sie ein ins schäbige Buffet
die Heilsarmee in voller Friedensstärke.
»Es kommt der Herr der Herrlichkeit!«
Nun aber an die guten Werke.

Sechs Busenwunder in Reih und Glied
der Korporal eine Tante mit hartem Blick
ein Herr Major, sehr groß, auch ziemlich dick,
hebt seinen Arm und man stimmt an
das alte, immer neue Lied.

Der Knacki, der mit der Mamsell schon klar war
verschiebt es lieber auf den nächsten Tag.
Dem Taschendieb ist Jesus auch nicht ganz geheuer –
ein Fehlgriff kommt eventuell sehr teuer.
Der Zocker wirft die Würfel in die Sammelbüchse –

es fällt ihm schwer, doch muß man nicht auch geben?
Der Trinker schwört: Ich rühr kein Glas mehr an
in meinem ganzen Leben.
Nur der aus Memmingen bleibt völlig kalt –
er hört nichts mehr, er ist schon hundert Jahre alt!

Sing Halleluja, die Rettung ist nah!
schmettert die ganze Truppe.
Denn Jesus ist für alle da
und auch die Erbsensuppe …

HITZE

Übern Kopf läuft mir 'ne durstige Ratte
Und ich weiß nicht – auch der Mond
Sieht aus als ob er mal
Was mit der Sonne hatte.

Aus der Kneipe an der Ecke
Dröhnt der gute alte Rock 'n' Roll
Es hört sich an als wüßte er
Nicht was er hier noch soll.

An der Gardine hängt ein Kokser
Mit 'ner Einwegspritze voll Glutamin
Und so wie's aussieht macht er eisern
Noch gute Miene zum bösen Spiel.

Und ich, ich lieg hier richtig
Auf der guten alten Matte
Und es sieht ganz so aus als wär
Sie alles was ich je hatte.

Dein Geflenn und dein Gestöhn
Deine Bisse und natürlich auch
Dieser Knutschfleck und die
Alte Narbe auf dem Bauch –
Ich streichle sie so gern
Diese weiße Messerritze
Als wärs das einzige was mir bleibt
In der großen schwarzen Sommerhitze.

HEILIGE JOHANNA

Die Teller blankgefressen, das Laken hängt in Fetzen
Am Fenster krepiert die Morgenröte
Der Krüppel schnallt das Holzbein an und geht kassieren
Die letzte Flasche ist geleert

Heilige Johanna steck dir Blumen ins Haar
Die Trinker sind von der Welt geheilt
Die Welt ist so beschissen wie sie immer war
Die schwarze Fahne ist abgeseilt

Die Ratten auf Rente, die Wanzen brauchen 'n Schuß
Der alte Junkie ist Pförtner beim Freizeitamt
Unterm Tisch liegt ein Dichter und sucht noch 'ne Frau
Die letzte Zitrone blüht im Weißbierglas

Heilige Johanna steck dir Feuer ins Haar
Die Trinker machen noch einen drauf
Die Welt ist so schön wie sie immer war
Die schwarze Fahne ist obenauf

Der Barmann klebt an der Wand, die Bloody Mary ist voll Blut
Manche Töchter brauchen noch 'n Mann
Im Lokus liegt ein nackter Polizist
Der letzte Anarchist kommt von der Nachtschicht heim

Heilige Johanna mach die Beine breit
Dein Trinker hat Schiß vor der Welt
Die Welt macht auf Liebe, der Trinker auf Einsamkeit
Die schwarze Fahne ist alles was noch hält

München, 4. 7. 1977

MARGERITEN

Vielleicht hattest du recht
und es waren keine Margeriten
sondern Pusteblumen, die da
zwischen uns blühten
und vielleicht war der Indianer
kein Indianer sondern
einer der heiligen Trinker
und sicher hatte
das Wetter recht
und ich hätte am Morgen
bei dir bleiben sollen
statt von Margeriten zu träumen
und später an der Bar
Pusteblumen mit Tonic
zu trinken –
zu den heiligen Trinkern
kann man schlecht an solchen
regnerischen Vormittagen
beim ersten Drink sagen
hallo
ich liebe dich.

Also war alles Zufall.
Indianer, Margeriten und
der Nebel über Montana.
Ich trank. Du hast
das Leben gesucht
und ich, was ich immer
suche – Margeriten
Straßen und
Bier.

ANGELINA

Du stehst im dämmergrauen Licht
Dein letzter Kunde ist die Nacht
Du weißt nicht, ist das dein Gesicht
Hast du dich selber angemacht?

Im Hafen geht die Hoffnung aus
Das schwarze As schlägt noch mal zu
Angelina blas meine Kerze aus
Dann hat auch deine Seele Ruh.

Wenn der Totengräber Heimweh hat
Übernimmt die Anarchie die Bar
Der Kater wird vom Cognac satt
Der Tod macht sich bis morgen rar.

Du puderst dir die Titten blau
Das ist der Fluch der Literatur
Der letzte Trinker sitzt längst im Bau
Dem hilft auch nicht mehr l'amour.

Im Hafen gehn die Lichter aus
Das schwarze As sieht aus wie du
Angelina treib mir die Liebe aus
Dann hat auch meine Seele Ruh.

Portals Nous, 29. 7. 1977

GEDICHT FÜR EINE FRAU
DIE IN DEN STERNEN LIEST

Um Affenärsche zu polieren
bist du zu schade. Glaubst du wirklich
es könnte eine bessere Konstellation geben
als in Harry's Bar
zwischen einem Art Director
auf Gin und Rasierwasser
und einem Dichter
auf miesem Bier
das Zittern der
Sterne beim Ficken
zu sehn?

Rauch lieber dicke Zigarren
schmier dir Smog aus L. A.
auf die Schenkel
die Zukunft brüllt
und bricht Selleriestengel
für meine nächste
Bloody Mary
sie schert sich nicht
um lachsfarbene Backcovers
und das tintige Lächeln
der Sekretärin beim
ersten Blowjob.

Komm raus, mach auf, hol
die Scheiße aus den Backen
stopf Mars in die Venushügel
es regnet Samen
in dein Radar.

Es gibt noch Taxis
wenn es uns nicht mehr gibt
und die Kippe vor dem
Kuß und das Blut am
Morgen danach.

München, 17. 9. 1977

DER ALTE MANN UND DIE SEE

Manchmal in dieser Kneipe
dieses Mädchen,
die spielt da so Platten
in der Musikbox
und manchmal sieht sie mich dabei an
und ich starre in mein Glas.

»It's all Love« etc.
»Let the love shine« etc.
und ich trink mein Glas und zahl
und geh übern Platz
nach Haus.

Die geht nie hinter mir her.
Vielleicht sollte ich
hinter ihr
hergehn.

Statt dessen
Lieg ich da
Les Krimis oder starr
an die Wand
und seh sie sagen,
»Ach, der Bierbauch da,
soll mal nach Buxtehude fahrn
oder Bratislava,
da brauchen die so was noch.«

Aber ich hab auch meinen Radio,
denk ich mir,
und meine See.

1977

WARMES WASSER

Im Treppenhaus
reden die Frauen
auf den Hausmeister
ein.

Seit drei Tagen
gibt es kein
warmes Wasser.

Der Hausmeister
ist Türke.
Er hat die
Ruhe weg.

Er kennt sich
mit dem modernen
Leben aus
und außerdem
wozu braucht einer
der einen Kühlschrank hat
Raki im Glas und
einen heißen Ofen
im Bett
auch noch
warmes
Wasser?

Er lächelt.
Die Frauen
ereifern sich.
Sie haben Heizung

Balkon, Strom
Telefon, Freundinnen
Journale, vielleicht
sogar Männer, TV, Klopapier
Krankenversicherung
Kinokarten, Zahnputzbecher
Blumentöpfe, Dauerwellen
Lockenwickler, womöglich
Pudel, aber was
ist das alles
sie brauchen noch
warmes Wasser.

Ich kippe einen
kühlen Muscadet.
Der Hausmeister
lächelt.

17. 11. 1977

ISABELLA POEM NR. 2

Ich hätt jetzt noch gern
mit dir im Stehausschank
gehockt Cohen gehört
Tequila gezwitschert
oder einfach Pils
dir zugehört
dich angeschaut
deinen Blick
zwischen Oberbett
und Ohrwurm
statt dessen
steht mein Glas
hier auf dem Tisch
mit Zigarettenpapier
und Zeit
jemand dudelt auf
Mittelwelle
das ist recht so
wenn du dahinter wärst
stiege ich sogar
über Mauern
ohne zu wissen
warum
denn ich brauche
dich nicht
manchmal wach ich auf
ich glaub du kennst das
mitten auf der Straße
dann ist wieder
ein ganzes Leben
durch mich hindurch-

gegangen
aber ich seh dann viel
besser ich seh das
Eis in dem du liegst
die Katzen lecken
an deiner Brust
Kinder warten auf
deine Kinder
du atmest und
alles schmilzt
ja, auch diese
Tasten sind
nie allein.

EIN ABEND IN EUROPA

Du hast nichts weiter vor, du sitzt
in einem alten Café in Paris
es ist halb elf und ein Clochard
rollt sich zwischen die Mülleimer
neben Finkelsteins koscherer Metzgerei
bettet seinen Kopf auf ein Bündel
feuchte Zeitungen und schläft.

Die Kellnerin mit dem traurigen
Lächeln stellt die Stühle zusammen
auch sie will sich betten, zu wem?
Sie ist keine Heilige und heißt
auch nicht Arletty, du bist nicht
im Paradies oder im Kino, du könntest
sie fragen ob du unter ihren
Regenschirm darfst.

Warum hockst du vor deinem Pernod
und starrst auf die Straße
Rue du Roi de Sicile. Eine Ratte
schnuppert an den Füßen des
Clochards. Warum legst du dich nicht
zwischen die Mülltonnen, auch du
bist müde, Europa ist müde – wann
fällt wieder Blutregen? Wann speit
der Vesuv? Wann dröhnt die Erde
vom Donner der Geschütze, wann
kündigen Heuschreckenschwärme
wieder an den schwarzen Tod?

Alter, hier sitzt du in einem Café
in der schönsten Stadt Europas
und meditierst Apokalyptisches, aber geh!
Spring in ein Taxi, falle, ein Nachfahr
der Bacchanten, in die verrufenen Bordelle ein –
tu was! Ertränk die Tristesse, frag
die Kellnerin nach ihrem Parfüm, die
Ratte nach ihrer Leibspeise, sei
spendabel! Das bist du dir
und Europa schuldig.

18. 11. 1978

HOLIDAY INN, GREAT FALLS, MONTANA

Beim Room Service Bloody Mary
und Käsetoast bestellt; Nordwind 13 mph;
Zeit 2:49 p. m. in Great Falls,
Montana; Temperatur 60 Grad Fahrenheit;
Luftfeuchtigkeit 73 und jetzt laut TV
schon 18 Meilen Wind in der Stunde.
Die Indianer fahren mit ihren klapprigen
Lieferwagen in die Stadt,
um sich zu besaufen. Fantastisch:
keine Sonne in Sicht, aber ein Indianer
in blauer Windjacke steht mit wehendem Haar
vor Sharkey's Pizza Parlor
und starrt lächelnd durch die Scheibe
auf einen Batzen Pink Pizza.
Hey, wir sind wirklich weit gekommen, Mann, du
und ich! Aber wo bleibt der Room Service?
Dammbruch in Idaho, Carter liegt in Ohio vorn,
Wind jetzt 18 bis 28 mph,
Regenschauer und Gewitter angekündigt,
Senator Church im Hubschrauber über
dem Dammbruch, aber damit fängst du auch
keine Stimmen mehr, Mann; vielleicht steigt
der Missouri über die Ufer, schwemmt die
Ochsenfrösche und Klapperschlangen über
Central Avenue, überflutet die Anaconda
Copper Mines; und in Nevada
kriecht die Hitze jetzt durch die Jalousien
des Carlotta Inn, im Saddle West rollen
die Silberdollars über die Spieltische; vielleicht
zieht Mary einen frischen Slip an. Take care, Mary.
Nebenan lernt I Sa ihre Rolle, ich sollte

vielleicht noch ein paar Zeilen über den Dammbruch
reinschreiben, Luftfeuchtigkeit 74, ich warte
auf Room Service und Gewitter und Dialoge,
gegen die selbst ein besoffener Indianer in blauer
Windjacke vergebens anstinken würde, ich warte
auf den Fliegenden Holländer, auf Mike Hammers
Einsatz, auf die 60 000-Dollar-Frage, ich bin
der Weiße Mann im Holiday Inn, an Drinks geklammert
wie an Totempfähle –
kein guter Tag für Gedichte, auch keiner
für Senator Church, wo zum Teufel bleibt
die Bloody Mary?

CHICAGO AIRPORT

Diese Nacht hat
mir gereicht.
Kein Anschluß,
kein Drink mehr.
Kein Zugang zum
Schließfach. Hier
kauf ich keine
Ansichtskarten, hier
schreibe ich nichts.
Daley, debout!
Selbst im Hilton
kein Drink mehr
und die Taxifahrer
winkten ab: Go to
sleep, man, go to sleep.
Nur ein paar Schemen in
den endlosen Korridoren und
zwei alte Neger in roten Hosen
die den Staub in die
Ecken fegten.
Vieh schrie gegen Morgen
auf euren Rampen, Angst
kroch über die Transportbänder
und Bullen, Hand am Halfter,
patrouillierten im Coffee Shop.
Ich hielt mich an meinem Atem fest
als die Bedienung in der Lounge sagte
Sie sind betrunken, Mister
Sie bekommen hier nichts.
Ich wedelte mit dem Flugschein
und bekam meine Bloody Mary

aber ich ließ sie halb getrunken stehn.
Spült meinen Haß in den
Ausguß, bei euch hab ich
nichts versäumt
nur euer Grab
an der Biegung
des Sees.

MORGENANDACHT

Ich sollte wirklich ohne Schlaftabletten schlafen
und statt Whisky zu trinken lange nächtliche
Spaziergänge rund um die Schwabinger
Friedhöfe machen ich sollte mal ein Gedicht
vor zwei Uhr früh schreiben ich sollte jetzt
mit einem Mädchen mit sagenhaften Titten
im Bett liegen und nicht nur liegen
vielleicht sollt' ich lieber
Busschaffner werden und die Tauben
auf dem Elisabethplatz mit
türkischem Honig füttern, in einem
glitzergrünen Coverall zwischen den
Stenzen auf dem Hollywood Boulevard eine
gute Figur machen oder den wahren
Roman über die sechziger Jahre schreiben
aber wie Jack Micheline sagte
Nee-eeeh
Nöö-öööh
ich schieb man nur 'ne sachte Kugel
in diesem Keller und hoff daß
Geister und Gesindel und schwarze
Sombreros am Wendekreis aller Revolutionen
mir meine Ruhe lassen und mein Nirwana
und manchmal denk ich noch an
die Jahre mit Opium und Speed
und ohne Muschi, die langen
langen Jahre unter dünnen Decken
Regenmäntel die mir drei Nummern zu
groß waren, die Schmiere nie weiter weg
als dein nächster Fehler … irgendwie
hab ich es alles ausgeschwitzt

in Cold Turkey und Texten und Agostino
was kann ich dafür
daß immer noch nicht alles
futsch ist Mann ich schwitzte
wirklich ich litt ich sah mich
im Knast verrotten
und hier bin ich
letzter Drink im Glas
schon wieder zwei Uhr früh und
ein Gedicht, ich lebe
ich schwitze und träume daß ich
im seidenen Morgenmantel
in diesem ritzy Hotel in Singapur
einer Hure in lila Unterwäsche
mal zeige wie dreckig
ich sein kann.

EINS FÜRS FOTOALBUM

Da bist du ja, sagte sie
Schatz, hier sind die Spiegeleier
und im Kühlschrank gibts noch 'n Bier.
Ich riß den Kühlschrank auf
fand das Bier, kappte den
Verschluß an der Tischkante
und trank.

Erst ein paar Jahre her, man glaubt
es wären Jahrzehnte – von den alten
Amigos hat es manche schwer erwischt
und der Rest ist so leicht vergessen.
Ich schmeck das manchmal noch:
Die Spiegeleier mit Paprika, das Henninger
im »Central«, der Geruch der Koffer
auf den Transportbändern im Flughafen
ihre Achseln nach dem Bad
später noch in die »Traube«
die verlausten Folksinger, auf die
sie so stand, eine halbe Flasche
Apfelkorn, drei Stunden danach
schon Schichtwechsel –

Samstag gibts wieder
'ne Straßenschlacht.
Glaub kaum, daß ich
dabei sein werde.

Da steht sie mit ihrem langen kupfer-
farbenen Haar, tausend Fragen im schrägen Blick
und du kommst dir mit deinem Bier

und dem Dreck der Stadt auf der Pupille
wie ein Bahnhofspenner vor
der morgens vor den ersten Bahnen
an eine Schaufensterscheibe gelehnt
kurz mal wegsackt.

Du krallst dich an sie, krallst dich fest
an Bildern, Staub, Straßenmüll, Ölschlick –
wachst auf, alles weg
ein Gefühl, als hättest du
alles versäumt.

STRANGER IN THE NIGHT

Wissen Sie wenn ich auch nebenher Soziologie
gemacht habe und im Club Voltaire und in der
Roten Laterne quasi zu Haus und bei
den wirklich wichtigen Demos immer dabei
und mit dem AStA-Vorsitzenden
damals ziemlich liiert war
trotzdem, jetzt kann ichs ja sagen, mein
Lieblingslied war immer »Stranger In The Night«
ich meine nicht, daß es wirklich
wichtig war, außer natürlich irgendwie
für meine Geschichte.
Später machte ich dann doch den Abschluß
und heute bin ich halt Lehrerin, sogar beamtet
na ja, der AStA-Vorsitzende sitzt im Landtag
ich hab ihn nicht gewählt. Meine Geschichte?
Ja, irgendwas ging da schief, die
Kollegin gegenüber hatte so eine Party laufen
ich meine, ich war zehn Jahre auf
keiner Party gewesen, und dort
traf ich dann Charly, und das
Komische ist, daß er wirklich Charly heißt
er war ziemlich besoffen aber eigentlich ganz nett
sagte er hätte das Schreiben an den Nagel gehängt
seine Schreibmaschine wäre im Leihhaus
ich will sagen, er war nicht eigentlich
nett, wahrscheinlich machte er sich
nicht die Bohne was draus, bei jemand
Eindruck zu schinden, er war halt anders
jedenfalls anders als der AStA-Vorsitzende
damals oder die paar Kollegen, mit denen ich
ab und zu mehr aus Langeweile geschlafen hatte

und als er in den Kartoffelsalat pinkelte
glaubte ich sogar, da wäre irgendwas dran und
man müßte tatsächlich in den Salat pinkeln
ich hatte ausnahmsweise was getrunken
und dann fand ich ihn im Klo, er saß da,
den Kopf zwischen den Händen, die Augen
in einem Buch, ausgerechnet ein Krimi
ich meine, ich fand das damals schon spaßig
seine Unterhose war ganz zerrissen, schön war er
weiß Gott auch nicht mit seinem Hängebauch und
diesen merkwürdig verkohlten Augen, wirklich
aber er hatte irgendwas was ich nie gehabt
hatte und plötzlich haben wollte, und da ist es
dann passiert, er war sogar ziemlich gut
und ich weiß noch, wie er danach den Krimi
aus der Hosentasche gezogen und
gegrinst und gesagt hat, macht dir doch nichts aus
wenn ich weiterlese, grade wirds spannend
und selbst das fand ich noch witzig und
irgendwie gut, und er stellte das Radio an
und da kam dann Sinatra und sang wieder
Stranger In The Night.
Seitdem hab ich diesen versoffenen Typen am Hals
der anscheinend nichts anderes tut als
mit den Nachbarskindern Fußball zu spielen
und seine endlosen Krimis zu lesen
und mich pro Woche einen Hunderter Schnaps kostet
und er pinkelt beileibe nicht nur in den
Kartoffelsalat und seine Unterhosen sind
jedesmal nach einer Woche zerrissen
und wenn ich ihn rausschmeiße haut er
womöglich ohne mit der Wimper zu zucken ab
und Frank Sinatra soll jetzt wieder »in« sein aber
von Stranger In The Night hab ich die Ohren voll.

AUCH DU

Eines Tages wirst auch du
auf diesem Eckplatz sitzen,
grauer Haarfilz, grauer Mantel,
grau dein Blick;
Gasthaus »Zum Garaus«,
Durchgangsstraße, Gewimmel,
Wohnblöcke, Ordnungspatrouillen,
man läßt dich in Ruh;
noch ein Aufbau draußen,
noch ein Raketendonner,
ein Rosenmund, Schmutz
oder Schnee, dir gleich;
du löffelst deinen Teil,
stippst Brot, schlürfst
Bier, sehr schal, Rausch
und Mythe längst passé;
das Radio bringt die
neuen Lieder, auch gut,
du zählst die Zigaretten,
drei noch, zögerst;
dann kommt die Kellnerin,
sieht die Flecken, das
leere Glas: »Hat's geschmeckt?«
und du zuckst zusammen;
die ersten Worte einer Frau
seit einer Woche, und sie
sagen dir: »Wann
gehst du denn?«

31. 12. 1978

DER NEGER

Balzac war vierzig, hatte zehn Jahre
Schund geschmiert, zehn Jahre Literatur
gemacht, 15, 16 Stunden am Tag, dabei
wollte er nur reich werden, eine reiche
Witwe, möglichst Herzogin, war sein Traum;
dann fuhr er nach Sardinien, um sich die
alten römischen Silberminen untern Nagel
zu reißen, aber auch damit wars Essig –
»Alles ist schlimmer geworden, Arbeit
und Schulden«, das war sein Resümee
im Jahr 1839.

Aber, sagt er sich, es gibt ja noch das Theater.
Es gibt in Paris allein über zweihundert Theater
an einem Stück kann man Zigtausende verdienen
man wird also im Jahr seine 20, 30 Stücke
schreiben, nebenher, denn die Romane müssen
ja auch geschrieben werden, und das nicht nur
weil sie schon für die nächsten Jahre mit
Vorschüssen belehnt oder verpfändet sind –
Balzac beginnt in dieser Zeit mit seiner
auf achtzig Bände veranschlagten
umfassenden Darstellung des alltäglichen Wahnsinns,
der Comédie humaine.

Man wird also die 20, 30 Stücke nur nebenbei
schreiben können, man wird sie schreiben lassen,
selbst nur letzte Hand anlegen, man wird sich
Neger nehmen, Mietschreiber, man war schließlich
selber zehn Jahre Neger. Und Balzac
eilt durch die Kaschemmen von Paris und

greift sich den erstbesten Bohemien
einen gewissen Charles Lassailly, verwahrloster
Poet, Hungerleider, noch nie ein Theaterstück
geschrieben, noch nie von der Muse geküßt.

Der arme Schlucker kommt nicht zur Besinnung,
Balzac packt ihn am Schlafittchen: Charles,
wir werden die Theater erobern! – Wenn Sie
es sagen, M'sieur de Balzac. Schon sitzen sie
in der Kutsche, jagen hinaus zu Balzacs Haus,
Villa d'Avray, auch noch nicht abbezahlt.
Ein Trommelfeuer geht auf Lassailly nieder,
Pläne, Projekte, Ideen, vor allem Zahlen,
dann wird er, es ist fünf Uhr nachmittags,
zu Tisch befohlen, mit den besten Speisen voll-
gestopft, mit den teuersten Weinen trunken gemacht.
Nun wäre die Stunde des Bohemien, mit zwei
drei Flaschen Wein im Kopf entzündet
die Phantasie auch in seinem Hirn noch mittlere
Feuerchen, aber nichts da, Punkt sechs erhebt sich
Balzac, dies ist seine Schlafenszeit, und auch
Lassailly wird erhoben und zu Bett gebracht.
Nun gut, denkt er, schlafen wir drüber.

Aber um Mitternacht, er liegt im tiefsten Schlaf,
wird er geweckt. Ein Gespenst steht in der Tür,
es ist Balzac in seiner weißen Kutte, immer
arbeitet der Schriftsteller im Gewand eines
Mönchs, und ab Mitternacht schreibt Balzac.
Also auf, Charles! An die Arbeit! Der Betäubte
wird in ein Zimmer gebracht, an einen Tisch
vor Stöße von Papier gesetzt, mit Kaffee
ermuntert und hat sich nun die Einfälle und

Dispositionen Balzacs anzuhören. Nicht einschlafen, Charles! Denken Sie an die zweihundert Theater von Paris! Wenn wir in zweihundert Theatern vertreten sind können wir Millionen machen! Millionen! Bis 6 Uhr früh hat Lassailly so zu sitzen und zu hören, dann zieht sich der Meister zurück, um an seinen Romanen zu arbeiten, und der Neger soll die ersten Szenen entwerfen, die dann ab Mitternacht geprüft und bearbeitet werden. Um Mitternacht!

Nach drei Tagen schleicht sich Charles Lassailly
aus dem Haus, er flieht, nicht ohne einen Brief
zu hinterlassen, in dem die trostlosen
Worte stehen: »Die ganze Nacht habe ich mich abgemüht
aber mir ist nichts eingefallen, was wert gewesen wäre,
niedergeschrieben zu werden ...«
So begibt sich der Bohemien zurück in die Kaschemmen
in die Dachkammern, in die Namenlosigkeit. Balzac
gibt später das Theater auf, lebt noch zehn Jahre,
wird kein Millionär, schreibt noch über 20 Romane
und schafft immerhin sechzehn Bände
der Comédie humaine.
Der Ruhm hat keine weißen Flügel –
Fazit seines Lebens
aber vielleicht auch Fazit Lassaillys
der nichts von Bedeutung geschrieben
nichts hinterlassen hat als diesen Brief,
Fußnote der Literaturgeschichte, selbst als Neger
gescheitert, Dachstubenschicksal, rien de rien;
aber immerhin, auch das ein Leben, der Ruhm
hat es gestreift drei Nächte lang, seine Flügel
waren nicht weiß, und dann adieu ...

Ich klappe die Biographie zu, mache mir
eine Tasse Nescafé, setze mich
an die Maschine. Ich bin
mein eigener Neger.

München, 14. 7. 1979

CAFÉ GRABBE

Grabbes Ende: er schrieb sein letztes
Stück, Die Hermannsschlacht, »mein Herz
ist grün vor Wald«, er stelzte
»wie ein Nachtgespenst« durch Detmold
um seine Frau nicht sehn zu müssen.
Seine Krankheit, sein Land, seine Zeit
brachten ihn um sein Leben.
Seine Frau tötete ihn.
Er starb an sich selbst.
Einmal machten ihn die Spießer besoffen
und er las ihnen auf der Straße
aus der Hermannsschlacht vor.
Sie pfiffen ihn aus, brüllten
vor Lachen und bewarfen ihn
mit Kot.

Schließlich krepierte er. Der Pastor
leierte seinen Sermon, und im Todeskampf
hörte er noch Frau und Mutter keifen.
Als er kalt war, legte seine Frau
ihm einen Lorbeerkranz um die Stirn
wie sie schriftlich vor der Ehe
versprochen hatte. Sechzehn Personen
gaben ihm das letzte Geleit, ihm
der Tausenden eine Rolle
geschrieben hatte.
Es war September 1836, und die
westfälische Erde war weich
vom Regen. Metternich herrschte
in Europa. Eckermann veröffentlichte
Gespräche mit Goethe. Dreyse erfand

das Zündnadelgewehr. Der Kapotthut war
der Schlager der Saison, und Schopenhauer
schrieb über den Willen in der Natur.
Adler und Eulen hielten Totenwache
an Grabbes grünem Herz.

143 Jahre später bin ich in Detmold
und stehe vor dem Sterbehaus.
Im Erdgeschoß ist das Café Grabbe.
Es ist geschlossen. Samstagnachmittag.
Im Fenster hängt eine Harfe aus Brotteig.
Die Torten sind über Sonntag weggesperrt.
Das Fenster im Dachgeschoß ist verriegelt.
Niemand ist zu sehen. Ein Radio irgendwo
überträgt Fußball. Die Straßen sind
frisch gekehrt. Der Pastor
trägt Rollkragen. Im Imbiß am Markt
trinke ich einen Doppelkorn, in der
Musikbox läuft Dschingis Khan. Metternich
ist auch schon lange tot, Grabbes Herz
weiterhin grün. Ausflugsbusse rattern
zum Hermannsdenkmal. Das Schwert aus Bronze
funkelt in der Sonne. Es zeigt noch immer
nach Westen. Später rüsten die Kriegervereine
zum Heimweg, die Rocker lassen
die Motorräder an. Es wird auch gesungen.
O Deutschland. Ach, Deutschland.
Ich lege den Kopf an die warme Erde
aber Grabbes Herz schlägt nicht mehr.
Nach den Adlern sollen jetzt
auch die Eulen aussterben.

ISABELLA POEM NR. 8

Eigentlich unglaublich:
du schluckst 2, 3 Schlaf-
tabletten und bist sofort
ganz da –
alle Nebel gelichtet
alle Träume nur noch
ein Murmeln, du spazierst
zwischen Schleiern in
fremden Cafés
Spielbuden Spermien
jemand fragt dich
wer du bist und
mit gelassener Miene
sagst du: Der Bosporus
gegen fünf Uhr früh
wenn die ersten Busse
über die Brücken rumpeln
die Bettler gähnend aus dem
Rausch erwachen und Üsküdar
seine Kerzen ausmacht –
klar
wie sind nie zu Haus
weder im Kopf
noch im Korn
und manchmal ist Liebe
wie ein Teerfaß im Schnee
wie der Gang ins Leihhaus
oder das erste Bier
mit dem ersten Song
aus der Musikbox –
dann

seh ich beiseite
taste nach Münze
nach Münze? Nach
Marokko
wie diese Nutte
im Schoppenbläser
vor vier Jahren
nach ihrem Pinscher
tastete, statt nach
mir – wirklich
unglaublich: Nichts
wiederholt sich
nur Irrsinn.

AFFENZIRKUS

Was ist aus der Welt geworden
Sagt Sammy der alte Clown
Schauspieler werden Präsidenten
Und Männer werden Fraun

Künstler wollen an die Macht
Generäle zu den Sternen
Wie man Atome zertrümmert
Kann man im Bastelkurs lernen

Die Artisten sind in der AOK
Der Tiger leidet an Profilneurose
Der Feuerschlucker wählt liberal
Und bügelt seine Trevirahose

Die letzten Wilden sind gezähmt
Und stehn im Museumskatalog
Der Tragöde macht Karriere
Als Außenseiter im Angebot

Die Welt macht den Zirkus nach
Sagt Sammy der alte Clown
Ich bring die Leute zum Lachen
Statt vor ihnen abzuhaun

GUTEN MORGEN, KINGS

Dies nur nebenbei:
eure Topfpflanzen kichern
die Katzen-Oma kriecht unters Kanapee
der Kammerjäger sitzt im Blauen Engel fest
die Drähte laufen heiß
weil alle Freundinnen
aushäusig sind
und vom Stop In aus
nach Verstärkung, Taxis
und Liebe rufen.
Ach, ihr edlen Ritter
auf der Flucht vor der Sucht!
Ihr Gummibären!
Unsägliche
Geschichten
mit Platzkonzert
und Horrortrips
zwischen Haidhausen
und Herzoghaus!
Ungarinnen!
Fidelio!
Roth, Raki, Rum:
die Welt spinnt
weil, sagt sie,
wir die Fäden
durcheinander
gebracht haben.
So nicht und
auch nicht so!
Also ab in die Klapsmühle
oder Urlaub in Unterpfaffenhofen.

Hier ist die Schnapsscheide:
entweder ihr begreift
daß wir euch lieben
oder ihr werdet noch sehen
wer hier die Kings sind!
und dann das Geschrei …

BELUTSCHISTAN JOE ÜBERM LETZTEN BIER

Irgendein Schnaps muß her, irgendwas Klares
und die Wermutbrüder die ich liebe
Ostbahnhofbrüder die ich verehre
Schnapsbrothers zwischen Distraneurin und Dachau
einfach um die einzige Katastrophe hinter uns zu bringen
die noch was hergibt, die Huja
mit irgendeiner Klunte aus Hildesheim, oh Amor
2 Flaschen Galle gespritzt und ganz
auf die schnelle
Eva-Stüberl um sieben
oh Titten
oh Melanie
oh Gestern
und erst recht oh Morgen
Freunde kaputtgeschossen von Magendurchbrüchen
andere Amigos zerfetzt von Nierenversagen und Bockwurst
und zuviel Krawatten und Hanffasern oh Hanf
oh Viktualienmarkt um Mitternacht oh Stehausschänke am
Ostfriedhof
oh Friedhöfe
also drei frostige Klare in Haidhausen
können auch eine Sache auf Leben und Tod sein
andere wetzen ihre Scharten
auf Buchmessen und Bahamas
aber seit da alles belegt ist
steh ich grün und kalt
zitternd im Hesseloher Hof
und die Bedienung wispert
après vous, Monsieur
quel déluge

EINE NACHT MIT BABETTE

Schnee in Haidhausen. Der Ofen
bullert. Die Fledermäuse
sind los. Im Friedhof
buddeln die Totengräber
die Flachmänner aus.
Das blonde Ding am Tresen neben mir
fragt ob ich 'ne Kippe hab.
Ich hab.
Und wie ich heiß? Sie heißt
Babette.
Und ob sie trinkt?
Sie trinkt.
Sie ist aus Hildesheim.
Ich bin Poet.
Das macht schon zwei
in dieser Nacht.
Wir gehn zu mir.
Der Mond schippert übern Ostbahnhof.
Die Gasheizung dröhnt.
In den Schnee sinkt
die Spicheren-Straße.
Längst haben die Kürassiere
den letzten Säbel
ins Leihhaus getragen.
Mir ist zart zumute,
mein Mund voll Wermut
in Babettes Schoß.

Ihr Zug fuhr um acht
und später erwischte ich
einen Zipfel Weltschmerz

und verscharrte ihn
mit Asbach Uralt
in der Musikbox
vom Mörder-Stüberl.

In diesen kalten Nächten
wünsch ich euch Trinkern allen
Babette und ihren Bullerofen.

BYRONS TOD

Als Byron im Sterben lag
ließen die Ärzte ihn zur Ader
das Blut rann über seinen Leib
die Sklaven der Erde schwiegen
die Fürsten des Himmels grollten,
Blitze schlugen ins Meer,
Griechenland bebte,
England schlief,
Deutschland träumte,
und bevor Byron starb
sagte er:
Ich habe der Welt etwas
Teures hinterlassen.
Wenn du also die Tage nicht ertragen magst
wenn die Stadt ein Egel ist
der das Blut aus deiner Seele saugt
und das Gedröhn der Geschäfte
das Jammern der Kreatur
die Wüste des Himmels
so grausam sind
wie ein Krieg
den niemand gewinnt
wie der Krieg der Goldenen Schüsse,
wie der Krieg der Geschlechter,
wie der Krieg den die Geschichte
gegen die Menschen führt,
bleib ruhig und ertrag dein Teil –
denn was Byron hinterließ
lebt auch in dir
und wenn es dich zerstören wird,
werden es Sklaven sein

die dich verscharren,
aber Fürsten werden dich
empfangen.
Bleib teuer!

Berlin, im Mai 1981
Für Pappi

Erstfassung 1979
Erstveröffentlichung im Kunstkatalog Arthur Fauser, *1989*

DER ANFANG

Der Anfang kommt, wenn du wieder allein bist
Die Häuser sind dann dunkler als Höhlen
Und die Straße ist länger als das Leben
Und die Stadt ist größer als die Welt

Der Anfang ist eine Rose auf dem Pflaster
Der Anfang ist der Nebel überm Asphalt
Der Anfang der Liebe ist das Wort ich
Der Anfang der Liebe ist Angst

Der Anfang ist ein rostiges Messer
Der Anfang ist eine offene Wunde
Der Anfang ist eine Wölfin und wenn du kein Wolf bist
Dann ist die Stunde des Anfangs schon die Stunde des
Endes

Der Anfang kommt, wenn du wieder allein bist
Deine Angst ist dein zweiter Schatten
Deine Liebe ist dein zweites Leben
Und die Nacht ist plötzlich weiter als die Welt

1979

DEUTSCHER NACHMITTAG

Ich frühstücke,
laß mich langsam ins heiße Badewasser sinken,
schlage die Zeitung auf
und lese von dem 5jährigen Mädchen,
das jeden Tag zehn Jahre älter wird,
man kann dabei zusehen,
irgendeine Krankheit,
unheilbar. Ob nun Skylab
auf Kuba krachen wird oder auf Kassel,
das Mädchen ist sowieso
in drei Wochen tot.

Ein Freund kommt vorbei, ich zeige ihm
den neuen Bukowski, Western Avenue. Wir finden
das Gedicht, in dem er von einer Aufführung
der Götterdämmerung träumt, Weltuntergang,
er und dann die Blondine … und wie geht es uns?
Wir müssen noch die Hemden zur Wäscherei bringen
und morgen früh zum Zahnarzt. Das kommt vom
Rauchen,
sagt die junge Frau, die das Rauchfleisch holt.
Warum steigen wir nicht mit ihr ins Bett?
Damals im Süden – geschenkt.

Wir rauchen. Dann bin ich allein,
lege eine Kassette ein, höre aber nichts,
die Töne kullern ins Leere, ich sehe
ein Mädchen auf der anderen Straßenseite,
dann ein anderes, merkwürdig, all diese Mädchen,
was ist mit ihnen? Wo gehen sie hin? Warum
lachen sie nicht? Sie sehen aus, als hätten sie

im Miß-Bikini-Wettbewerb von Marbella
den ersten Preis gewonnen, aber sie hasten
die Straße hinunter wie Waschweiber,
die im Supermarkt noch das Sonderangebot von Omo
aufkaufen müssen, bevor es Nacht wird.

Es wird Nacht, und ich sitze immer noch da.
Ich schalte den Fernseher ein und bekomme noch
den neuen Streifen vom BKA mit. So ist das: Ich spreche
auch nicht
mit meinen Nachbarn, ich bin auch
Deutscher.

München, 10. 7. 1979

Mü, 10-7-79

DEUTSCHER NACHMITTAG

Ich [redacted] Frühstücke,
laß mich langsam ins heiße Badewasser sinken,
schlage die Zeitung auf
und lese von dem 5jährigen Mädchen,
das jeden Tag zehn Jahre älter wird,
man kann dabei zusehen,
irgendeine Krankheit,
unheilbar. Ob nun Skylab
auf Kuba krachen wird oder auf Kassel,
das Mädchen ist sowieso
in drei Wochen tot.

Ein Freund kommt vorbei, ~~bringt mir~~ ich zeige ihm
den neuen Bukowski, ~~Gedichte~~ ⌐Western Avenue. Wir ~~lesen~~ finden
das Gedicht, in dem er von einer Aufführung
der Götterdämmerung träumt, Weltuntergang,
er und dann die Blondine...und wie geht es uns?
Wir müssen noch die Hemden ~~von der~~ zur Wäscherei ~~holen~~ bringen
und morgen früh zum Zahnarzt. Das kommt vom Rauchen,
sagt die junge Frau, die das Rauchfleisch holt.
Warum ~~gehen~~ steigen wir nicht mit ihr ins Bett?
Damals im Süden – geschenkt.

Wir rauchen. Dann bin ich allein,
lege eine Cassette ein, höre aber nichts,
die Töne ~~springen~~ kullern ins Leere, ich sehe
ein Mädchen auf der anderen Straßenseite,
dann ein anderes, merkwürdig, all diese Mädchen,
was ist mit ihnen? Wo gehn sie hin? Warum
lachen sie nicht? Sie sehen ~~[illegible]~~ aus, als hätten sie
im ~~Badenixen~~ Miß Bikini-Wettbewerb ~~von Areal auf Mallorca~~ von Marbella
den ~~[illegible]~~ ersten Preis gewonnen, aber sie hasten
die Straße hinunter wie Waschweiber,
die im Supermarkt noch das Sonderangebot von Omo
aufkaufen müssen, bevor es Nacht wird.

Es wird Nacht, und ich sitze immer noch da.
Ich schalte den Fernseher ein und bekomme noch
den neuen Streifen vom BKA mit. ⌐So ist das: Ich spreche auch nicht
mit meinen Nachbarn, ich bin auch
Deutscher.

FRÜHLINGS-SZENE

Gegen Mittag ein Rettungswagen
in der Vorortstraße. Zuerst sind
immer die Kinder da. Dann
spähen die Eltern aus den Fenstern,
aus der Bäckerei, dem Blumenladen,
dem Damensalon: auf starren Fratzen
Rouge wie Schußwunden, auf verzerrten Lippen
Worte wie Blutstropfen. Sie wissen nicht

warum, aber wenn es am hellichten Tag
nebenan einen erwischt, bleibt an ihnen
ein Makel hängen, wie eine Spielschuld,
die sie nicht mehr abzahlen können,
und peinlich berührt fragen
sie sich: wird es mich auch
beim Mittagessen treffen? Wird
der Notarzt Kaugummi kauen
und werden die Kinder rufen,
kuck mal – die hat ja
ganz blaue Füße?

Sie sehen dann aus, als habe das Leben
sie nicht so recht überzeugt, seine Torte,
seine Blumen, seine Dauerwellen,
seltsam! Dabei wirken die Häuser hier
so selbstbewußt wie die Autos
und der Rasen, so überzeugend
wie die Kinder und der
Rettungswagen, in den jetzt
das Bündel auf der Bahre
geschoben wird. Ein Wermutbruder

taucht plötzlich auf, winkt dem Bündel
mit seinem Flachmann und lacht: Hallo Hein,
hast du noch ein Bett frei? Der Wermutbruder
hat als einziger keine Angst vor dem Tod,
kein Wunder bei seinem Rausch, und sonst
spricht eigentlich nichts für ihn. Aber
er macht sich gut, um das Problem der Leere
zu lösen, das sich auftut, wenn der Rettungswagen
sein Opfer wegfährt, denn so ganz ohne Übergang

läßt es sich ja nicht zurückkehren zur Schlagsahne,
zu Fleurop und zur Trockenhaube, wenn man gerade
den Tod in Aktion gesehen hat –
live, in Farbe, im vierten Programm, gebührenfrei!
Aber da läßt sich dann der Wermutbruder, dieser
Penner, einfach ins Gras fallen, wirft seinen Hut
in die Luft als ob im Frühling das Leben nur
eine Lust und der Tod eine Selbstverständlichkeit
sei, und leert seinen Flachmann vor aller Augen!
Schamlos! Rettet die Kinder vor ihm! Rettet

das Mittagessen! Rettet euch selbst und rettet
den Tod! Und schon ist die Straße wie
ausgestorben, bis auf den Wermutbruder,
der immer noch auf dem Rasen sitzt
und auf seinen Hut wartet.
Wo bleibt denn der Hut?
Der Hut hängt im Baum.
Der Wermutbruder lacht,
umarmt den Baum, angelt sich
den Hut und stolpert stadteinwärts,
der Sonne zu.

9.–11. 3. 1979

GESCHICHTEN

Worüber noch schreiben? Alle Geschichten
sind längst erzählt, die Novembergeschichten
und die Frühlingsgeschichten, und alle
dazwischen. Jetzt ist es Juli
und seit Tagen fällt Regen,
der Regen hält sich an nichts,
er sitzt da oben vor der Sonne
und tritt sein Wasser,
auch seine Geschichten sind längst erzählt,
aber er macht einfach weiter,
dieser Regen,
dieser Regellose,
dieser alte Mann
mit seiner alten Masche,
dieser alte Dichter
an seiner Maschine.

Auch die Frauen machen weiter,
besonders die älteren Frauen,
dies ist ihre beste Zeit.
Im Sommerregen blühen sie noch einmal auf,
und sterben sie jetzt, die Erde ist
leicht. Aber sie denken nicht ans
Sterben, sie ziehen ihre neuen Sommerkleider
an, den schicken Hut, und dann ins Café,
die Journale sind bunter als alle
Sommer, und der Regen ist da,
und die Männer sind da,
die alten Geschichten.

Der alte Kellner mag die älteren Frauen nicht,
stellt sich taub, wenn sie mit ihren tragischen
Wohlstandsstimmen nach einem Glas Wasser
verlangen, einem Zuckerl für den Hund,
befingert vorm Spiegel seine letzte Locke
und sieht den jungen Dingern auf der Straße
nach. Irgendwo gibt es die Männer,
die mit ihnen ins Bett gehen. Zu ihm
sagen die älteren Frauen: Sie werden aber
auch nicht jünger, Gustav.

Es regnet immer weiter. Die älteren Frauen
werden unruhig. Es geht auf den Abend,
es geht auf die Angst. Sie kommen
von der Toilette wie Süchtige,
aber der Glanz auf ihren Wangen
ist nur das Rouge, und das Beben
in ihren Augen ist älter
als alle Drogen.
Sie sehen aus wie Frauen,
die alles mitgemacht haben, Männer,
Kriege, Katastrophen, all das Geld,
all die Geschichten, aber gegen Abend,
allein im Café,
jede für sich,
sind sie wieder die Mauerblümchen,
die niemand zum Tanz auffordert.
Vielleicht wären sie lieber billige Flittchen
in einer Tango-Kneipe im Süden, aber sie sind
ein für allemal die älteren Damen
mit den teuren Adressen,
den alten Geschichten,
den leeren Betten,

welke Blumen im Sommerregen,
rote Münder geöffnet für den letzten Kuß,
die Schaufel voll Erde.

Worüber noch schreiben?
Wir haben alle Geschichten geschrieben,
der Regen, die Erde, die Frauen,
die Dichter. Aber die Geschichten
sind wie Gott: sie machen
weiter.

1979

IN DER FALLE

Im AFN haspeln sie die Top Forty
runter, und es klingt verdammt viel
mieser als vor 10 Jahren. Keine
Fantasie, kein Mut, kein aufrechter
Schwanz. Obwohl

die aufrechten Schwänze ja auch
passé sind, mittlerweile, und
selbst die Damen der Nacht
und der Frühkneipen
tauschen lieber Jerry-Cotton-Hefte
und diesen unnachahmlichen Touch
von fraulicher Güte, fraulicher
Zartheit, den sie mir
so lange
schulden.

Die Weiber schaffst du nie, Ed
McClint 1967 auf der Galata-Brücke,
2 Tage später schluckte er
vier Gramm Opium und 30 Romilar
und starb ganz fix und dunkel
in der einzigen Badewanne
vom Yeni Gülhane.

Ich hatte noch 32 Pässe zu ver-
kloppen, aber keine Abnehmer, außer
einem Irren aus Katanga, der mir meine
Brille vom Kopf riß und sie der CIA
andrehte. Good luck, Katanga.

Und das alles nur, um heute früh
hier zu hocken mit Whisky und Fettleber
und ganz ohne Weib
und den Motten und Mücken zuzusehn,
die immer noch einen billigen High
an der Zimmerlampe kriegen,
die überhaupt nicht halten würde,
wenn ich da mit ein paar Socken
und einem Fetzen Bettlaken
und 20 Sleepers
den Schwung fürs nächste
Leben
schwingen würde …

1979

JUNKIES

Der Schüler
war sechs Jahre auf Junk,
nahm so ziemlich alles:
Opium, Morphium, Heroin,
die Barbiturate, die dich
so müde machen, daß du
nicht mehr schläfst,
die Weckamine, die dich
so schnell machen, daß du
schneller im Ziel bist
als der Tod.

Dann ging er über zum Alkohol,
zum Schreiben, zu den Frauen.

Eines Tages wacht er auf
und hat die Leber in der Hand
und das Herz ist ein einsamer
Boxer. Also
geht er in den Box-Keller.

Der Meister
streift ihm zum ersten Mal
die Handschuhe über,
und bevor er ihn in den Ring
schickt, sagt er
mit seinem siebzigjährigen
Lächeln:

Wissen Sie, Boxen ist wie Morphium,
wenn man einmal damit anfängt,

kommt man nie mehr davon los.
Der Schüler weiß Bescheid,
er klettert in den Ring
und beginnt wieder
zu lernen.

München, 8. 5. 1979

WARTEN

Warten ist nicht so schlimm wie Sterben,
ich weiß, aber es ist schädlicher,
es erstickt das Leben.
Die Zeitungen sind wie die Literatur
der Kollegen, sie benutzen alle
das gleiche Wörterbuch. Das Kino
ödet mich an, soll ich die Seelsorge
anrufen oder die Wettervorhersage,
was sagt das Horoskop? Aber ich kenne
dein Sternzeichen noch nicht und glaube
bis auf weiteres nur an den Augenblick,
wenn ich dich sehe. Vielleicht
beschließt die Erde heute nacht
unser Ende, und die Lämmer heulen
mit den Wölfen, und ein pockennarbiger
Engel tritt an Gottes Stelle
und bläst den letzten Blues,
vielleicht bist du die letzte Frau,
vielleicht träume ich uns nur,
vielleicht ist Liebe nur ein Einfall,
um das Warten zu verkürzen, vielleicht
ist unsre Seele nur eine Haltestelle,
und wenn wir das Leben verpassen,
warten wir eben auf die nächste Bahn,
den Tod. Aber das ist weder hier
noch da: ich höre deine Schritte
auf der Straße, ich höre die Straße,
wie sie bebt, ich bebe auch, ich stehe
an der Tür und öffne die Tür und das Haus
fängt Feuer und du kommst durch die Flammen
auf mich zu,
ich brenne.

München, 13. 7. 1979

TOD EINES ANARCHISTEN

Dieser Typ: erst schrieb er Harry eine Menge
komischer Briefe (»letzter Selbstmord
in die Hosen gegangen/wetze das Hackebeil
und warte auf die Apokalypse«) –
dann tauchte er eines Nachmittags
einfach auf.

Harry arbeitete noch als Nachtwächter
und kroch nur mühsam aus der Falle.
»Tut mir leid, bin nicht besonders in Form«.
Harry hatte seinen Bierbauch.
An dem Typ war auch nichts Besonderes dran.
Sie kippten ihr Bier.
Der Typ fing an zu quatschen.

»Na komm schon, Mann, laß mal hören:
wo gehts lang? Wo geht die Reise hin?
Wann kommen die Barrikaden? Was sagt das Karma?«
»Keine Ahnung, muß passen.«
Der Typ verschüttete Bier.
»Was heißt passen? Und der Underground?
Mir kannst du nichts erzählen,
ich hab doch dein Zeugs gelesen –
wann steigt denn endlich die große Sache?
Wann gehts los mit der Anarchie??«

Harry paßte.

»Hab 'n echten Horror davor, glaub mir. Macht mich
selbst ganz krank, ehrlich, aber mir sagt das alles
nichts mehr, ich bring einfach nichts mehr auf die Beine,

bin total stumpf, verpenne hier am liebsten die Zeit
in meiner Bude, Flasche neben das Bett, beantworte
nichts mehr: das Feeling ist futsch, Mann,
ich bin wie versteinert.«

Der Typ flippte.
»Und du hast dieses heiße Zeug geschrieben!«
Den wilden Mann markiert! Underground! Anarchie!
Dillinger! Che! Durutti! War wohl nichts als Show, was?!«

»Tut mir leid«, sagte Harry, »Anarchisten werden auch alt,
Anarchisten sterben sogar.«
»Aber nicht im Bett!« schrie der Typ.

Dann mußte er aufs Klo, und Harry
zeigte ihm den Weg, sperrte hinter sich ab
und legte sich in die Falle.
Der Typ trommelte eine Weile an die Tür
und schrie irgendwas, dann wurde es still
und Harry starrte an die Decke
und wartete bis zur Nachtschicht.

1979

ICH HAB DEN BLUES GEFUNDEN

Du hängst Afrika um den Hals
und tust dir Indien auf die Lider
aber Deutschland, enges Deutschland
dahin kommst du nie mehr wieder

Du legst Südsee um die Arme
du drückst Asien in dein Blut
doch für Deutschland, kaltes Deutschland
dafür fehlt dir aller Mut

Du spielst die Männerfresserin
doch du frißt nur mich
aber Deutschland, hungrig Deutschland
das frißt am Ende dich

Du tust als wärst du 100 Jahr
du bist gerade erst geboren
nur Deutschland, altes Deutschland
das hast du verloren

Du machst das Leben einfach aus
Das Leben hat dir zu viele Stunden
Doch in Deutschland, im dunklen Deutschland
hab ich den Blues gefunden

70er Jahre

BESUCH BEI BLETTENBERG, BANGKOK 1986
nach Bashô (1643–94)

Nach siamesischen Nächten
Wispert es: schön,
Daß du noch hier bist.

Nackte Füße auf Teakholz
Frauen und Mekong –
Der mittlere Weg.

An der burmesischen Grenze
Silber, Topaz und
Writing Man's Chance.

Geister hüten das Haus,
Haus hütet das Leben,
Dich hütet der Tod.

Thank you.
J. F.

SONGTEXTE
für Achim Reichel

BABY, LASS MICH REIN

Dein Fähnchen hängt im Apartmenthaus
es flattert im achten Stock
Baby du wolltest immer hoch hinaus
Und der Wind fetzt den härtesten Rock

Dein Auge ist ein Portemonnaie
Du bist nicht der Whisky, du bist das Eis
kühlst im Sommer schon wie Schnee
Du bist die Braut im kalten Weiß

Doch der Wind hat mal genug gefetzt
und der Schnee bleibt auch nicht liegen
und der Spieler hat auf Sieg gesetzt
und Frauen wollen doch bei Männern liegen

Baby, laß mich rein – rein – rein
Baby-Baby laß mich rein
Baby, laß mich rein – rein – rein
Baby-Baby, laß mich rein

Du denkst du hast genug geträumt
nur noch Kies her und dann Schluß
Du hast die Männer ausgeräumt
und keiner bekam 'nen Abschiedskuß

Jetzt hängst du allein im achten Stock
und plötzlich fühlst du dich ganz mies
und der Wind zerfetzt den letzten Rock
da hilft kein Schnee und auch kein Kies

Doch der Wind hat mal genug gefetzt
und der Schnee will auch mal Sonne kriegen
und der Spieler hat auf Sieg gesetzt
und Frauen wollen doch bei Männern liegen

Baby, laß mich rein – rein – rein
Baby-Babe es könnt' doch sein
Baby, laß mich rein – rein – rein
Baby-Babe es könnt' doch sein

RIVERSIDE DRIVE

Es ist lange nach Mitternacht
und die Musik ist verstummt
nur die Hydranten verspritzen ihr Wasser
und die Katzen beobachten die Ratten
es ist immer noch heiß

Die Kakerlaken flitzen durch die Küche
der Abfalleimer ist ihr Paradies
und die Skyline von New Jersey
flimmert in der Nacht am Riverside Drive
denn es ist immer noch heiß

Nur der Ventilator brummt
fächert warme Luft auf meinen Rücken
der Streifenwagen fährt langsam am Riverside hoch
Richtung Garage, Latrine oder Tod
Richtung Bronx

Downtown heulen die Sirenen
aber hier ist alles still
die Träume gehen von Haus zu Haus
sie sammeln für alle, die noch wach sind
und es ist immer noch heiß

Dies ist die Stunde aller ungeschriebenen Lieder
es ist keine gute Stunde, um noch wach zu sein
Neon-Radar in Amerikas Gehirnzellen
was tu ich hier
worauf warte ich
auf Schlaf, nein
auf Erleuchtung, nein

auf Rausch minus Horror
auf den irren Bomber
der uns alle weckt

HART AM BALL

Die Blonde im grünen Kleid aus Tüll
zieht sich die Lippen nach und sagt
Mensch, ist das Leben matt.

Der Barmann spuckt 'n Olivenkern aus
und reibt das Mahagoni blank.
Er hat die Weiber alle satt.

Der Vertreter, der in Margarine reist,
sitzt immer noch beim ersten Bier.
Und draußen schneit's.

Im kalten Zimmer Nr. 4 wartet der Kripo-Mann
und das schon seit gestern nacht.
Er friert allmählich am Sessel an.

Der Bärtige an der Musikbox
in seinem Mantel von der Heilsarmee
sagt er ist Dichter, und er trinkt
den Rum auch ohne Tee.

Und die Jungs mit den Elvis-Tollen
und der Lederkluft
schäkern mit den Girls von der Schuhfabrik.
Wer hier weggeht, kommt immer zurück.

Irgendwann gehn sie alle ins All
aber jetzt sind alle noch
hart am Ball, hart am Ball.

Jetzt drückt der Dichter eine Platte:
Allez chantez Mylord. Und die Blonde sagt
oh Mann, das Leben ist 'ne Ratte.

Der Margarinemensch trinkt 'n Schluck Bier
und denkt: Was die wohl nimmt?
Und inzwischen ist es halb vier.

Die Jungs in der Ecke haben
die Füße auf'm Tisch
und jeder ein Girl im Schoß.
Ist das Leben nicht groß?

Der Detektiv in Zimmer 4 hat
das Stethoskop an der Wand.
Na endlich! Der Mann nebenan
hat gegähnt – gleich gehts ran.

Der Ede in Nummer 3 geht grade daran
mit der roten Ramona 'ne Nummer zu schieben.
Die Tür fliegt auf, die Kripo schreit:
Stehngeblieben!

Du Spielverderber, sagt Ede
als er gefesselt wird, und dann
ziehn sie ab durch die schummrige Bar.
Der Dichter meint: Mensch, das tut weh.

Der Barmann flößt sich 'n Doppelten ein.
Der Vertreter, ganz philosophisch:
So ist das Leben. Den einen
erwischt es, der andre hat Schwein.

Die Mädels aus der Schuhfabrik wollen heim.
Die Jungs wollen weiter, aber wohin?
Und draußen rollen die Laster vorbei.

Irgendwann gehn sie alle ins All
aber jetzt sind alle noch
hart am Ball, hart am Ball.

Die Blonde pudert um ihre Lippen herum.
Na Schätzchen, wie wärs mit uns beiden?
Sag bloß, du bist andersrum!

Der Margarinemensch ist auch nur ein Mann.
Er sieht die Blonde giftig an und sagt:
Ich kann deinen Ton nicht leiden.

Ach Mensch, sagt die Blonde. Miesepeter.
Bleib doch mit deinem Bier allein,
du Fett-Vertreter.

Laß die Gäste in Ruh, faucht der Barmann sie an.
Und zum Vertreter sagt er: Nehm'ses nicht krumm
die Blonden sind nun mal dumm.

Der Margarinemensch bestellt noch 'n Bier.
Ihm gehts wie allen, er denkt:
Wer bin ich denn? Und was mach ich hier?

Irgendwann gehn sie alle ins All
aber jetzt sind alle noch
hart am Ball, hart am Ball.

(alle auf Achim-Reichel-LP Ungeschminkt, *1980. Ahorn 1.012)*

TEXT ZU »BLUES IN BLOND«

Der Mann, von dem in den elf Songs dieser Platte die Rede ist, lebt mal auf großem Fuß und mal auf kleinem; er hat manches hinter sich, hofft aber, daß er das meiste noch vor sich hat; manchmal steht er nur als Zaungast herum, manchmal sind aber auch die Blicke auf ihn gerichtet, und dann weiß er, daß der nächste Schritt immer der schwerste ist; er ist ein Träumer, der an seinen Träumen zweifelt, aber er glaubt auch beim Beweis des Gegenteils noch daran, daß diese Welt sein Zuhause ist; er liebt die großen Städte, die schon abgeschrieben sind, und die Frauen, auch wenn sie ihn verlassen; denn als Spieler weiß er, daß nicht das Geld zählt, sondern das, was man dafür bekommt – nicht Sieg oder Niederlage, sondern die Echtheit der Gefühle und die Kraft zum Weitergehen.

Im 1. Song ist es mitten im Winter, und unser Mann setzt in einem Kasino an der See gerade seinen letzten »Riesen« – Der Spieler gewinnt groß, läßt alles stehen und verliert auch alles. Am Ende einer langen Nacht lädt ein Mädchen ihn zu einem großen Spiel ein, und vielleicht ist es dieses Mädchen, von dem es im zweiten Song heißt: Ich hab von dir geträumt: von einem Feuer ist die Rede, das unserem Mann zwar die Hand verbrennt, ihn aber auch wärmt »gegen Kälte, Eis und Tod«. Dann schlendert er durch die Straßen seiner Mama Stadt und was er sieht, ist nicht nur Zerstörung und Kaputtsein, sondern auch das »alte Überleben«, und wenn die Ärzte Mama Stadt das baldige Ende prophezeien, dann macht sie trotzdem weiter und »manchmal auch die Maus zum Sieger«. Unser Mann ist inzwischen in den dunklen Ecken der Stadt hängengeblieben und singt den Eckenliegerblues, und dabei macht er die Entdeckung, daß es sich auch in den dunklen Ecken ganz flott zu Potte kommen läßt – wenn genügend

Leute fürs Zuhören zahlen. Im fünften Song hat sich unser Mann von seinem Job als Eckenlieger zurückgezogen, aber das große Los scheint er nicht gezogen zu haben – schlaflos liegt er nachts wach, und die Dinge, die er sieht und hört, wirken wie Der Schatten an der Wand, wie Requisiten eines Alptraums; wenn wir ihn verlassen um vier Uhr früh, wissen wir, daß seine Reise noch lange weitergehen wird. Also ist er im nächsten Song auch wieder In einer Fremden Stadt gelandet, und obwohl ihm gleich einer klarzumachen versucht, daß er hier nicht hingehört, weiß er doch, was gut für ihn ist an fremden Städten – das Bewußtsein, entweder Schluß zu machen oder wieder neuen Mut zu kriegen. Den hat er dann wohl auch bekommen und eine Frau dazu, eine, die zwar kein Bier trinkt, aber Amselliköre und ein Kettchen am Fuß trägt und Regenbogenstimmung wach werden läßt und das Gefühl, im Schlaraffenland zu rasten.

Vielleicht hat sie ein bißchen dick aufgetragen, vielleicht hat unseren Mann auch nur seine Unrast weitergetrieben, im achten Song hat er sich woanders einquartiert, und wenn er ruft: Komm in die Falle, Marie, dann heißt das auch, daß er sich kein X für ein U vormachen läßt – mit Illusionen kann sich einer nicht lange aufhalten, wenn er weiß, daß es doch nur immer um »das eine« geht. Also sind wir nicht weiter überrascht, wenn unser Mann auch von Maries schönen Knien nicht auf Dauer gefesselt werden kann und statt dessen mal wieder eine Mütze Welt mitnimmt. Was er allerdings beim Apokalypso-Ball als neueste Uralt-Masche der Kultur-Kreise mitbekommt, kann ihn nicht dazu animieren, auf den apokalyptischen Knall in dieser Umgebung zu warten, wo sich auch der »Untergang« noch lohnen muß, und so hören wir denn statt des angesagten Knalls den Hall einer Orgel. Ist unser Mann am Ende seiner Reise angelangt? Hat der Spieler nur noch einen Einsatz übriggehabt – ein Jawort? Fand er als letzten Fixpunkt eine Sphinx, die ihr Schweigen brach und ihm den Sinn des Lebens erschloß? Die stärkste Sonne sieht man nicht, befindet unser Mann, und die Zweideutigkeit dieses Befundes kommt vollends zum Ausdruck im (vorläufig) letzten Fluchtpunkt seiner Odyssee, in der »großen Stadt Berlin«; wieder ist es Winter, wieder hat ihm jemand – eine Lady mit blonden Haaren – Schutz gegen die Kälte geboten, aber diesmal – und deshalb nennt er sie auch Blues in Blond – weiß er von Anfang an, daß ihn seine neue »Fee« verlassen wird. Was er Blues nennt, ist darum noch kein Kind von Traurigkeit, kein Lamento einer einsamen Seele: »Die Furcht ist nur ein Fleck im Mond / und nur ein Narr dein Schmerz«. Und irgendwo spielt ein Saxophon gegen den großen Schnee …

1981

DER SPIELER

Es ist mitten im Winter, im tiefen Schnee
Es ist späte Nacht im Kasino an der See
Und der letzte Spieler an Tisch 1 im Großen Saal
Setzt den letzten Riesen und weiß nicht, auf welche Zahl

Er hat alle Zahlen durch, und auf allen verloren
Er weiß: Wenn er jetzt verliert, ist er selbst verloren
Und als er die Hand ausstreckt, um den Riesen zu setzen
Hört er die Spieler im Meer, den Wind hört er hetzen

Komm rüber, Spieler, Spieler komm rüber
Das Spiel ist doch längst vorbei
Spieler, komm rüber
Denn wenn du nichts mehr hast, bist du frei

Und der Spieler setzt alles auf eine Zahl
Auf den höchsten Sieg und die tiefste Qual
Er setzt alles auf die 17, und 17 fällt
Und mit einem Streich hat er das fünfunddreißigfache
Geld

Fünfunddreißig Riesen, und alle starren ihn an
Und was macht der Spieler? Seht doch den Irren an!
Er läßt alles auf der 17! Hat man so was schon gesehn?
Und dann geht gar nichts mehr, und der Spieler hört sich
flehn

Komm rüber, Kugel, Kugel, komm rüber
Das Spiel ist doch nie vorbei
Kugel, komm rüber
Noch einmal die 17, und ich bin frei

Es ist immer noch Winter, immer noch Schnee
Und ein Spieler ohne Glück, das tut immer noch weh
Und am Hafen heulen die Schiffe, die Möwen schrein sich heiser
In der Dämmerung wird's dunkel, der Wind wird leiser

Und das Mädchen sagt zum Spieler, Junge, jetzt ist es Zeit
Du hast soviel verloren, bist du endlich soweit?
Und der Spieler hebt den Kopf: Wie weit? Wofür?
Und das Mädchen ruft – es steht schon in der Tür –

Komm rüber, Spieler, Spieler, komm rüber
Dieses Spiel hast du frei
Spieler, komm rüber
Wenn du mich erst hast, bist du frei
Und dieses Spiel spielen zwei

ICH HAB VON DIR GETRÄUMT

Ich hab von dir geträumt
Du hieltest meine Hand
Und als ich aufgewacht
War meine Hand verbrannt

Das Feuer verzehrt meine Zeit
Es brennt bei Tag und bei Nacht
Es nimmt, was ich je gewollt
Und nun auch, was ich gemacht

Das Feuer frißt mein Herz
Es frißt mich mit Haut und Haar
Es nimmt, was ich mir wünschte
Und auch, was ich war

Doch ohne dieses Feuer
Wär ich schon müd und alt
Wär'n meine Tage öd und grau
Und meine Nächte wären kalt

Doch das Feuer hält mich auch wach
Gegen Kälte, Eis und Tod
Es funkelt im Kreuz des Südens
Und lodert im Morgenrot

Ich hab von dir geträumt
Du hieltest meine Hand
Und als ich aufgewacht
War meine Hand verbrannt

MAMA STADT

Blätter fallen von totgesagten Bäumen
Mädchen schmücken sich damit ihr Haar
Astrologen sehn Saturn im Aszendenten
Und Sirenen heulen auf dem Boulevard

Irgendeiner wollte sich da stark verbessern
Hat noch mal den Traum vom schnellen Geld geträumt
Für solche Träumer gibt es gut bewachte Mauern
Und von denen wird er erst mal eingezäunt

Oh, Mama, Mama Stadt
Die kalten Stürme wehn, Mama Stadt
Oh, Mama, Mama Stadt
Laß dich nicht unterkriegen, Mama Stadt
Oh, Mama, Mama Stadt
Du wirst noch viele Kinder
In deinen Armen wiegen

Die Fremden an der Ecke sehn so ängstlich aus
Als lauerten auf sie hier wilder Wolf und Tiger
Kommt nur hereinspaziert, laßt euch zeigen
Diese Stadt macht manchmal auch die Maus zum Sieger

Und hinter all den bunten Lackfassaden
geht's doch nur um das alte Überleben
Und ob's noch was zum Nachtisch gibt
Und wann wir endlich wieder einen heben

Oh, Mama, Mama Stadt …

Mama Stadt ist langsam ganz schön alt geworden
Die Beine tun's nicht mehr und auch das Herz
Mama Stadt ist eine kranke Frau geworden
Und was verstehn die Ärzte schon von ihrem Schmerz

Doch Mama Stadt ist immer noch verrückt aufs Leben
Und was verstehn die Ärzte schon von solchen Fraun
Die Leben geben dürfen sich auch Leben nehmen
Und sich aus Trümmern Träume baun

Oh, Mama, Mama Stadt …

ECKENLIEGERBLUES

Die einen stehn an den Maschinen und schuften sich
krumm
Die andern schaun sich beim Befehlen nach ihrem
Schatten um
Aber mir bleibt schön vom Hals mit diesem Schmus
Ich verzieh mich in die dunklen Ecken
Und sing den Eckenliegerblues, den Eckenliegerblues

Die Leute sagen, so ist das Leben, so wird's auch immer
bleiben
Sie sagen, Junge, du wirst dich auch noch an den Steinen
reiben
Aber ich weiß, was die sagen ist alles Schmus
Ich verzieh mich lieber in die dunklen Ecken
Und sing den Eckenliegerblues, den Eckenliegerblues

Macht ihr euch nur die Erde untertan und vergeßt den
Himmel nicht
Der Mars braucht eine Autobahn, die Venus Neonlicht
Aber was ich mach, das ist mir längst sonnenklar
Ich mach mich in eurer Welt mal richtig rar
Und sing den Eckenliegerblues, den Eckenliegerblues

Denn mit dem Leben in den dunklen Ecken komm ich
auch zu Pott
Mit dem Eckenliegerblues, da leb ich mittlerweile sogar
recht flott
Denn dieser Job hat auch schon Hand und Fuß
Also hock ich in den dunklen Ecken
Und verkauf euch den Eckenliegerblues, den
Eckenliegerblues

DER SCHATTEN AN DER WAND

Der Schatten an der Wand
Sieht wie ein Einhorn aus
Und Fledermäuse schreien draußen
Auf dem Friedhof

Die Orchidee auf dem Totenkopf
Ist schon ganz schwer vom Sterben
Und nur ihr Treibhausduft
Schwebt noch im Haus

Die Whiskyflasche hat der Wind erwischt
Der durch das Fenster strich
Sie liegt in Scherben
Und die Scherben sehn dich höhnisch an

In deiner Hand verqualmt die Zigarette
Die du nicht mehr rauchen willst
Denn dein Herz schlägt jetzt so laut
Und du ringst nach Luft

Du glaubst, du bist die Nebelhölle
Wo die Fledermäuse schwirren
Und dann liegst du wie ein Kind
bei wilden Tieren

Du siehst dich nach der Frau um
Die eben noch bei dir war
Doch da ist nicht einmal
Ein Abdruck auf dem Kissen

Du glaubst auf der Straße
Drehn sich die Leute um und flüstern:
»Geht nicht mehr zu ihm!
Dem hat's das Herz zerrissen!«

Doch was da flüstert ist der Wind!
In deinem Fieberhirn
Er ist so heiß
Und läßt dich trotzdem friern

Es ist jetzt vier Uhr früh die Zeit
Um endlich einzuschlafen
Du weißt – es kommt auch jedes Totenschiff
Am Ende seiner Reise in den Hafen

IN EINER FREMDEN STADT

Der Dicke in der Imbißhalle wischt sich den Senf vom
Mund
Sieht mich an und fragt: Wie lang bist'n du schon hier?
Ich sag: Einen Tag, er meint: Genau ein Tag zu lange
Aber da bringt der Imbißmann schon das Bier

Ich seh drei Türken aus dem Bahnhof kommen
Mit ihren Koffern aus Staub und ihrer Hoffnung aus Pappe
Vielleicht sollte ihnen einer sagen: Macht euch lieber
woanders hin
Doch wir sehen durch sie hindurch und halten die Klappe

Ich bin wieder in einer fremden Stadt gelandet
Wieder an einem fremden Strand versandet
Dabei weiß ich doch: Fremde Städte sind wie käufliche
Frauen
Erst mußt du zahlen, dann darfst du schauen
Aber fremde Städte sind auch gut für dein Blut
Entweder du gehst unter, oder du kriegst wieder Mut

Ich zahl das Bier und geh die Straße lang nach Osten
Es wird schon dunkel, und der Wind vergnügt sich mit dem
Staub
Dann steh ich vor dem größten Haus in dieser Stadt
Hunde hinter hohen Mauern, Stacheldraht im Laub

Wer hier ein Zimmer hat, braucht kein Geld für Miete
Wer hier wohnt, zahlt das mit dem Leben ab
Und wer hier die Rechnung mit dem Leben abmacht
Dem zahlt der Hausherr auch noch sein Grab

Ich bin wieder in einer fremden Stadt gelandet …

Ich geh am Knast vorbei, und richtig: da ist die Lido-Bar
Einer liegt davor und reibt sich's Blut vom Gesicht
Der hat sicher auch gehört: Mach dich lieber woanders hin
Ich sag: Nur zu, mein Freund, überall ist dieses Neonlicht

Überall steigen Türken aus mit ihren Koffern aus Staub
Überall geht eine Straße nach Osten und eine nach Westen
Überall sagt einer: Heh, mach dich lieber woanders hin, du!
Und überall kochen Frauen was aus den Resten

Ich bin wieder in einer fremden Stadt gelandet …

KETTCHEN AM FUSS

Sie hat ein goldenes Kettchen am Fuß
Und zupft sich gern die Augenbrauen schmal
Sie mag 'nen Tupfer Moschus hinterm Ohr
Und zaubert Regenbögen in ihr Haar
Sie sagt: Du, die Seidenen reißen so leicht
Und wenn sie ihren Unterrock aus Taft abstreift
Dann meint sie zögernd: Bin ich dir auch nicht zu alt?

Dabei darf sie so alt sein, wie sie will
Sie hat immer den jüngsten Mund der Welt
Und ihr weißer Busen schmeckt nach Arraktrüffeln
Ihre Fingerspitzen erzählen Milchmädchenmärchen
Ihr Nabel duftet nach Fliedergelee
Ihre Augen leuchten wie ein türkischer Mond
Und ihr Schlafzimmer riecht wie ein Gewürzparadies

Sie ist die Frau, die nie ein Bier trinkt
Dafür trinkt sie aber gern Amsellikör
Eine Frau, die aus dem Nichts 'nen Veilchenauflauf macht
Kann wie ein ganzes Leben Schlaraffenland sein
Doch sie zieht mich aus jedem Bier, in das ich entwische
Und sie legt den zarten Schatten ihrer Müdigkeit
Auf den Stuhl zu meiner Hose, wenn sie den Vorhang schließt

KOMM IN DIE FALLE, MARIE

Du sagst, du hast von mir genug
Und willst das freie Leben suchen
Du weißt doch, das ist frommer Selbstbetrug
willst wohl nur 'nen süß'ren Kuchen

Ein freies Leben, das gibt's doch nicht
Und sauber ist es nie gewesen
Wir taumeln doch nur blindlings um das Licht
Erleuchtung gibt es nicht auf Spesen

Komm in die Falle, Marie
Da draußen findest du die Freiheit nie
Gefangen sind wir alle, Marie
Aber du hast das schönste Knie

Du sagst, ich will doch nur das eine
Ist es das nicht, was uns zusammenhält?
Und wer ist denn schon gern alleine
Wir sind doch alle nur von dieser Welt

Auch wenn das Leben schmutzig ist
Es ist für uns die einzig wahre Sache
Und wenn es manchmal auch so traurig ist
Das Leben will doch, daß man drüber lache

Komm in die Falle, Marie …

APOKALYPSO BALL

Die Lady im Tiger-Dress nimmt noch ’n Happen
vom Austernsoufflé und klimpert mit den Wimpern
den Filmfritzen an: Mal muß es doch klappen.

Der Kritikerpapst nimmt vom russischen Kaviar
und meint: Ich will mich ja nicht selbst zitieren
doch kann man den Untergang nun überall spüren.

Sie waren alle viel zu lange satt
Das Sattsein macht sie nur noch matt
Was sie brauchen ist ’n geiler Knall
Punkt Mitternacht auf dem Apokalypso Ball

Der Klatschreporter mit der Rocky-Horror-Visage
und die Untergangsspezialisten im sexy Nazi-Look
steigern sich allmählich in die bestellte Rage.

Der Filmfritze findet das Taubenfrikassee versalzen
Sein letzter Katastrophenfilm brachte 12 Millionen
und wenn schon Katastrophe, dann muß sie sich auch
lohnen.

Sie waren alle viel zu lange satt …

Die Edelflippies schmiern sich Ketchup ins Haar
und spritzen den Dichterfürst mit Champagner naß.
Der Dichter erklärt: Wer Jugend kennt, kennt keinen Haß.

Die Kids randalieren, sie warten auf den Feuerdrachen
und die Überfallwagen verstopfen die Straßen.
Apokalypso-Nacht ist auch großes Reinemachen.

Die Band spielt die Nummer vom
Untergang der Titanic
Die Lady im Tiger-Dress singt
Die Arie vom Tanz auf dem Vulkan

Sie waren alle viel zu lange satt …

DIE STÄRKSTE SONNE SIEHT MAN NICHT

Ich hab dich immer nur in Schwarz gesehn
Und du mich grau in grau
Mich blendete die Sonnenfinsternis
Und dich des Himmels Blau

Du warst der Weg, den ich nicht fand
Du warst das ferne Ziel
Du warst die Sphinx, die immer schwieg
Und ich fuhr auf dem Nil

Dann eines Tages sahst du mich
Und sagtest: Komm zu mir
Ich bin das Haus, das du gesucht
Du bist in meinem Haus die Tür

Ich hab dich immer nur in Schwarz gesehn …

Du bist die Tür, durch die ich komme
Ich bin der Zug, den du besteigst
Du bist der Weg, der alles lenkt
Ich bin das Ziel, wo alles schweigt

Was du erst aufmachst, schließt nicht mehr
Aus schwarzen Augen kommt das Licht
Wenn ich dich sehe, weiß ich wieder
Die stärkste Sonne sieht man nicht

Ich hab dich immer nur in Schwarz gesehn
Und du mich grau in grau
Doch in dieser Nacht, da wissen wir
Ich bin ein Mann und du eine Frau

BLUES IN BLOND

Ich hab sie in Berlin getroffen in einer Winternacht
Ich sagte, diese Nacht ist viel zu kalt für mich allein
Da hat sie mir ein Feuer gemacht

Sie hat blondes Haar, und das fällt lang herab
Sie hat blondes Haar, und das fällt lang herab
Sie wickelt mich am Abend in ihr Haar
Und am Morgen schneidet sie mich ab

Blues in Blond
Lady Blues in Blond
Blues in Blond, Oh, Lady
Blues in Blond

Manchmal glaub ich, dieses Leben ist 'ne Reise durch den Schnee
Manchmal glaub ich's wirklich, durch den Schnee
Und wenn es nicht mehr weitergeht im dunklen Wald
Dann brauchst du eine Fee

Sie ist die Fee, die du aus vielen Märchen kennst
Sie ist es, die du aus Märchen kennst
Sie leuchtet auf und rettet dich in jedem Traum
In dem du um dein Leben rennst

Blues in Blond …

Sie legt dir ihre Hand auf dein verstörtes Herz
Sie legt dir ihre Hand auf dein Herz
Sie sagt, die Furcht ist nur ein Fleck im Mond
Und nur ein Narr dein Schmerz

Ich weiß schon, eines Tages wird sie weiterziehn
Eines Tages wird sie weiterziehn
Dann sing ich alle Nacht den Blues in Blond
In der großen Stadt Berlin

Blues in Blond …

(alle auf Achim-Reichel-LP Blues in Blond, *1981. Ahorn 1.022)*

Am Morgen des 18. Januar riß das Telefon den Rockmusiker Achim Reichel und seine Frau Heidi im Berliner Hotel Continental aus dem Schlaf. »Südwestfunk Baden-Baden«, erklärte der Portier. Es war genau zwanzig Minuten nach sechs. Der Mann vom Frühprogramm hatte jenen Anmacherton in der Stimme, der Radiomoderatoren auf der ganzen Welt in speziell programmierten Gehirnwäschen eingetrichtert wird. Er hatte sich auch einen kleinen Spruch zurechtgelegt, den Reichel später so wiedergab: »Und dann sagte der Mann vom Südwestfunk: Sagen Sie, Herr Reichel, Sie waren ja nun schon so lange nicht mehr auf Tournee, und Sie sind ja auch schon 37, ist das denn nun das letzte Aufbäumen?«

Wir haben darüber oft gelacht, aber da waren dann unsere Lachmuskeln auch schon so gereizt, daß ungleich nichtigere Anlässe sie in Bewegung setzten. Ein Erfolg der Tournee war ja gerade die Heiterkeit, der rhythmische Drive des Gelächters, die spektakuläre Bereitschaft zu guter Laune, mit der die Band alle ansteckte, die mit ihr zu tun bekamen, mitten im Winter der neuesten deutschen Depression. Freilich war an diesem ersten Tag in Berlin der makabre Touch der Anmache nicht zu überhören, und so gab der Musiker barsch zurück: »Glauben Sie, ich könnte das nicht mehr machen, weil ich es gemacht habe, als ich noch jung war?« Als er den Mann losgeworden war, kuschelte er sich eng an seine Frau. Langsam tropfte das Tageslicht durch den Smog.

Zwölf Stunden später war schon wieder Nacht, und die Krüppel und Epileptiker, die zur Behinderten-Disco ins Metropol kamen, machten große Augen, als sie die Band auf der Bühne sahen. Die Lightshow streute Regenbögen auf die Rollstühle, die über die Tanzfläche kurvten. Eine junge Frau, Lichtkonfetti in ihrem Wuschelhaar, wimmerte manchmal so heftig, daß ich den Atem anhielt, und wenn sie aus dem Wimmern nicht mehr rauskam, legte ihre Begleiterin die Arme um sie. Die Kuppel des alten Kinosaals sog den Soundcheck ein und schickte ihn zu uns zurück wie ein Echo – ein Wimmern, das alle Nächte darauf wartete, getröstet zu werden. Jade Kneip, jeder drahtige Zoll der geborene Tourneeleiter, zog seine Kreise durch die Debilen und Versehrten, die Derwische und Verstörten, er wippte im Takt und sagte, heftig nickend, zu jedem der es hören konnte: »Finde ich richtig gut, Jungs.« Eine Frau mit einem bissigen Sozialgesicht suchte den Verantwortlichen für dieses noch nicht Dagewesene, indes Welle auf Welle aus den Leibern und Seelen der Beschädigten (und beschädigt waren wir alle) zu den Tönen schlugen und sich im Licht brachen. Dann spielte sich die Band ein mit »Blues in Blond«, und die Krüppel zuckten im Rhythmus, ja manche tanzten, und sei es mit den Fingern auf dem Rollstuhl, über den die Regenbogen flimmerten. Die Krüppel brauchten sich nicht lange einzugrooven, wie der Fachjargon lautet, sie waren sofort da – mit allen Fratzen und Spasmen voll nach vorne. Sie taten alles raus, und ich dachte, wenn einer die guten alten *Vibrations* sucht, ist er hier in Jerusalem. Als die Band aufhörte, stieg die Programm-Tante in ihrem pinkfarbenen Fummel auf ein Podium und ließ die Disco-Sounds abfahren. »Wäre nur gut, wenn wir die öfter zu sehen bekämen«, meinte Jade. Nicht, daß ihm entging, welche Härte hier gefordert war. Käme Christus zur Behinderten-Disco, täte er gut, sich in Leder zu wappnen, am besten einem, auf dem stünde: »MC Hell's Angels Golgatha«. Aber Christus ist längst weggeschlossen, statt Wundern gibt es Valium.

Berlin mochte makaber sein, Berlin war auch elektrisierend – und die Schockwellen dieses ersten Erfolgs hielten zwölf Tage, zwölf Städte und zwölf Konzerte lang bis Kiel, wo ich erschöpft und betrunken und selig bekloppt noch einmal in der Halle stand und mich fragte, wie ich das überstehen sollte: Morgen abend kein Gig! Morgen abend keine Euphorie mehr und auch kein Pelziger auf der Zunge. Morgen abend kein Vertreterhotel mehr und keine wilde Suche nach der besten Sauna. Morgen abend kein Licht mehr, das auf die Bühne Burgen, Regenwälder, Skylines und den Schatten an der Wand zaubert, und keine Band, die sich nach vorne spielt. Morgen abend aber wieder der Muff der tausend Kleinigkeiten, die das Leben verkomplizieren, anstatt es, wie heute noch einmal, aufzumischen und aufs Blatt zu bringen. Auf den Ton. An die Rampe. Ins Herz der Dinge, wohin sonst?

Ball Pompös in Kiel, fast tausend Leute bekamen das beste Konzert der Tournee, das Bier floß in Strömen, und ich stieß kleine Schreie aus, als Achim vor dem Stück »Der Spieler« zum letzten Mal seine Spieler vorstellte: »An der Gitarre – Hajo Weber!« »Jaa!« »Am Baß – Dieter Horns!« »Härte!« »Am Schlagzeug – Lemmie Lembrecht!« »Juchhu!« »An den schwarzen und weißen Tasten – Gerd Führs!« »Sahne!« »Und an den blitzblanken Hörnern – Manfred Seegers!« Manfred schwenkte sein Sax, und ich konnte nur noch ein mattes »Ab die Post« krächzen. Und wieder ging die Post ab. Noch einmal wurde aufgebäumt. Noch einmal wurde der Schweiß geschüttelt, der Funken gezündet, und noch einmal sprang der Funken über in die Menge. Noch einmal tanzten die mit den grauesten Haaren, und verknorpelte Hagestolze schlugen den Takt. Füllige Mütter mit Marketingproblemen kriegten Kleinmädchenglanz in die Augen, stellungslose Doktoranden der Universitäten des Lebens rangen sich zu anerkennendem Nicken durch: Recht so, Männer. Frührentner mit umfassenden Kenntnissen in der Rauchwarenverarbeitung und Angehörige der öffentlichen Dienste mit besonderer Ausbildung in Berufsverboten kamen ebenso zu ihrer Feierabendekstase wie jene Bürokräfte, die ihren Chef meinen, wenn sie einen Pickel ausdrücken. Ja tatsächlich, Rock 'n' Roll ist Volksmusik geworden in dieser BRD, und zum letzten Mal dachte ich im Ball Pompös an die Kirchen und Konzertsäle, in denen ich vor nun doch schon etlichen Jahren mittels Matthäuspassion und Wassermusik ins Geschirr genommen werden sollte. Ich dachte an die wehenden Frackschöße meines Musiklehrers, dessen gutgemeinten Annäherungsversuchen ich die dumpfe Indolenz eines musikalischen Idioten entgegengesetzt – und ihn damit besiegt hatte, denn selbst als er mir eine 5 verpaßte, lernte ich immer noch keine Noten, wurde aber weiter im Schulchor beschäftigt und stand ganz hinten im Baß, wenn er das allherbstliche Schulkonzert zelebrierte. Nun war ich doch in der Musik-Branche gelandet, ich schrieb Texte für Rockmusik, damals Beatmusik genannt, nicht daß sie für Dr. Bruggaier je ein Thema gewesen wäre. Runde 20 Jahre hatte ich gebraucht, um zum Ball Pompös zu kommen, runde 20 Jahre der Ball Pompös, um zu mir zu kommen. Doch gab es zwischen uns keine falsche Anbiederung, Tränendrüsen blieben unbehelligt, niemand intonierte »Home, Sweet Home«. Wir hatten beide unseren Job zu tun, wir unterhielten die Leute, wir waren Entertainer, der Ball und ich. Das war sicher eine Haifisch-Branche, auch Barrakudas tummelten sich in ihren Gewässern, und an den Ufern wimmelte es von Blutegeln. Geistig hatte ich jedoch nie gesünder gelebt, seit ich als Entertainer mein Brot verdiente. Endlich schrieb ich auch für die Leute, die mir die Haare schnitten und das Bier zapften, meine Steuern eintrieben und mit meinen Daten die Computer fütterten. Zum ersten Mal, seit ich schrieb, hatte ich wieder das Gefühl, auch zu denen zu gehören, die all die Arbeiten verrichteten, vor denen ich mich erfolgreich gedrückt hatte, und das galt für den Strohmann so gut wie für den Kripomann, ganz zu schweigen vom Margarinevertreter oder Nachtwächter. Wenn Schriftsteller nur noch für die Leute schrieben, die selber vom Tintenklecksen lebten, dann schrieben sie totes Zeug. Seit ich für den Ball Pompös die Tasten wetzte, schrieb ich auch für Leute, die Jerry Cotton für das A und O der modernen Literatur hielten. Da nahm ich die urschreigeschädigten Atomphysiker und die späten Mädchen mit dem sozialen Trauma im Publikum gern in Kauf. Kommt nur rein, Kinder, ihr gehört auch dazu. Hier dürft ihr auch mal ausspannen vom aufrechten Gang, dieser absurden Erfindung weltfremder Kulturteutonen. Seht, wie Boxer sich bewegen oder Rockmusiker, leicht geduckt auf den Fußballen, hellwach, immer bereit für den ersten Punch oder den Sound, der nach vorne bringt. Und sie kamen rein und begriffen wieder, daß Rock 'n' Roll keine abstrakte Grütze für durchgestylte Selbsterreger sein muß, sondern immer noch in klatschnassen Achselhöhlen zu Hause ist, in heißen Höschen, bei Strömen von Bier, in zugigen Fabrikhallen, umgebauten Zechen, auf den Rücksitzen verschrammter Autos, in schäbigen Hotels, Pommesbuden, Hinterhöfen, in dieser Welt, wo alle Deals längst gelaufen und alle Karten falsch verteilt sind und trotzdem weitergelacht, weitergespielt, weitergerockt wird, bis zur Elvistolle in der Scheiße und dabei immer hart am Ball.

Irgendwann auf der Tour drückte mir Manfred, der Saxophonist, der mit seinem rötlich funkelnden Bart, den blauen Augen und dem Regenmantel mit dem Pelzkragen ein bißchen an Musiker erinnert, die Thomas Mann beschrieben haben könnte, einen Zettel in die Hand. Ich las: »*Musik*. Ein ungeheurer, alles sprengender Schrei wirft mich hinaus. Ich bin vor einem warmen Bogen, der mein Leben ist. Eine unbeschreiblich schöne, überzeitliche Melodie verhallte als Lachen im Raum.«

Ich erinnerte mich noch an die Verblüffung, mit der Jade und ich beim Einspielen der Band in dem Soldatenheim in

Tarp Manfreds ersten Bühnenauftritt beobachtet hatten. »Und ich dachte erst, da kommt der Mann vom Bach-Orchester in Leipzig«, gab Jade zu. Manfred brachte auf der Bühne neben seinen konzentrierten Saxophonsoli Bewegungsabläufe, dramatische Gesten, grotesk-sinnliche Tanzeinlagen, die er im Verlauf der Tournee so verfeinerte, daß sie wie eine eigene Komposition wirkten, ein Körpersong, der die 19 Nummern des Sets und drei Zugaben mit zarter, ironisch heiterer Verfremdung begleitete. Irgendwo zwischen Bochum und Hamburg setzten wir uns im Bus zusammen, und Manfred erzählte. Er ist heute Anfang 30, kommt aus dem Rheinland, aus ebenso armer wie religiöser Familie, und hat sein ganzes Leben Musik gemacht. Früh zum Jazz gekommen, mit 19 den *Flash* erlebt, den er mir aufgeschrieben hatte. Läßt das Musikstudium sausen, schlägt sich als Unterrichtender an Musikschulen und VHS-Kursen durch, spielt mit Art Taylor, dem früheren Schlagzeuger von Miles Davis, driftet schließlich mit dem Bedürfnis nach klanglicher und persönlicher Entfaltung zur Rockmusik und steigt bei einer Gruppe ein, die in der Nähe von Braunschweig auf dem Land lebt.

»Es kam das tierische Chaos«, sagte er mit leuchtenden Augen. »Mit allen Klischees, die man sich vorstellen kann – Landkommune, ohne Strom, ohne fließend Wasser, mit chaotischen Zuständen. Und mit Leuten, die zwar gerade aufgehört hatten mit ihren Jobs, aber alle noch irgendwas Merkwürdiges nebenher machten, Lampen knüpfen, dealen, der totale Underground, das fröhliche Landleben.«

Was folgt – Höhenflug und Auflösung einer Rockgruppe –, ist für Manfred der Härtetest seiner bisherigen Karriere. »Es liefen da Sachen ab, wo ich wie im Traum durchgewandelt bin. Wir machten eine Deutschland-Tournee, da ist so ziemlich alles passiert, was du dir vorstellen kannst. Völlige

Wegtritte, dazwischen totale Lichtblicke.« Als die Gruppe kurz vor Weihnachten in ihr Haus zurückkehrt, ist sogar die Kanalisation im Eimer, und der Saxophonist gräbt am 1. Feiertag den Hof um, um das Abflußrohr zu finden. Aus Geldmangel verkauft er fast alle Instrumente aus seiner Sammlung. »Wir haben auch keine Miete mehr bezahlt, alles ging immer mehr abwärts. Dann sollten in einer Woche drei Konzerte stattfinden, mit denen wir uns sanieren wollten, da sind wir alle krank geworden. Und dann hatten wir keinen Sprit mehr für den Generator, der den Strom und die Heizung in Gang hielt.« Härte, Chaos, aber keine Panik, im Gegenteil – es geht um etwas ganz anderes: »An dem Punkt wollten wir herausfinden, wo die Grenze liegt für unsere Power – und was wir überhaupt wollen.«

Jeder muß alles selbst herausfinden, auch das will gelernt sein. »Am Schluß waren wir noch zu dritt. Das war dann so, daß wir überlegten, machen wir den Tank voll oder kaufen wir uns ein Brot. Zwei Monate lebten wir nur von Reis und selbst ausgebuddelten Kartoffeln.« Schließlich der Absprung in die Stadt, eine Wohnung, neuer Boden unter den Füßen. »Und dann haben wir versucht, all das, was wir erlebt und gefühlt hatten, in Improvisation umzusetzen. Diese Gefühle zum Beispiel, daß man kein Eigentum mehr hatte, auch die physische Anstrengung dieser Zeit, *was alles positiv war*. Das war musikalisch mit das Intensivste, was ich je erlebt habe, es fiel aus allen Normen raus und hatte mit Rock oder Jazz oder sonstwas kaum noch was zu tun. Wir drei haben gnadenlos unsere Gefühle ausgespielt« – er warf mir einen etwas befremdeten Blick zu, vielleicht hatte ich zu verständnisvoll genickt – »und das erreichte eine solche Intensität, daß man das Gefühl hatte, sich damit umbringen zu können. Aggression, Liebe, alles rausgespielt, bis man sich im Klang so gut wie auflöste.« Er lächelte, und es war ihm selbst etwas unbehaglich, aber er sagte: »Natürlich konnte man fremde Leute da schon gar nicht mehr zulassen. Wie sollten sie das ertragen? Wir sind dann aber doch in die Gesellschaft zurückgekommen und haben uns dann als Gruppe aufgelöst.«

Wir fuhren immer tiefer in den Norden hinein. Auf der Gegenfahrbahn rollten Panzer vorbei. Ihre Geschützrohre waren mit Laub behängt, das vom Regen glänzte. Manfred versuchte mir zu erklären, was Musik für ihn bedeutete. »Für mich sind die Zusammenhänge der Musik mit dem ganzen Menschen am wichtigsten. Musik ist ein Symbol. Ich beschäftige mich lieber mit dem, wofür das Symbol steht, als mit dem Symbol. Wenn ich mich immer nur bei dem Symbol aufhalten würde, dann wäre das so, als würde ich immer am Ortsschild stehenbleiben und den Ort selbst nicht betreten. Der große Nenner ist für mich Einheit oder Harmonie.«

Wenn man ihm so zuhörte, konnte man neidisch werden. »Wenn du die gefunden hast, ändert sich die Motivation für die Musik. Du stellst dann die Musik einfach als ein Symbol für deine Gefühle in den Raum, während die Gefühle selber durch die Musik nicht mehr unbedingt zum Vorschein kommen. An diesem Punkt wird man automatisch glücklicher, ausgeglichener, weil die verschiedenen Widersprüche in dir zwar existent bleiben, sich aber besser verbinden.«

Wir hielten an einem vereisten Strom, der Weser. Ein paar Häuschen duckten sich in die Wildnis. Hier wohnten Gerd und seine texanische Freundin Glenda, er blond und zierlich, sie schwarz und zierlich, wie ein Liebespaar bei den Brüdern Grimm – nur die Dornen sah man nicht. Glenda stieg aus. Frank, der Fahrer, manövrierte den Bus aus dem Matsch, und Manfred sagte: »Warum kommen Leute in ein Konzert? Was wollen Menschen überhaupt? Ich glaube, jeder versucht so glücklich zu sein, wie er kann, und Musik machen bringt positive Gefühle mit sich, die aber oft den Umweg über negative Gefühle nehmen. Auch wenn du deine Glückssuche in der Form von Aggressionen ausdrückst, wovor du sonst Angst hast, verbesserst du die Welt.«

»Für eine Stunde«, warf ich ein und kam mir vor wie der letzte Sozi auf Erden, und Manfred erklärte, ich müsse auch die Vorfreude berücksichtigen und die Nachwirkungen. Das erinnerte mich an die Wirkung von Drogen (wie der letzte Arsch von Sozialarbeiter, dachte ich), und Manfred erklärte, er habe auch gar nichts gegen Drogen, worauf ich natürlich sagen mußte: »Aber Drogen verändern die Welt auch nicht«, und den Joint ausmachte.

»Aber natürlich tun sie das«, sagte Manfred. »Das ist so: Wenn ein Mensch spürt, daß er noch nicht glücklich ist, dann ist das der Anfang von einem Prozeß, der dazu führt, daß er sich glücklicher macht. Ob mit Droge oder mit Musik oder mit Orgasmus, all das verändert die Welt, die Menschen und ihre Gefühle, in Richtung Glück.«

Ich fragte ihn, warum es dann – bei soviel Droge, soviel Musik, soviel Orgasmus – so beschissen sei, und er sagte mit diesem aberwitzig heiteren und zugleich entschieden pädagogischen Lächeln, das ihm so gut stand: »Aber es ist doch gar nicht beschissen.«

Da hatten wir es wieder: Während einerseits Udo Lindenberg immer noch seine angeblich den Kids abgelauschten Panik-Sprüche breitklopfte und andererseits die Deutsch-Amerikanische Freundschaft dazu aufforderte: »Tanz den Mussolini, tanz den Adolf Hitler«, indes die neuesten Gruppen sich gleich Einstürzende Neubauten oder Nichts nannten, Zombies, die für Zombies spielten, kam diese Busladung von Musikern mit teils schon leicht angegangenen Jahrgängen daher, die schnörkellosen Rock und Rhythm 'n' Blues auf deutsche Lyrik spielten (wobei weder die von Liliencron oder Morgenstern noch die von heute die angesagte Apokalypse zur frohen Botschaft machte) und noch dazu behaupteten, den Positiven draufzuhaben. Und das Publikum von München bis Kiel, von Berlin bis Bonn verlangte Zugabe auf Zugabe. Der Zeitgeist, schien es, war doch immer noch bedeutend widersprüchlicher als alle seine Analysen, und jetzt, in den Hamburger Vororten, fanden wir auch das Motto, mit dem Dieter Horns, der Bassist, 1984 als unabhängiger Positiver in den Bundestagswahlkampf eingreifen will, ein Entschluß, den ihm unser Bonner Abstecher nahegelegt hatte und zu dem ihn Jade Kneip als künftiger Wahlkampfleiter und ich als Pressesprecher in spe nur ermuntern konnten. Das Motto lautet aber: »Ein Mann für alle, die nach vorne wollen.«

Der Schlauch des Aufbäumens: Jeden Morgen zu sich kommen in einem anderen Hotelbett in einer anderen Stadt und sich fragen: Wo bist du hier? Und warum? Blick auf die zubetonierte Interzone BRD, Autobahnzubringer, Stadtschnellstraßen, Einkaufszentren, Parkhochhäuser. Tote Hose überall. Eingeschweißtes Plastikfrühstück, Beine vertreten, Bus. Nebel oder Schneematsch, oder beides. Und nicht jeden Tag kommt über dem Rheingau die Sonne raus, bloß weil gerade »Baby, laß mich rein« läuft. Dösen, Palavern, Rauchen bis sich »Der Pelzige breitmacht« (Lemmie). Autobahnraststätte, mehr Plastikfraß, Klopapier aus dem Automaten. Harsche Hügel, saure Wälder. Depri-Vorstadt im Spasti-Styling. Rock ist geil, aber nichts kann so geil sein, daß du nicht siehst, was hier alles kaputtgeht. Wieder so ein Fuzzi-Hotel, gleich checken, wo's 'ne Sauna gibt. Und dann die Halle: Hier sollen wir spielen? Kommt hier überhaupt jemand? Heidi hat gut sagen: Dafür kommen wir heute mal früh ins Bett. Ich meine, was machst *du* früh im Bett? In der Garderobe riecht es nach dem heißen Atem von 159 Punker-Groupies. Ex und hopp. Soundcheck, Fressen, Gig. Und dann sind doch die

Leute da und du bringst sie drauf. Die reine Freude wieder. Ein Mörder-Gig. Eine Mörder-Stadt. Du ziehst dir alles rein, und dann hast du ein paar Stunden Schlaf, um alles wieder rauszutun, denn wenn du das nicht schaffst, schafft es dich. Und es schafft dich auch so. »Heute hänge ich total durch« (Dieter).

Und obwohl Jade Kneip manchmal gefährlich bleich um die Nase wird, kann er nicht genug davon kriegen. Jade Kneip, freier Tourneeleiter. »Mein Lebensinhalt besteht darin, das Leben zu ergründen«, sagt er, heftig nickend, mit seinem schnapsklaren Ostseeblick, und: »Ich bin ein Erforscher menschlicher Verhaltensformen, und dafür ist der Job ideal.« Was stimmt, aber Jade käme genausogut als Karawanenführer durch die Wüste Gobi, als Manager der Damenfußballauswahl von Madagaskar oder als Verkaufsleiter von Flensburger Pilsener im Staate Bhutan – mit einem unübersetzbaren Wort: Jade ist der geborene Hustler. Ob er mal eben in 12 Tagen in Lübeck für 32000 Mark Kerzen verkauft (»Ich merkte, die Leute kauften mir richtig aus Mitleid was ab, und wenn ich abends gezählt habe, dann habe ich Mitleid mit den Leuten gehabt«) oder englische Rockbands durch die BRD schleust (»Und nun stell dir vor, ihr ganzer Wortschatz besteht aus: Strumpfhose runter, Titten raus, damit marschieren sie dann zur nächsten Currywurst-Bude, die armen Jungs«) – für Jade ist das der gleiche Job, alles hängt von der Überzeugung ab. Härtetest, klar: »Es gibt Leute, die das auch mit Apollinaris können, aber davon gibt es nur ganz wenige.« Er blickt hoch, der Bus hält, wieder eine fremde Stadt, aber ob Mannheim, Kassel, Castrop-Rauxel, so fremd kann sie gar nicht sein, daß Jade sie nicht kennt. Er nimmt das Metallköfferchen mit den bunten Aufklebern von seinen englischen Jungs und marschiert zur Rezeption, um das späte Frühstück klarzumachen, und ich nicke schon heftig mit, wenn er dem Portier erklärt:

»Wissen Sie, Künstler arbeiten schließlich bis spät in die Nacht. Also wenn das in Ordnung geht, kommen wir auch gerne mal wieder.« Die Karawane ist in der Oase. Rock ist groß, und Jade Kneip ist der Tourneeleiter seiner Propheten.

Einer dieser Propheten ist Dieter Horns, 36, und damit auch schon ein Oldtimer in der Branche. Als ich von ihm wissen will, wie alles angefangen hat (ich habe das Standardrepertoire der Rockjournalisten schon gut drauf), sagt Dieter in seinem breiten Hamburger Tonfall: »Aller Anfang war Elvis.« Als nämlich sein Vater ihm noch ein Akkordeon schenken wollte, die Beatles für eine Tüte Fish 'n' Chips spielten und Achim Reichel gerade seine Laufbahn in der Gastronomie mit der in einer Beat-Band vertauschte, fuhr der 15jährige Dieter nachmittags Gebisse aus, und von dem Geld kaufte er Elvis-Platten – und seine erste Gitarre. Nicht viel später stand er schon auf der Bühne im Star Club. Seine Band nannte sich German Bonds, und als Dieter seine Modellbauerlehre abgeschlossen hatte, wechselte er gleich die Branche: »Ab 1965 war ich dann Profi.«

Das ging so tingeltangelmäßig durch Animierläden und Tanzschuppen und auch den Circus Krone (»mit den Hollies, das schaffte ganz schön«) bis Ende der 60er Jahre, als der Bruch in die Szene kam. Die Räucherstäbchen glimmten, das bengalische Feuer knisterte in den Köpfen, und nun sollte der Rock die Mauern von Jericho zum Einsturz bringen. Auch ein Achim Reichel hob damals ab in Richtung Meditation und Grüne Reise, und Dieter Horns rutschte nach einem vorübergehenden Rückzug auf die Werkkunstschule ins Studiogeschäft. Heute sieht er die 70er als »ziemlich flach und eintönig«, aber mit seiner damaligen Band hatte er schon einigen Erfolg – wenn auch einen, mit dem man sich die Nase nicht vergolden konnte.

»Conny Plank hat mit uns 72 die zweite LP produziert,

und der hat damals schon zu uns gesagt, ihr müßt was machen, was typisch deutsch ist, wenn irgend so ein Wagner rüberkommt, dann habt ihr Erfolg in den USA. Und wir hatten 74 einen tierischen Erfolg in den USA, da sind wir hier in Deutschland ein Schiß dagegen, rein mengenmäßig. Bloß das Ding ist so, bei der Mafia-Szene siehst du ja nie Geld.« Er reibt sich die Narbe an der Boxer-Nase. »Das ist der Grund, warum wir nie rübergegangen sind, da hungerst du ja noch mehr als hier. Die Haifisch-Branche ist da noch viel extremer. In den Plattenläden liegen deine Platten stapelweise, aber Geld siehst du nie. Ziemlich verhärmt, würde ich sagen.«

Wir rollen durch Bayern, und Dieter erzählt von den Kakerlaken-Absteigen in Straubing und Regensburg, damals mit den German Bonds, jede Menge Mädchen und »Fun, reiner Fun, was brauchtest du denn schon? Wenn dein T-Shirt dreckig war, hast du dir eben ein neues gekauft.« Und wie wird es weitergehen, in der angekündigten Eiszeit?

»Ich habe mir sozialversicherungsmäßig ja überlegt«, erklärt Dieter Horns, Bassist und Bürger der BRD, »ob ich nebenbei einen Schallplattenversand aufmache nur für Spezialisten, wo man das soziale Ding nebenbei laufen hat. Als Künstler bist du ja der letzte Penner, was das angeht. Irgendwann ist deine Power auch mal zu Ende. Rein spielerisch hab ich mir ja auch schon überlegt, wie das ist mit 50 – es gibt ja Rockgrößen, die auch so alt sind, die nehmen ja ihr Publikum auch mit. Dagegen so Fuzzis wie Stockhausen, was die machen, hat kaum was mit Musik zu tun, die kriegen aber für ein Werk 100 000 Mark oder 200 000 Mark, das wird einmal aufgeführt und dann ist Schicht. Und die Pop-Branche, die das alles trägt, die kriegt gar nichts.« Subventionsgelüste? Es gab ja schon mal die IG Rock, Achim Reichel war einer ihrer Initiatoren, das ist aber wieder sanft eingeschlafen. Dieter, mit »80 oder 90 Titeln« bei der Gema gemeldet, teilt hier und heute gratis eine Warnung aus: »Und das ist ja auch ein Beruf, wo viele Produzenten die Musiker rein menschlich als Fußmatte benutzen, irgendwann ist man dann durch, sie haben dich fünf Jahre benutzt, dann ist es vorbei, so ähnlich wie auf den Strich gehen.«

Lemmie Lembrecht, der ein gutes Rumpelstilzchen geben könnte, erwacht aus seiner Reverie und hebt einen Zeigefinger: »He, Alter – genau!« Hajo Weber, der schwarz gewandete Schweiger aus dem Frankfurter Nordend, zieht seine schwarzen Handschuhe an, und Jade blickt heftig nickend um sich: »München wird ein Schweine-Gig, Leute. Den Vorverkauf könnt ihr total vergessen.«

Aber München wurde ein Mörder-Gig, und wenn wir uns im Jahr 2000 wieder treffen, wird einer sagen: »Erinnerst du noch die 80er Jahre, Jade? Die kamen doch noch richtig gut«, und Jade wird dann eine Story zum besten geben, wie das damals war, vielleicht die Mannheimer Trashing-Geschichte: »Ich war also mit einer englischen Band unterwegs, ihr wißt ja, die Engländer sind ja ganz brave Leute, und da hatten wir einen Roadie dabei, der immer trashing machte, also Zerstören war angesagt, außen sehr rauh, aber innen ganz weich, den haben wir alle geliebt.« Der Roadie vertrug sich aber nicht mit dem englischen Tourneemanager, einer fiesen Type: »Als ich ihn mal gefragt habe, wie er zum Rock-Business gekommen ist, hat er gesagt, because I was unemployed, also er war ein arbeitsloser Buchhalter, und deswegen kriegte er den Job, weil es wenig gute Tourneeleiter gibt, die auch mit den Büchern gut sind, das sind scheinbar zwei widerstrebende Parts.« In Mannheim gab es wieder Krach zwischen den beiden, und der Tourneemanager schickte den Roadie nach Hause. »Das passierte nun ausgerechnet in diesem Hotel, wo der Besitzer gerade gestorben war, und die Frau machte das seit einer Woche und war 63 Jahre alt, eine bescheidene, richtig nette Frau, aber der Sache gar nicht gewachsen.« Die Gruppe war 23 Mann hoch, und aus Sympathie mit dem Roadie gab es in der Nacht ein gewaltiges Besäufnis. »Am nächsten Morgen krieg ich erst mal einen Anruf, 2000 Mark Schaden in der Halle. Und da war also was passiert, was man richtig als Pech bezeichnen kann, weil die hatten sich am Nachmittag einen Fußball gekauft und der war rot, und da haben sie dann hinterher auch noch gespielt in dem Korridor, wo die Garderoben lagen, und der war gerade gestrichen worden, und der Hausmeister erzählte mir was von 98 roten Flecken an der Wand, er zeigte mir die Rechnung, mir tat das in der Seele weh.« Zurück im Hotel, wartete schon eine neue Hiobsbotschaft auf den Tourneeleiter. »Da meinte die Frau sehr schüchtern, das eine Zimmer sei doch etwas verschmutzt. Ich fahre mit dem Fahrstuhl hoch, da sehe ich etwas ganz Grausiges, da waren im Flur schon überall Federn. Da hatten die nachts also ihrem Unmut über diese Entscheidung Ausdruck gegeben damit, daß sie für ihn, der nach Hause geschickt wurde und immer gern trashing machte, einen Raum völlig getrasht haben. Aus allen Bettbezügen und Kopfkissen waren die Federn raus, der Raum war bestimmt 30 Zentimeter hoch mit Federn, und dann die Bilderrahmen, und durch das Fenster, das hatte schon einen Sprung, weil die ja keine Kippfenster kennen in England, da sind dann die Bierflaschen geflogen und die leeren Schnapsflaschen. Aber das schlimmste war, also die Zimmermädchen hatten am Morgen geweckt und da lag noch einer in dem Tohuwabohu und war so betrunken, den haben sie nicht wachgekriegt und dachten also, der wäre tot.« Als gewiefter Tourneeleiter bekam Jade die Sache aber doch noch hin, 50-Mark-Scheine wurden ausgeteilt und Erklärungen, es wurde einbezogen, wie er das nennt, und schließlich auch die richtige Perspektive erschlossen: »Dann meinten sie, so schlimm ist das noch gar nicht, wir haben hier schon viel Schlimmeres gehabt, die Araber haben beim Ramadan immer die Zimmermädchen gejagt.« Und abschließend wird Jade erklären: »Ja, ist doch so gewesen, je mehr Schwierigkeiten es gab, desto besser war es, das war unsere Art von Meditation.« Und dafür gab es immer, höre ich Dieter sagen, korrekte Belege.

Die gab es auch in Bonn, man mußte es nur richtig sehen. Das erste, was wir sahen, war diese Bruchbude auf freiem Feld, der Ort nannte sich Friesdorf und gehörte zu Bonn-Bad Godesberg, aber zur falschen Seite, und die Baracke nannte sich Club Nam Nam, da war das Bonner Konzert der Achim-Reichel-Tour 1982 angesagt. Nebenan war eine Art Festzelt, da tobten kostümierte Kinder umher, das war das Kinderkostümfest der Karnevalsgesellschaft KG Kleffbotze Friesdorf. Dieter sagte in einem weg: »Das ist ja direkt zum Usszeschnigge«, das hatte er aus Köln, und Achim machte sein stoisches Gesicht. Die Crew baute gerade die Anlage auf, dabei assistierten ihr, wenn man das so nennen konnte, einige Gestalten in Rockerkluft, ausgewiesen als Mitglieder des MC Flying Angels Bad Godesberg, und mit ihnen und den Jungs in den karottenfarbenen Overalls, die am Tresen wirkten, den Spielautomaten und dem Motto »Punk ist Tod« an der Wand sah das Nam Nam auch schon ziemlich voll aus. Es stank nach Motorenöl.

»Und hier sollen tausend Leute reingehen?« Achim war nun schon sehr reserviert. An der Bar drehte einer am Tonband, und eine Punk-Band legte los mit dem Stück: »Achtung fertig arbeitslos ...« Jade rang sich ein Grinsen ab: »Also ich meine, 500 gehn hier schon rein, und du mußt doch zugeben, Atmosphäre hat die Bude ja.« Daraufhin zog sich Achim mit einem Interviewer ins Hotel zurück, wo er den bemerkenswerten Satz tat: »Es gibt ja auch eine Auffassung, die meint, Dschungel ist der beste Boden für kreative Sachen.« Ich studierte derweil die vergilbten Zeitungsausschnitte an der Pinnwand neben der Tür. Das Nam Nam hatte eine ziemlich bewegte Geschichte – vor allem, was Randale anging. Es waren aber auch schon Go-go-Girls aufgetreten. Das wäre was für Jades Engländer gewesen, dachte ich. Dieter bediente einen Space-War-Automaten, Jade suchte den Clubleiter. »Der Gerd kommt später«, hieß es. Auf das Arbeitslosenlied folgten die Deep Purple. Dieter bleckte die Zähne: »Härtetest!« Dann kam ein Karottenoverall-Jüngling und zeigte uns die Garderobe.

»Hier sind die Kakerlaken wieder«, meinte Dieter mit einem Blick auf die Sperrmüllsessel und den dreckigen Fußboden. Ranziger Moder lag in der feuchten Luft. Im Nebenraum tagte der MC, und an der Wand steckten in Haltern abgesägte Billardstöcke. Dieter beugte sich über das Sofa und wich zurück: »O Mann, da vögeln sie drauf, was? Hier gibts doch sicher die Punker-Bräute mit rosa Irokesenschnitt, da hätte ich gern eine, die käme gut!« Er lachte den Jüngling an, der meinte, Punker-Bräute seien kein Problem. Da wieherte Jade auf und zeigte uns, was über der Saaltür hing: Ein schwerer Holzprügel und ein Schild, auf dem »Hausordnung!« stand. »Erzählt das bloß nicht Achim«, sagte Jade, als der Jüngling vom letzten Gefecht berichtete: »Dreißig Rocker gegen zweihundert Punks, da gab es was zu lachen.«

Als wir ins Hotel zurückkamen, stand Achim mit Mäppchen und im Mantel an der Rezeption, als müsse er den nächsten Intercity bekommen, und sagte: »Also Jade, das sagen wir nun aber ab.« Man konnte ihn verstehen: Hier war er nun, noch dazu in Bonn, einer der echten Väter der deutschen Rockmusik, vor 20 Jahren schon aufgetreten mit den Beatles, mit Little Richard, mit den Stones, und sollte nach 12 Jahren sein großes Bühnen- und Tournee-Comeback in Schuppen zelebrieren, die schon für die Rattles zu klein gewesen wären? Kein Zweifel, Achim starrte, wenn er das Nam Nam sah, den tristeren Aspekten einer Rock-'n'-Roll-Existenz ins Auge, wo es penetrant nach Schmiere und Leder und Schweiß riecht und das laue Bier aus Flaschen getrunken wird, über deren Weiterverwendung geteilte Meinungen oft nicht mehr möglich sind. »Punk ist Tod«, mag sein; aber Achim Reichel war angetreten, um Leben zu bringen.

Und außerdem war er auch Geschäftsmann. »Hier im Vertrag steht 1000 Plätze, und damit ist die Sachlage klar.« Doch Jade war Tourneeleiter und ließ auch nicht locker: »Uns kostet der Tag auf jeden Fall 6000 Mark, und im Vorverkauf sind schon 150 Karten weg, und das in Bonn.« Auch Dieter und ich nickten: »Ja, und das in Bonn, das schafft was.« Je intensiver wir auf Achim einredeten – ob nun tatsächlich Irokesenbräute durch unser Unterbewußtsein irrwischten oder die schwer erklärbare Attraktion des Horriblen schon ihre Spuren hinterlassen hatte (»Mann, diese Story! Ausgerechnet in der Bundeshauptstadt dieser verschärfte Schuppen!«) –, desto erfolgreicher verdrängten wir den naheliegenden Gedanken, daß unter diesen Umständen auch die 150 Vorverkaufskarten nur eine Fata Morgana waren. Ja, das Asoziale lockte mächtig, es lockte um so mächtiger, weil die Band am Abend zuvor im Großen Sendesaal des WDR in Köln gespielt hatte, mit Live-Übertragung bis Berlin, aber Rock im Rundfunk, wo die Pförtner und die Studiotechniker darin wetteiferten, dich abzutörnen – was lag näher, als im Nam Nam usszeschnigge, auszurasten mit den Rockern mitten in dieser toten Hose Bad Godesberg.

Ausgerastet war die Band im Bus nach dem WDR-Gig, als Lemmie auf der Fahrt ins Bonner Hotel den »Pelzigen« ins Spiel brachte. Als vorm Hotel keiner ausstieg, fuhr Frank prompt weiter, er erteilte uns eine Bonner Sight-Seeing-Lektion: »Und nun ein Blick auf das Bundeskanzleramt! Oder ist es das Postministerium?« Rasendes Gelächter. »Aber das ist die Villa Hammerschmidt, ganz da hinten, wo das Licht brennt!« Stakkato-Gelächter. »Und das ist Vadder Rhein.« Wir stolperten ans Ufer und erleichterten uns. Lautlos surrten die Kameras der Sicherheitsdienste. Die Bundeszentrale war ein elektronisches Auge im Nebel, und dahinter lagen die Beamten-Silos, Gruft an Gruft. »Bonn«, machte uns der Pelzige auf der Zunge klar, »Bonn ist Schicht.«

Schließlich gab Achim zu, daß es sinnlos war, den Gig jetzt noch abzusagen, aber mit »Gemischte Gefühle« wäre sein Gemütszustand noch verniedlicht beschrieben. Beim Soundcheck war das Nam Nam fest in der Hand der Rocker. Außer den Flying Angels waren auch noch die Leviathans und die Kölner Adler vertreten, und man konnte nur hoffen, daß die Kölner sich nicht zu einem spontanen Härtetest entschlossen. Gerd, der Clubchef, erwies sich als Relikt der 60er, komplett mit Strickmütze und langen Zottelhaaren, die in einen strähnigen Ziegenbart übergingen. Auch der Optimismus kam direkt aus den 60ern: »Das wird knüppelvoll heute, ausverkauftes Haus beim nächsten Mal, mit den Jungs habt ihr keine Probleme, trinkt doch mal ein schönes Bier, früher hab ich ja den Underground gemacht, bei mir fühlen sich alle wohl, oder wollt ihr einen Nam Nam Spezial?« Aber wenn man in seine Augen sah, bekam man bald heraus, daß auch für Gerd der Weg in die 80er ein einziges Labyrinth gewesen war.

Von der Crew hatte seit München einer nach dem anderen eine Art Darmgrippe erwischt, die Zeitungen hatten sie dem Smog zugeschrieben, selbst der gutgepolsterte Jens sah irgendwann ganz durchsichtig aus, und Bernd und Harald legten schon Reistage ein. Jetzt probierten sie aber den Nam Nam Spezial, eine Mischung aus Tequila, Gin und Brandy, aufgefüllt mit Obstsaft, und so lachten sie auch, und Jade rollte die Augen und verteilte sein Nicken gleichmäßig auf

Rocker, Crew, Band und Publikum, denn Publikum war auch schon da. Er erklärte mir seinen Zählapparat: »Jedesmal, wenn einer reinkommt, drückst du einfach hier drauf.« »Meinst du, wenn einer bezahlt, oder bei jedem, der reinkommt?« Jade sah, was ich meinte. Die Rocker, die den Einlaß kontrollierten, hatten ihr eigenes System. Jeder, den sie kannten, kam umsonst rein und faßte Bier, die anderen mußten zahlen. Die Rocker kannten die meisten und ermahnten sich gegenseitig, nicht so viel zu schlucken. »Du weißt ja, Rolli, du hast noch Bewährung.« Ein besonders martialisches Mitglied der Flying Angels hatte die gestiefelten Beine auf dem Kassentisch. An seiner Jeansjacke gab es eine Extratasche für den Schlagring, und seine Motorradkette war verchromt und glänzte frisch poliert. Er nahm seinen Job ziemlich ernst, und die Leute, die zahlen mußten, betraten den Club denn auch mit ernsten Mienen und ohne sich umzusehen, als fürchteten sie, das Monster könnte es sich noch einmal anders überlegen. Mir fiel auf, daß Jade an seiner Bierflasche nur nuckelte. Dieter zappelte an den Automaten.

»Glaubst du, er wartet auf die Braut mit dem Irokesenschnitt?« fragte ich Jade.

»Ich glaube nicht«, sagte Jade und lächelte gequält. Es war viertel nach acht, und außer den Rockern und ihrem Anhang verloren sich höchstens zwei Dutzend zahlende Gäste im Saal, die meisten vom Parka/Halfzware-Typ.

»Wir fangen um dreiviertel an«, sagte Jade.

»Wenn ich eine Karte im Vorverkauf erstanden hätte, käme ich auch erst um die Zeit.«

»Aber würdest du fürs Nam Nam eine Karte im Vorverkauf erstehen?«

»Ach Gott«, sagte ich, »für die Go-go-Girls vielleicht schon«, und schließlich kamen doch noch so viele, daß die Band nicht den Eindruck haben mußte, einen Spezial Gig nur für die Flying Angels und ihre Kölner Kollegen zu geben. Weil ich den Zählapparat nicht bedient und mit meiner Romantik, wie Achim das nannte, dazu beigetragen hatte, daß nicht abgesagt wurde, machte ich die Ansage. Prompt erwischte mich ein Mädchen vom Müsli-Typ, als ich mir gerade ein Bier holte, und schrie mir ins Ohr: »Du hast doch die Ansage gemacht, du gehörst dazu?« So ein Pech, dachte ich, nach einer Woche Tour das erste Groupie, und dann so verhärmt, aber ich nickte tapfer, und dann schrie sie: »Das ist viel zu laut, zu laut!« Ich verstand nicht: »Was ist zu laut?« Vielleicht war ich schon halb taub, aber gerade an diesem Abend schien mir die Lautstärke exakt den Punkt zu treffen, und ich versuchte ihr das zu erklären, was allerdings völlig sinnlos war, sie hörte gar nicht hin und schrie nur: »Ich will unser Geld zurück!« Sie hatte noch einen dieser Nein-Danke-Jünglinge dabei, und ich sagte: »Probiert's doch«, und ließ meinen Blick über die Adler und die Flying Angels schweifen. Sie blieben.

Das Konzert im Nam Nam war vielleicht nicht gerade eine »Sternstunde der deutschen Rockmusik«, wie eine Berliner Zeitung den Auftritt im Metropol genannt hatte, aber es bewies, daß die Band ihre Musik auch unter verschärfteren Bedingungen an den Mann bringen konnte, und niemand demonstrierte das besser als einer der Leviathans. Rocker sind nicht gerade dafür bekannt, daß sie ein lockeres Tanzbein schwingen, doch dieser eine Leviathan ging selbst bei komplexen und vom Text her für ihn schier unverständlichen Stücken wie der »Regenballade« oder dem »Riverside Drive« so heftig mit, daß er einen Krampf im Bein bekam und einer seiner Gefährten vorübergehend seine Bierflasche verwahren und ihm einen Verweis erteilen mußte. Ja, das Nam Nam werde ich so leicht nicht vergessen, weder den Moder in der Garderobe noch den Typ, der am Schluß schrie: Spielt weiter, ihr Penner, weder den Leviathan noch die Lederbräute, die auf den Bänken standen und klatschten, weder die uralte und immer wieder aufregende Entdeckung, daß jeder Text und jede Musik von jedem Publikum eine neue Bedeutung erhält, noch den Mann vom alten Underground, Gerd in seiner Küche, als er mit Jade die Abrechnung machte.

Die Küche war ein Chaos aus Essensresten, schmutzigem Geschirr, Abfallkübeln und Hundefutternäpfen, und Jade saß auf einem wackligen Hocker und machte ein bedenkliches Gesicht, als Gerd ihm die Abendkasse vorzählte, und ich dachte, so muß es sein, Hartgeld auf Hartgeld, Schein auf Schein, draußen machten sie weiter, »Achtung fertig arbeitslos«, und auch hier drinnen wurde abgezählt und für zu leicht befunden. »Da fehlt natürlich noch einiges bis zur Garantiesumme«, sagte Jade und nickte unmißverständlich, »und das mit der 1000-Plätze-Kapazität, also da müßten wir uns auch noch mal unterhalten.« Aber Gerd sah das nicht so eng: »Du, wenn die Punks hier sind, was glaubst du, da passen leicht 1000 Mann in den Saal«, und wir lachten und warteten, bis er den Scheck ausgeschrieben hatte, wobei es nur noch zu einem letzten Rückzugsgefecht über die Mehrwertsteuer kam, Mehrwertsteuer hatte es nie gegeben im Underground, Mehrwertsteuer kam gar nicht gut, aber Jade blieb unerbittlich, er holte den letzten Groschen raus, und schließlich zogen wir ab durch die schummrige Hardrock-Bar, und ich fragte Jade: »Glaubst du, daß der Scheck gedeckt ist?«, aber an seinem Blick merkte ich, daß das keine sehr intelligente Frage gewesen war. Zwei Leviathans pißten in die Büsche, als wir abfuhren, und kleine Dampfwolken stiegen von der kalten Bonner Erde auf.

Achim sitzt schweißgebadet in der Garderobe und sagt: »Die Leute fuhren ab wie göttliches Gehänge – die, die da waren«, und Heidi sagt: »Zieh dir was über, Liebling.«

Jade, in der einen Hand eine Büchse Bier und in der anderen ein vertrocknetes Wurstbrötchen von der kalten Platte, sieht sich seine Pappenheimer an und sagt: »Aber heute ist zu oft gepatzt worden auch.«

»Was ist gepatzt worden?« Das ist Dieter, der wieder als erster fertig ist, geil auf Action. »Ich hab astrein gespielt.«

»Jaja, du vielleicht.«

»Lemmie hat auch tierisch gespielt.«

Lemmie hat die Füße auf der Fußrolle, sieht und hört nichts. Hajo hat die schwarzen Handschuhe an und raucht. Manfred sucht seine Freunde. Gerd und Glenda sind nicht zu sprechen. Jade bohrt weiter: »Beim Eckenliegerblues ist gepatzt worden.«

»Wir haben fast jeden Abend eine Nummer«, sagt Dieter, »gestern war es Baby am Fenster oder wie das hieß – «

»Bitte geh ans Fenster«, lachte Achim, »das klingt gut.«

»– Das Feuer, und heute war's der Eckenliegerblues, das war Achim selber, der da gepatzt hat –«

»Hallo Liebling, hörst du? Sie machen mich fertig. Haut rein!«

»– aber man klinkt sich halt wieder ein.«

Jade ist nicht zu beschwichtigen: »Aber insgesamt war's heute keine Sahne.«

Jetzt erklärt Dieter es ihm professionell: »Mit der Pißanlage sind wir in der Halle zu klein. Ich geh auf die Bühne und hör überhaupt keinen Baß mehr. In diesem kleinen Zimmer klingt der Verstärker Mörder, da draußen auf der Bühne keine halbe Sekunde Ton, wo soll er da hin? Er fliegt weg.«

»Dieter, oben war das ganz schön laut.«

»Es kommt aber nichts, du hörst nichts. Da ist kein Gegendruck.«

»Aber auf der anderen Seite ist es so, Dieter, daß einige Stücke druckvoll kamen und andere nicht druckvoll kamen.«

Dieter bringt das stärkste Argument: »Die Leute haben sich drei oder vier Zugaben erklatscht.«

Jade ordnet ein: »Ja, aber das Ding ist so, dieser Gig war also kein schlechter, aber auch einer von den weniger guten.«

Dieter leitet einen taktischen Rückzug ein: »Ich weiß, bei uns muß immer das Letzte kommen. Ich fand den Gig überhaupt nicht schlecht.« Er zieht die Verteidigungslinien: »Erst mal das positive Ding von den Leuten, was man ja hier überhaupt nicht erwartet, und es sind über 400 Leute gekommen, und der Applaus nach der ersten Nummer klang laut.«

Jade hat ihn soweit: »Aber dann war auch ein Bruch drin.«

Dieter hißt die Fahne: »Irgendwo fehlte dann was.«

Gerd taucht auf, mit großen Augen: »Wo war der Bruch?«

»Der ging los beim Eckenliegerblues, dann war wirklich so eine Flaute.«

Dieter nimmt die Fahne wieder runter und reitet nach vorne: »Ja, weißt du, woran das liegt? Du spielst jeden Abend das gleiche Programm, wenn die Serie mal anders kommt, ist gleich ein ganz anderes Feeling. Und dann seh ich, Achim macht ein verschärftes Gesicht, er spielt Begleitung, ich spiel Begleitung, weil eine Gitarre ausgefallen ist –«

Jetzt will Hajo sich zu Wort melden, aber da kommt Frank vom Plattenverkaufen zurück, und Jade fragt: »Frank, wieviel Platten sind weggegangen?«

»Achtundzwanzig.«

»Auch nicht schlecht«, sagt Dieter und hat die Stellung gehalten, und Lemmie hat inzwischen etwas ganz anderes gehalten und erklärt jetzt: »Also, wenn das ein angesagter Club ist, dann steht er auch hier drin«, und Achim sagt: »Jade, wenn die Tournee noch nicht mal das Geld einspielt, das wir brauchen, um die Kosten zu decken, fahr ich lieber nach Gran Canaria«, und Jade sagt: »Wenn du das so siehst, würde ich das auch lieber so sehen«, und weil es keiner so sieht, fahren alle morgen nach Kassel.

»Es müssen nur noch Texte gemacht werden, die nicht

mehr im Radio gebracht werden, nur noch Härte angesagt, Bukowski schafft auch was.«

»In Kassel reicht auch ein Trio.«

»Wieviel sind bis jetzt da?«

»Fünfzehn.«

»Was machst du denn, wenn du mitten im Set eine verhärmte Latte kriegst in der dünnen Hose?«

»Aus dem Leben gegriffen, ist doch klar, mit dem Baß am Bühnenrand.«

»Hajo, wo ist dein Rennhelm?«

»Reggae!«

»Ihr seid doch alle betrunken.«

»Da sagt bestimmt einer, der ist doch von den German Bonds.«

»Du willst mir Kassel ausspannen.«

»Heute ist der erste Tag, wo wir Zugaben machen, ohne daß die es wollen: Würdet ihr bitte den Saal verlassen, wir wollen ungestört weiterspielen.«

»Heidi, was hat die Handleserin gesagt?«

»Lemmie, du spielst aber nicht mit Plateausohlen.«

»Zu Hause hab ich ja meine Nähmaschine.«

»Ihr seid ja schlimmer als die Weiber.«

»Was verstehst du denn von Weibern?«

»Die Momente, wo man über die bescheuertsten Witze lachen kann, sind die besten, zum Beispiel der: Karawane in der Wüste, kommt ein Mann vorbei, Badehose, Handtuch lässig über der Schulter, Karawane schon fast am Verdursten, er fragt: Wie weit ist das von hier noch bis ans Wasser? 2000 Kilometer. Oh, herrlich breiter Strand.«

»Oder der: Zwei Pimmel gehn ins Kino, sagt der eine: Hoffentlich ist das kein Porno, dann muß ich wieder die ganze Zeit stehen.«

»Ich kann euch noch einen ganz differenzierten erzählen. Also: Da kommt ein Kasseler in die Stadthalle.«

»???«

»!!!«

»Da wird ja der Kaugummi trocken.«

»Jade, was machst du denn mit der Taschenlampe?«

»Ich laß mir die Pupillen zeigen.«

»Also, der absolute und auch Härtetest.«

»Bei der Toilette kann ich meine normalen Konversationssprüche nicht ablassen, dudenmäßig ist da nichts mehr da.«

»Einen schönen Abend. Heute abend heißt es sicher nirgendwo ›Ab nach Kassel‹, heute geht es in Kassel ab mit Achim Reichel und seiner Band mit ›Blues in Blond‹!«

»Runde Ansage.«

»Ja, sehr rund.«

»Jetzt machen wir erst mal den Apparat aus.«

Das war nämlich so: Als Achim Reichel noch mit den Rattles die Teenager in Wallung brachte, gab es in Kassel einen Fan-Club, den ein ehemaliger deutscher Juniorenmeister im Fünfkampf leitete, Jörg Klitsch, und der starb plötzlich, und als Achim mal in der Gegend war, hieß es, er solle doch bei den Eltern vorbeischauen, er habe ihrem Sohn so viel bedeutet. Achim: »Da habe ich mir das Zimmer angeguckt, und alle Wände waren voll mit Bildern von den Rattles und mir, mit einer feinen Staubschicht darauf. Und die Eltern sagten, in diesem Zimmer haben wir nichts mehr angerührt, seit unser Jörg gestorben ist. Das ist die Geschichte von unserem Fan-Club, der früher starb als wir selbst.«

Und nach dem Gig in der Stadthalle kam ein dicklicher Mann in mittleren Jahren in die Garderobe, das war auch ein Reichel/Rattles-Fan der ersten Stunde, und er hielt Achim eine Platte hin und sagte: »Jetzt schreibst du mal hier drauf: Für Ilseken.« Ilseken war sein Schatz und zierte sich zunächst, aber dann kam sie doch noch, ein Brötchen wollte sie partout nicht haben, gegen ein Glas Sekt hatte sie nichts, und ihr

Liebster sagte: »Ich dachte, hier wären mehr ältere Leute«, und Dieter sagte: »Siehst du mal, auf die älteren Leute ist auch kein Verlaß mehr.«

In Kassel waren wir noch einmal in der Wildnis und wußten, ab morgen nur noch freie Bahn, Bochum ausverkauft, Hamburg Heimspiel, Kiel letztes Aufbäumen. In Kassel schneite es noch, und in Kassel pfiff der Wind durch die Zubringerstraßen, auf denen die Laster rollten, Kaviar für Köln, Carepakete für Polen. In Kassel fand ich den Zettel wieder, den Lemmie mir an irgendeinem Frühstückstisch in die Hand gedrückt hatte (immer drückten sie mir etwas in die Hand und nickten und spielten weiter), den Zettel mit der Annonce, die er in einer Zeitung aufgegeben hatte und die irgendwie alles sagt: »Jazz/Rock Musiker, 35, mit religiös-esoterischer Lebenseinstellung, gegenwärtig in finanzieller Disharmonie, sucht, vielleicht nicht nur zur Entspannung der eben erwähnten materiellen Unbeweglichkeit, ein sich des Mäzenatentums erbarmendes, sensibles, anmutiges, innerlich dynamisches weibliches Wesen.«

In Kassel machten wir auch noch mal los und spielten sogar mit dem Einfall, per Taxi nach Frankfurt ins Sudfaß zu donnern, o ja, doch dann zogen wir uns Kassel rein, Kassel bei Nacht. Im ersten Club flimmerten Pornos an den Wänden, ein Mädchen machte kurz die Augen auf, als sie uns sah, und schlief gleich weiter, und Lemmse fand, daß das alles abtörnte, und trank seinen Saft aus. Wir gurkten weiter durch Kassel, entweder war schon zu oder die Schnallen hatten was dagegen, daß Dieter mit den Automaten spielte, dann standen wir in einer Disco und tranken doppelte Dimples, und Dieter gestand uns, daß er einen Traum hatte, er wollte noch mit seinem Sohn in einer Band spielen. In dem Disco-Licht sah er mehr denn je aus wie der Kapellmeister von Attila dem Hunnenkönig und Jade wie der Tourneeleiter der Wikinger, und vielleicht hatte Lemmie die mit Menschenhaut bespannten Drums am Hof von Thule geschlagen – doch steckt in jedem Härtetest die Suche nach dem heiligen Gral. So viel hängt dazu von Stimmung ab, vom richtigen Licht, und das meiste hängt davon ab, ob man richtig geben und nehmen kann, und ich erinnerte mich, wie Jade in einem Taxi mal gesagt hatte: »Es werden jetzt für die, die noch gut sehen, Minus-Brillen ausgeteilt. Und dann gibt es Plus-Brillen, die werden am Wochenende ausgegeben.«

In Kassel landeten wir dann in einem Laden vom Typ Treffpunkt mittleres Management, Fraktionsvorstände, Reisende in Spezial-Reizwäsche, aber die Mädchen merkten sofort, daß wir Reisende in Spezial-Blues waren, bedürftige Reisende, die eilig an die große Pforte klopften, und als wir in unseren Séparées lagerten und ich hin und wieder Jades Lachen hörte, fand ich, daß die Belege für das große Aufbäumen korrekt waren, und ich verstand, was Manfred meinte, wenn er sagte: »Man muß das Glück anbieten. Nur wenn man Glück anbietet, hat man eine Chance.«

Die Frau, die mir zwar nicht das ganze Glück, aber einen Augenblick davon anbot, war aus Jugoslawien, und als ich ihr erklärte, was mich nach Kassel verschlagen hatte, rückte sie näher und erzählte, wie sie mit ihrem Bruder, einem Musiker, durch Serbien getingelt war, mit dem Akkordeon, und dann sagte sie, glucksend: »Du siehst also, Schatz, wir sind praktisch Kollegen.«

Jade lachte, als ob ihn etwas kitzeln würde, und ich nahm einen Schluck Sekt und stellte fest, daß ich noch eine Hand frei hatte, und als die Hand versorgt war, sagte ich: »Ja, wir sind alle in der Haifisch-Branche«, und ich dachte, und damit haben wir noch Glück gehabt, und dann dachte ich einen irren Augenblick lang gar nichts mehr: Ich sang.

1982

BOXER KUTTE

Kutte kommt aus der Vorstadt
Siedlung »Zur Neuen Welt«
Sieben Kinder zu Hause
Vater vertrinkt das Geld

Kutte lernt das Boxen
Für 'n Appel und 'n Ei
Er ist hart im Nehmen
Und mit Herz dabei

Boxer gehn oft in die Knie
Blaue Augen zahlen drauf
Mancher Lorbeer, der ist schmutzig
Aber Kutte steht wieder auf

Kutte boxt sich nach vorn
Wird 'n Mann von Welt
Kutte ist jetzt Profi
Und boxt ums große Geld

Nur der Titel fehlt noch
Wer hätte den nicht gerne
Kutte greift nach dem Lorbeer
Dann sieht er die Sterne

Boxer gehn oft in die Knie …

Vierzehn Jahre später
Im Ring von Agadir
Kutte macht den Hauptkampf
Er nennt sich jetzt: Der graue Stier

Der Kampf ist geschoben
Ein Neuer soll groß raus
Für Kutte bleibt ein Riese
Und der Flug nach Haus

Boxer gehn oft in die Knie …

RATTENTANGO

Im Hof tanzt eine Rattenmutter Tango
Und ihre Brut probiert das süße Leben
Und weil zum Tango immer zwei gehören
Darf Dracula ihr die Ehre geben

Die Nacht liegt wie ein Albdruck auf der Stadt
Wer jetzt nicht schläft, wird es noch lang bereuen
Aus allen Ritzen kriechen gleich die Geister
Vor denen Mensch und Tier sich scheuen

Der Mond sieht aus
Als ob er mal was mit der Sonne hatte
Und Dracula wirft seinen Umhang
Beim Tanzen um die Ratte

Es ist der Wind, der leise lacht
Beim Rattentango heute nacht

Die Henker spielen Karten mit den Opfern
Doch Geld macht diese Geister auch nicht satt
Und so spielen sie um Würmer aus der süßen Erde
Die soviel Blut getrunken hat

In solchen Nächten sind die Städte Wüsten
An allen Ecken schnüffeln die Schakale
Die Häuser haben Schatten wie Ruinen
Es ist, als warte alles aufs Finale

Der Mond sieht aus
Als ob er mal was mit der Sonne hatte
Und Dracula wirft seinen Umhang
Beim Tanzen um die Ratte

Es ist der Wind, der leise lacht
Beim Rattentango heute nacht

DER MINISTER

Der Minister kommt aus kleinen Verhältnissen
Seine Anzüge kauft er nur von der Stange
Es heißt, er ist der kommende Mann
Sein Ressort sind die sozialen Belange

Als Minister braucht er das Bad in der Menge
Den Babykuß, den Tanz mit dem Krüppel
Politisch steht er beinhart in der Mitte
Und die verteidigt er auch mit dem Knüppel

Er nahm den Job, den keiner wollte
Denn keiner will im Regen stehn
Einer muß es schließlich machen
Einer muß für alle gehn

Der Minister läßt sich in die Limousine fallen
Der Chauffeur mit Schulterhalfter drückt aufs Gas
Und sie rasen durch die dunkle Republik
Am Tempo haben beide ihren Spaß

Minister leben schnell und auch gefährlich
Gejagt von Herzinfarkt und Terroristen
Sie brauchen Panzerglas und Bodyguards
Denn sie stehn auf vielen schwarzen Listen

Er nahm den Job, den keiner wollte
Denn keiner will im Regen stehn
Einer muß es schließlich machen
Einer muß für alle gehn

In diesem Job sind alle einsam
Der Minister trennte sich von seiner Frau
Selbst das Soziale macht die Hände schmutzig
Und Bürger stehn mit Steinen hinterm Drahtverhau

Manchmal steht er nachts am hellen Fenster
Und blickt hinaus auf dieses unser Land
Das sieht dann aus, als wollt' er sich erinnern
Woher er kommt und mit wem er da noch verwandt

Er nahm den Job, den keiner wollte
Denn keiner will im Regen stehn
Einer muß es schließlich machen
Einer muß für alle gehn

ROSE UND HYÄNE

Sie saß so gern in dunklen Bars
Und zeigte die Beine her
Und wer ihr einen Drink spendierte
Dem zeigte sie auch mehr

Doch einem zeigte sie dann alles
Der wollte sie befreien
Er nannte sich »Der letzte Prinz«
Und brannte ihr die Rose ein

Sie dachte, er wär ein Tiger
Er war nur eine Hyäne
Sie liebte sein gestreiftes Fell
Doch sie bekam nur seine Zähne

Er brachte sie an die beste Ecke
Und sagte: Halbe-halbe
Männer kommen nicht ohne Liebe aus
Und der Himmel nicht ohne Schwalbe

Sie lief für ihn auf tausend Straßen
Von denen jede teuer war
Der »letzte Prinz« trug nur noch Seide
Und zahlte alles bar

Sie dachte, er wär ein Tiger
Er war nur eine Hyäne
Sie liebte sein gestreiftes Fell
Doch sie bekam nur seine Zähne

Hyänen kriegen nie genug
Und so kam es, wie es kommen muß
In einer kalten Winternacht
Zog man den »Prinzen« aus dem Fluß

Wenn heute das rote Licht ausgeht
Dann denkt sie noch manchmal an ihn
Sie sieht die Rose an und spürt
Seinen Atem vorüberziehn

Sie dachte, er wär ein Tiger
Er war nur eine Hyäne
Sie liebte sein gestreiftes Fell
Doch sie bekam nur seine Zähne

HOTEL L'ORIENT

Da kräht der Hahn schon wieder
Und der Wind bewegt die Jalousie
Ich mach die letzte Zigarette an
Wenn du jetzt nicht kommst, kommst du nie
Und die Wand ist dunkel schon vom Rauch
Der Männer, die hier gewartet haben
Auf Frauen, die wie du nicht kamen
Weil and're ihnen Geld dafür gaben

Ich traf dich in der dunkelsten Kaschemme
In der Straße der Vagabunden
Und wir tranken den gepanschten Wein
Und waren an nichts gebunden
Und wir gingen ins Hotel L'Orient
Wo die Palmen am Fenster kratzten
Und du warst die Königin der Nacht
Wo Flöten wie Zigeunerinnen schwatzten

Bald schrei'n die Hähne überall
Und auch dieses Märchen geht vorbei
Die Sonne brennt auf die Jalousie
Und einer von uns ist jetzt frei
Doch du tanzt für die reichen Herren
Mit Gold und Silber behangen
Auch wenn du jetzt die Tür aufmachst
Weiß ich doch, sie halten dich für immer gefangen

NACHTEXPRESS

Ein Zug fährt ab, ein Mann springt auf
Die Stadt fliegt rasch vorbei ins Dunkel
Er hat es eben noch geschafft
Und sieht im Tal die Lichter funkeln

Der Mann nimmt Platz im Speisewagen
Beim ersten Gang streift ihn ein Hauch
Eine Lady fragt: Ist hier noch frei?
Und ihre Augen sagen, ich bin es auch

Nachtexpreß
Auf dem Weg durch Zeit und Raum
Auch Agenten und Spione
Brauchen nachts einen Traum

Sie trinken Sekt, sie trinken Wein
Und schlürfen kühlen Austernsaft
Die Lady blickt geheimnisvoll
Und manchmal raschelt ihr Kleid aus Taft

Nachtexpreß
Auf dem Weg durch Zeit und Raum
Auch Agenten und Spione
Brauchen nachts einen Traum

Agenten leben nicht von Liebe
Die Lady reicht ihm lächelnd ihre Hand
Der Mann gibt ihr schweigend einen Ring
Nach diesem Ring sucht jedes Land

Nachtexpreß …

Die Grenzstation – der Zug steht still
Im Dämmerlicht steigt die Lady aus
Der Mann sieht sie in die Falle gehen
»Halt aus, Chérie! Ich hol' dich raus«

Nachtexpreß
Auf dem Weg durch Zeit und Raum
Auch Agenten und Spione
Brauchen nachts einen Traum

(alle auf Achim-Reichel-LP Nachtexpreß, *1983. Ahorn 1.033)*

DIE SCHLANGE UND DAS PARADIES

Dunkler Tag, der Regen trommelt
Auf das Autodach
Das Taxi ist schon Stunden unterwegs
Er bleibt wach

Ihn treibt nichts mehr von der Straße
Die ihn zu ihr bringt
Er spürt schon ihren Duft auf seiner Haut
Und es ist, als ob er singt

Du bist die Schlange
Du bist das Paradies
Seit ich dich kenne
Ist nichts mehr, wie es ist
Du bist die Schlange
Umschlingst mich überall
Ich weiß, wenn du mich alle machst
Geh ich in einem Feuerball

Vorbei an Städten, Wäldern, Feldern
Er sieht gar nicht hin
Er ist ein Jahr zur See gewesen
Und hat nur noch sie im Sinn

Taxifahrer, gib Gas, gib Gas
Kriegst auch 'n Schein dazu
Ich weiß, mein Mädchen wartet schon
Denn ihr Lied läßt mir keine Ruh

Du bist die Schlange ...

Das Taxi fährt ihn vor die Tür
Im Fenster brennt noch Licht
Er sieht zwei Schatten sich umarmen
Und er zögert nicht

Er tritt die Tür ein, und sie schreit
Johnny, tu's nicht
Er sieht den andern und schießt
Und sagt später vor Gericht
Sie war die Schlange
Sie war das Paradies
Seit ich sie kenne
Ist nichts mehr, wie es ist

IN BALI

Steh' allein in 'ner Kneipe unten am Hafen
Trink 'n Bier, das eher nach Spülwasser schmeckt
Welch ein Tag, den hätt' ich besser verschlafen
    Plötzlich steht 'n Kerl wie 'n Schrank in der Tür
    Mit 'm Grinsen, als ob der Mond aufgeht
    Hey Kinder, Eddie ist wieder hier
Und Eddie pflanzt sich auf den Platz neben mir
Und erzählt aus seinem Leben, so mal eben
Zwei Jahre Bau für nix und wieder nix
    Die Bonzen leben wie die Maden im Speck
    Und wir quäl'n uns ein' ab hier im Dreck
    Und irgendwann ist das Leben dann um
    (Da kann ich mir aber was Bess'res vorstell'n)
In Bali – Am Palmenstrand
Nur du und ich – Im weißen Sand

Jawoll, wir könnten längst in Bali leben
Statt dessen steh'n wir auf'm Arbeitsamt Schlange
Die da oben, die halten uns wohl für dumm
    Und dann ballt er seine Schaufelbaggerhände
    Und kommt dabei ganz bedrohlich in Fahrt
    Oh Mann, mir wird allmählich echt bange
Und nach 'm zehnten Korn erklärt mir Eddie
Ich sag dir was, totsich'rer Tip
Das bringt das Kleingeld für den großen Trip
    Und Eddie öffnet seine Jacke und zeigt mir 'ne Knarre
    Und sagt, wir gehen einfach in die nächstbeste Bank
    Einmal kräftig hinlangen, und dann sind wir weg
    (Weißt du, wo, rate mal)
In Bali – Am Palmenstrand …

Die Kneipe wird jetzt voller, und Eddie wird lauter
Ich sag, Junge, beruhig dich, was du brauchst, ist 'ne Braut
Nicht mich, oder seh ich etwa so aus
    Red kein Blech, sagt Eddie, wir sind Partner
    Du bist genau der Richtige für mich, mein Freund
    Trink aus, und dann hol'n wir uns, was uns zusteht
Eddie meint, er muß noch kurz seinen Wasserspiegel senken
Und schwankt in Richtung Klo davon
So schnell war ich noch nie aus 'ner Kneipe raus
    Wenn er zurückkommt, bestellt Eddie 'n Gruß
    Sagt ihm, in Bali geb ich einen aus
    In Bali geb ich einen aus
In Bali – Am Palmenstrand …

EINE EWIGKEIT UNTERWEGS

Ich war auf dieser Erde
Von Anfang an dabei
Ich schlüpfte eines Morgens
Aus einem winzigen Ei
Die Sonne war ein Ball aus Blut
Und Drachen tanzten am Strand
Ich wurde von ihnen gefressen
Bevor ich was zu fressen fand

Doch ich kam immer wieder
In anderer Gestalt
Oft nur für einen Tag
Manchmal wurde ich uralt
Ich war ein Schmetterling
Ein Affe und ein Wal
Und eines Tages trat ich
Mit anderen Menschen ins Tal

Eine Ewigkeit unterwegs
Auf der Suche nach dir
Noch einmal um die Welt
Dann komm ich zu dir
Und steh vor deiner Tür
Ich bin schon eine Ewigkeit unterwegs

Bei Cleopatras Sklaven
Und auf spanischen Galeeren
Bei Attilas Horden
Und in Napoleons Heeren
Ich sah Städte bis in den Himmel
Siege und Triumph

Tanz auf den Vulkanen
Und wieder runter in den Sumpf

Milliarden von Menschen
Leben milliardenmal
Gehen zurück in die Wälder
Und kommen wieder ins Tal
Leben und leben lassen
Bis zum jüngsten Gericht
Und einer, der davonkommt
Macht ein Liebesgedicht

KOMMSE REIN, KOMMSE RAN

Mitternacht in der City
Schwelender Asphalt
Dampf steigt aus den Gullys
Lichter brennen kalt
Die Nachtvorstellung hat begonnen
Stunde der Boulevards
Razzia und Randale
In den Go-go Bars

Kommse rein, kommse ran
Hier ist das volle Programm
Kommse rein, kommse ran
Das Programm fängt gleich an
Was immer Sie wünschen
Wir haben es
Was die andern versprechen
Wir halten es

Gangster fahren abkassieren
Polizei hört mit
Manche tafeln à la carte
Andere Pommes frites
Liebe wartet im Schaufenster
In Leder, Lack und Satin
Ihr Parfüm heißt Midnight Glory
Und sein Drink La Fin

Rituale auf der Piste
Alles hat seinen Preis
Festival der geheimen Wünsche
Pur oder auf Eis

Unterwegs in Sachen Suche
Der Morgen ist noch weit
Hier ist Leben nur ein Herzschlag
Bis zur Ewigkeit

KÜNSTLERHÄNDE

Er war ein hübscher Junge
Und hatte Künstlerhände
Seine Arbeit hatte er
Immer schnell zu Ende

Als sie ihn kennenlernte
War sie ein scheues Reh
Und mit seinen Künstlerhänden
Tat er ihr nicht weh

Er wollte etwas anderes sein
Als einer von Millionen
Nach seinem Job gefragt, meinte er
Ich dekoriere Illusionen

Er zeigte ihr das Leben
Und war auch immer gut bei Kasse
Er sagte: Es gibt nur dich und mich
Und der Rest, das ist die Masse

Was er mochte, war ihr gleich
Und auch, wo er verkehrte
Sie hat auch jene nicht gekannt
Deren Tresore er leerte

Eines Tages holten sie ihn
Da war'n seine Hände gebunden
Künstlerhände wie seine
Hat sie nie mehr gefunden

EL INDIO

Er kommt aus einem Dorf
Am Fuße der Anden
Wo damals die Spanier
Das viele Gold fanden
Sein Vater sagte: Junge
Geh du in die große Stadt
Du hast so viele Brüder
Und keiner wird satt

Er hatte nur eine Flöte
Und ging hinaus in die fremde Welt
Er spielte um sein Leben
Denn Leben kostet Geld
Und dann wurde er entdeckt
Von einem Impresario
Der nahm ihn mit nach Europa
Und nannte ihn El Indio

Da steht er jetzt im Poncho
Auf dem Platz vor dem Zelt
Auf dem Plakat sieht er aus
Wie der letzte Inkaheld
Der Impresario verschwand
Mit der Eintrittskasse
Es war in Barcelona
In 'nem Hotel dritter Klasse

Manchmal in der Nacht
Träumt er von den Anden
Wo damals die Spanier
Das viele Gold fanden

Das Gold gehörte den Göttern
Doch die wollten es nicht
El Indio versteht die Götter
Bis daß der Tag anbricht

GOLDKÜSTE

Ich sah sie zum ersten Mal
In einem Straßencafé
Sie sah aus wie eine Madonna
Soviel Schönheit tat weh

Sie hatte so hungrige Augen
Ihr Lächeln war so allein
Sie kam, um das Leben zu suchen
In dieser Wüste aus Stein

Sie hat mich angesehn
Als ob ich was zu sagen hätte
Ich hätt' so vieles zu sagen gehabt
Doch meine Worte lagen an der Kette
Sie hat mich angesehn
Als ob ich weiter wüßte
Glaub mir, ich kann nicht mit dir gehn
Ich suche die Goldküste

Ich sah sie zum zweiten Mal
Am Hauptbahnhof morgens um drei
Sie sah aus wie ein schwarzer Engel
Auf der Flucht vor der Polizei

Sie wollte mir Träume verkaufen
Davon hatte ich genug
Ich gab ihr eine Zigarette
Und nahm den ersten Zug

Ich traf sie zum dritten Mal
In einem fremden Land

Sie hatte die Haare geschoren
Fast hätt' ich sie nicht erkannt

Es war ein eisiger Winter
Der Frost färbte uns rot
Wir hatten all' unsere Wege verloren
Und fanden uns im selben Boot

Sie hat mich angesehn
Als ob ich was zu sagen hätte
Ich sagte, komm laß uns zusammen gehn
Wir finden die Goldküste
Sie hat mich angesehn
Als ob ich weiter wüßte
Ich sagte, komm laß uns zusammen gehn
Wir finden die Goldküste

(alle auf Achim-Reichel-LP Eine Ewigkeit unterwegs, *1986. WEA 240962)*

SCHNELLE HÄNDE

Er war ein hübscher Junge
Und hatte schnelle Hände
Wo er herkam brauchte er die
Da war alles schnell zu Ende

Sie war die schönste Flamme
In der Laubenkolonie
Und in einem heißen Sommer
Sagte er: Jetzt oder nie

Leben macht kalt, Leben macht heiß
Leben hat seinen Preis
Leben macht hungrig, Leben macht satt
Leben gibt's nicht auf Rabatt

Er brachte sie zum Lachen
Und hatte auch immer Geld
Und sagte: Wenn's genug ist
Dann zeig ich dir mal die Welt

Was er tat, war ihr egal
Und auch wo er verkehrte
Sie hat auch die nicht gekannt
Deren Tresore er leerte

Leben...

Eines Tages kam die Kripo
Da war'n ihm die Hände gebunden
Sie hat ihn bis heute gesucht
Und hat ihn doch nie gefunden

Sie hat mir das alles erzählt
In einer ruhigen Stunde
Sie lacht immer noch so gern
Und geht auch nicht vor die Hunde

Leben...

Achim: ist das
vielleicht was –
als richtiger Fetzer
inszeniert?
Schönen Gruß – J.

DER SCHNEEMANN

Ich kam von Tanger und war abgebrannt
Und auf der Fähre traf ich 'n Schweden
Der machte mir ein ~~gutes~~ faules Angebot
Und ich ließ - na klar - mit mir reden

Dann saß ich auf Malta mit Pornos rum
Das dauerte gar nicht so lange
Dann hatte ich die Konkurrenz am Hals
Und die Bullen standen Schlange

Ich bin der Schneemann
Hab nur heiße Sachen laufen
Wenn du was bietest
Kannst du was kaufen
Ich bin der Schneemann
Im Sommer gibt's mich nicht
Da ~~mach~~ bin ich ~~mir immer~~ auf Hawaii
~~Ein~~ Mit neuem Gesicht

Ich fand'n Gepäckschein in 'ner Perücke
Dann saß ich mit'm Koffer im Wartesaal
20 Dosen Rasierschaum für Frankfurt
Und in jeder Dose - na, raten Sie mal!

Es ~~gibt~~ gab zuviel Leute, die mitmischen wollten
Ich hatte Glück und kam noch davon
Ich tauchte unter und warte seitdem -
Worauf? - Na, Sie wissen schon...

...

Bibeln für Tibet? - Whisky für ~~Katar~~ Oman? -
Butter für Bangkok? - Falschgeld für Gold? -
Mein Prinzip ist, ich hör mir alles an
Ich bin der Schneemann, seid ihr, was ihr wollt

Ich bin der Reisende, der immer ankommt
Es dauert manchmal nur etwas lang
Das Leben ~~spielt mit allen Tricks~~ ist eine Schneeballschlacht
Wenn du mitspielen willst, dann fang

...

DER SCHNEEMANN

Er kam von Tanger und war abgebrannt
Und auf der Fähre traf er 'n Schweden
Der machte ihm ein faules Angebot
Und er ließ - na klar - mit sich reden

Dann saß er auf Malta mit Pornos rum
Das dauerte gar nicht lange
Dann hatte er die Konkurrenz am Hals
Und die Bullen standen Schlange

Schneemann, Schneemann
Er hat da noch 'n kleinen Posten
Schneemann, Schneemann
Vielleicht läßt er dich sogar mal kosten
Schneemann, Schneemann
~~Du~~ Er steh~~s~~t schon wieder im Fahndungsblatt
Schneemann, Schneemann
Bald schmilzt die Sonne ~~dich~~ ihn glatt

Er fand 'n Gepäckschein in 'ner Perücke
Dann saß er mit'm Koffer im Wartesaal
20 Dosen Rasierschaum für Frankfurt
Und in jeder Dose - na, ratet doch mal!

Es gab zuviel Leute, die mitmischen wollten
Er hatte Glück und kam noch davon
Er tauchte unter und wartet seitdem -
Worauf? - Na, das wißt ihr doch schon...

...

In Amsterdam der ~~Chxxxxx~~ alte Chinese
Der weiß vielleicht, wo der Schneemann ist
Für'n Riesen verkauft er auch die Adresse
Und schwört, daß er alles vergißt

Es gibt da ein Meer mit tausend Inseln
Zwischen Pago-Pago und Shanghai
Wenn da eine Ladung vermißt wird
Dann war der Schneemann bestimmt dabei

...

ACHIM: Hier 5 neue und Überarbeitung Schneemann
(Refrain + 8. Strophe).
Bin ab morgen 9.10. -
wieder in Hannover. Ruf
doch mal an. KUTTE

SONGTEXTE
für Veronika Fischer

DIE BLUMENVERKÄUFERIN

Ihre Kinder sind schon lange aus dem Haus
Doch sieht sie kaum älter als vierzig aus
Ihren Mann hat sie seit Jahren nicht gesehn
Und bleibt ihm treu, was andre nicht verstehen

Tagsüber bleibt sie oft im Bett und träumt
Von einem Leben, wo man nichts versäumt
Von einem Teich und einem alten Kahn
Und manchmal auch von einem schwarzen Schwan

Sie ist die Frau, die euch die Rosen bringt
Und ich, ich bin die Frau, die für euch singt

Am Abend trägt sie stets ihr bestes Kleid
Schmal an den Hüften, unten glockenweit
So schwebt sie lächelnd durch die Restaurants
Und nippt von diesem Leben wie in Trance

Und wenn sie in der Nacht die Tür aufmacht
Dann hat sie davon gar nichts mitgebracht
Bis auf den Rosenduft in ihrem Haar
Und sechsunddreißig Mark Gewinn in bar

Sie ist die Frau, die euch die Blumen bringt
Und ich, ich bin die Frau, die für euch singt

(Veronika Fischer, Sehnsucht nach Wärme, *1984, WEA 22924 93772)*

FREMDE

1.
Da ist das Zimmer, der Tisch, das Bett
da ist die Rose im Wasserglas
es gibt zwei Stühle und den Spiegel
vor dem sie schon lange nicht mehr saß

Da ist das Foto aus der Zeitung
er lachte, als die Kugel ihn traf.
Verratene Träume, kalte Zeiten,
Frau in der Fremde, fremd noch im Schlaf.

Die Farben des Feuers sind rot
und die Farben der Sehnsucht sind blau.
Schwarz sind die Farben des Abschieds,
doch die Farben der Fremde sind grau.

2.
Da sind die Straßen der großen Stadt,
da sind die alten Stuckfassaden
an Häusern voller fremder Leute
die hat der Hunger eingeladen

Der Hunger, den sie nie verlieren,
Auch wenn sie satt sind von all den Resten,
Die ihnen hier gegeben werden,
Bevor die Sonne sinkt im Westen.

Die Farben des Feuers sind rot
und die Farben der Sehnsucht sind blau.
Schwarz sind die Farben des Abschieds,
doch die Farben der Fremde sind grau.

3.
Da ist das Wasser, der stille See,
Da ist der Rauch der großen Fabrik.
Da sind die Vögel überm Wasser
Und Vögel kommen manchmal zurück.

Da sind die Kinder, die schon wissen,
Da drüben blinken die Waffen im Licht.
Ich weiß schon, euch kann ich erzählen,
Die Fremde hat ein vertrautes Gesicht.

Die Farben des Feuers sind rot
und die Farben der Sehnsucht sind blau.
Schwarz sind die Farben des Abschieds,
doch die Farben der Fremde sind grau.

(Veronika-Fischer-CD, Spiegelbilder, *1987, WEA 22924 21972)*

WIND UND ASCHE

Du hast ein Feuer gemacht
Als wenns für immer wär
Du hast mit Stürmen gespielt
Als wärst du selbst das Meer

Bald ist die Nacht vergangen
Der Morgen dämmert trist
Ich seh in deinen Augen
Daß du woanders bist

Doch sieh, die Asche glüht noch
Es geht auch noch ein Wind
Ich hüte Wind und Asche
Bis ich dich wieder find

(Veronika-Fischer-CD, Veronika Fischer, *1989, WEA 22924 49642)*

DIESE NACHT NOCH

Diese Nacht noch und, dann good-bye
Und bitte kein Abschiedskuß
Dein Körper war schön, doch verzeih
Deine Liebe war Selbstgenuß

Deine Liebe lag im Schatten von Neonlicht
Und nachts warn's wilde Ratten,
Die huschten mir übers Gesicht
Geh mit der ersten U-Bahn,
Bevor der Tag anbricht,
Ich hätte dir noch viel zu sagen,
Doch ich weiß, du glaubst mir nicht

Diese Nacht noch und, dann good-bye
Und bitte kein Abschiedskuß
Dein Körper war schön, doch verzeih
Deine Liebe war Selbstgenuß

Denn am Morgen bist du der Mann
Und ganz dir selbst genug
Vielleicht spät, aber irgendwann
Entdeckst du den Selbstbetrug
Geh mit der ersten U-Bahn
Bevor der Tag anbricht
Ich möchte dir vor allem sagen,
Daß ich weiß, du fehlst mir nicht

Diese Nacht noch und, dann good-bye …

(Veronika-Fischer-CD, Veronika Fischer, *1989, WEA 22924 49642)*

DER LETZTE SOMMER

Ich stand am grünen Denkmal
Und sah den Tauben zu
Die Luft war voller Lärmen
Und gab kein bißchen Ruh

Der Himmel schien so nah
Als könnt man ihn berührn
Und von den weißen Wolken
Konnt ich den Atem spürn

Es war der letzte Sommer
Jetzt wart ich wieder auf ihn
Und wenn er diesmal fortgeht
Will ich mit ihm ziehn
Und wenn er diesmal fortgeht
Will ich mit ihm ziehn

Der Wind war wie ein Segel
Wehte mich an den See
Ich sah die Kinder tanzen
Und Frauen tranken Tee

Ich fand auch einen Fischer
Sein Boot das trug mich fort
Der hat mir viel versprochen
Und hielt sogar sein Wort

Es war der letzte Sommer …

(Veronika-Fischer-CD, Veronika Fischer, *1989, WEA 22924 49642)*

NACHTCAFÉ

Sie sitzt vor dem Spiegel und macht sich schön
Sie will vielleicht noch bei Olga reinsehn
Olga hat immer eine neue Diät
Wenn man wirklich will, ist es nie zu spät

Und später auf'n Sprung ins Nachtcafé
Einfach sitzen und schaun, Zigaretten, ein Tee
Sie will sich das Leben jetzt einfacher machen
Man jagt nicht ewig den großen Drachen

Viele sehn die Nacht und versperren ihr die Tür
Dann geht die Nacht vorbei und nichts bleibt von ihr

Bei Olga ist es etwas spät geworden
Für die Diät verdient sie auch keinen Orden
Und im Nachtcafé sitzt ein einziger Gast
Der trinkt ein Bier, und er trinkt ohne Hast

Sie nippt am Tee, sie raucht die Zigarette
Das Licht spielt mit ihrer Bernsteinkette
Der Mann streift sie manchmal mit einem Blick
Der sagt: Das Leben gibt uns nichts zurück

Viele sehn die Nacht und versperren ihr die Tür
Dann geht die Nacht vorbei und nichts bleibt von ihr

Sie sitzen noch lang in dem Nachtcafé
Sie sitzen und schaun, beim Bier, beim Tee
Manchmal gibt es Geschichten zu erzählen
Manchmal glaubt man an verwandte Seelen

Dann bringt er sie nach Haus und geht davon
Sie steht noch lange auf ihrem Balkon
Die Nacht wird noch dunkler, dann wird es klar
Und der Tag bringt etwas, das noch nicht war

Manche sehn die Nacht und öffnen ihr die Tür
Und wenn sie vorbeigeht, dann bleibt etwas von ihr

Unveröffentlicht

NACHTCAFE

Sie sitzt vor dem Spiegel und macht sich schön
Ute
Sie will vielleicht noch bei (Olga) reinsehn
Olga hat immer eine neue Diät
Wenn man wirklich will, ist es nie zu spät

Und später auf 'n Sprung ins Nachtcafé
Einfach sitzen und schaun, Zigaretten, ein Tee
Sie will sich das Leben jetzt einfacher machen
Man jagt nicht ewig den großen Drachen

Viele sehn die Nacht und versperren ihr die Tür
Dann geht die Nacht vorbei und nichts bleibt von ihr

Ute
Bei (Olga) ist es etwas spät geworden
Für die Diät verdient sie auch keinen Orden
Und im Nachtcafé sitzt ein einziger Gast
Der trinkt ein Bier, und er trinkt ohne Hast

Sie nippt am Tee, sie raucht die Zigarette
Das Licht spielt mit ihrer Bernsteinkette
Der Mann streift sie manchmal mit einem Blick
Der sagt: Das Leben gibt uns nichts zurück

Viele sehn die Nacht und versperren ihr die Tür
Dann geht die Nacht vorbei und nichts bleibt von ihr

Sie sitzen noch lang in dem Nachtcafé
Sie sitzen und schaun, beim Bier, beim Tee
Manchmal gibt es Geschichten zu erzählen
Manchmal glaubt man an verwandte Seelen

Dann bringt er sie nach Haus und geht davon
Sie steht noch lange auf ihrem Balkon
Die Nacht wird noch dunkler, dann wird es klar
Und der Tag bringt etwas, das noch nicht war

Manche sehn die Nacht und öffnen ihr die Tür
Und wenn sie vorbeigeht, dann bleibt etwas von ihr
Wenn sie dann geht — bleibt von ihr

Gruß, Jörg

DU SAGST DAS LAND IST DIR ZU KALT

Du willst noch mal hinaus
Sonne unter den Füßen spürn
Immer nur geradeaus

Du sagst das Leben ist zu lang
So lang hält Liebe nicht
Liebe brennt immer eine Nacht
Der Rest ist nur kaltes Licht

Du sagst der Weg ist viel zu weit
Und bringt dich nicht ans Ziel
Es gibt auch keine beß're Welt
Für dich ist das nur ein Spiel

Du sagst und hier ist mir's zu eng
Du brauchst ein andres Land
Ein Land wie die Wüste Gobi
Oder das Reich Samarkand

Unveröffentlicht

SIE HAT MICH ANGESEHN

Ich sah sie zum ersten Mal
In einem Straßencafé
Sie sah aus wie eine Madonna
Soviel Schönheit tat weh

Sie litt unter Gott und der Welt
Und war doch erst fünfzehn Jahr
Sie kam um das Leben zu suchen
Und hatte Blumen im Haar

Sie hat mich angesehn
Als ob ich weiter wüßte
Ich wußte auch nicht wo ich war
Ich suchte die Goldküste

Sie hat mich angesehn
Als ob ich was zu sagen hätte
Das könnt' ich heute auch noch nicht
Meine Worte liegen an der Kette

Ich sah sie zum zweiten Mal
Am Hauptbahnhof morgens um drei
Sie sah aus wie ein schwarzer Engel
Auf der Flucht vor der Polizei

Sie wollte einen Schuß von mir
Eine Kugel aus Heroin
Ich gab ihr eine Zigarette
Und ging woandershin …

Sie hat mich angesehn
Als ob ich was zu sagen hätte
Das könnt' ich heute auch noch nicht
Meine Worte liegen an der Kette

Ich sah sie zum letzten Mal
In einem Büßergewand
Sie hatte die Haare geschoren
Fast hätt' ich sie nicht erkannt

Es war ein eisiger Winter
Der Frost der färbte sie rot
Sie war die geborne Madonna
Doch ihr Gott schien auch in Not

Sie hat mich angesehn
Als ob ich was zu sagen hätte
Das könnt' ich heute auch noch nicht
Meine Worte liegen an der Kette

Diesen Text hatte Jörg Fauser Veronika Fischer nur »als Vorschlag« gegeben, er wurde in leicht veränderter Form unter dem Titel »Goldküste« von Achim Reichel vertont.

KREUZBERG

Die Trödler räumen die Nachlässe aus
Es riecht nach Kebab, Schnaps und Tod
Und jeder wacht morgens doch lieber auf
Und kämpft um das tägliche Brot
Im Sommer hocken sie vor den Häusern
Und warten, daß etwas geschieht
Menschen, die schon lang gewartet haben
Auf etwas, das uns allen blüht

Kreuzberg liegt im Westen von Berlin
Berlin liegt im Osten von Babylon
Es steht auf allen Mauern geschrieben:
Was andre kriegen, das war hier schon

Hier bleibt das Leben, was es immer war
Es hat ein vertrautes Gesicht
Die Toten loben die Dunkelheit
Die Lebenden brauchen mehr Licht

In tausend Kneipen dröhnt der alte Beat
Die Hunde kriegen auch ihr Bier
Dann wanken sie zusammen durch die Nacht
Mann, Frau, Vergangenheit und Tier

Kreuzberg liegt im Westen von Berlin
Berlin liegt im Osten von Babylon
Es steht auf allen Mauern geschrieben:
Was andre kriegen, das war hier schon

Wurde ca. 1984/85 für den WDR-Rundfunk produziert und gesendet, aber nie veröffentlicht.

Kreuzberg

Die Trödler räumen die Nachlässe aus
Es riecht nach Kebab, Schnaps und Tod
Und jeder wacht morgens doch lieber auf
Und kämpft um das tägliche Brot
Im Sommer hocken sie vor den Häusern
Und warten, daß etwas geschieht
Menschen, die schon lang gewartet haben
Auf etwas, das uns allen blüht

Kreuzberg liegt im Westen von Berlin
Berlin liegt im Osten von Babylon
Es steht auf allen Mauern geschrieben:
Was andre kriegen, das war hier schon

Hier bleibt das Leben, was es immer war
Es hat ein vertrautes Gesicht
Die Toten loben die Dunkelheit
Die Lebenden brauchen mehr Licht

In tausend Kneipen dröhnt der alte Beat
Die Hunde kriegen auch ihr Bier
Dann wanken sie zusammen durch die Nacht
Mann, Frau, Vergangenheit und Tier

Refrain:

IM MOOR

Ein kalter Wind strich übers Moor
Ein Wind aus weiten, rauhen Räumen
Er zerrte an den dürren Sträuchern
Und riß die Blätter von den Bäumen.
Die Sonne war jetzt ganz verhüllt
Der Horizont ein Meer von Felsen
Und Vögel strichen übers Meer
Wildgänse mit gestreckten Hälsen

Es war ein dunkler Tag im Moor
Der Nebel trieb zwischen den Bäumen
Es lag ein Schauer in der Luft
Und das Moor lud ein zum Träumen

Die Schafe scharten sich zusammen
Vom Hirten gab es keine Spur
Ich konnte nach Belieben träumen
In traumvernebelter Natur
Und überm Moor sah ich den Brand
Von Städten die in Asche fallen
Wenn Flammen aus der Sonne fahren
Und Pilze sich am Himmel ballen

Es war ein dunkler Tag im Moor …

Ich sah die Pilze explodieren
Ich sah das Chaos und die Seuchen
Ich sah den Toten in den Schlund
Und lag in aufgeplatzten Bäuchen
Was bleibt sind Ratten, Kakerlaken
Generale, Präsidenten.

Sie können dann das Gift regieren
Das frißt ihnen gerne aus den Händen.
Und nach Millionen Jahren Nebel
Formt sich im Moor ein Urgesicht
Und eine Sonne aus dem All
Will von neuem: Es werde Licht

Ein kalter Wind strich übers Moor
Ein Wind aus weiten, rauhen Räumen
Ich schlug den Weg nach Hause ein –
Ich hatte genug vom Träumen

Unveröffentlicht

WOHIN ICH GEH

Ich fahre gern durch diese Stadt
Und schmecke Staub, Asphalt und Teer
Bis eine leise Stimme fragt
Wo gehst du hin - wo kommst du her

~~Wo geh ich hin - wo komm ich her~~
~~Ich halt den Finger in den Wind~~
~~Sieh das Feuer am Horizont~~
~~Und sag mir wo die Freunde sind~~
Wo gehst du hin - wo kommst du her
~~Sag du mir wo die Freunde sind~~
Ich hab das Leben noch in der Hand
~~Und halt mich fest an deiner Hand~~

Kalt ist es hier, die Vögel fliehn
~~Auch~~ Und ich brauch bald ein andres Land

Auch ich brauch bald ein andres Land
Und Segel brauch ich für mein Boot
~~[illegible]~~

Lieder die mich wärmen brauch ich
Lieder brauch ich gegen den Tod

Lieder brauch ich gegen den Tod
Gegen den Tod in dieser Stadt
Wo alles stirbt was sich nichtxwehrt
Und jeder schon verloren hat

Wo jeder schon verloren hat
Sind alle frei, erklärst du mir
In dieser Stadt, in dieser Zeit
So frei wie ein gefangnes Tier

So frei wie ein gefangnes Tier
Doch die Gitter sehn wir nicht
Nur wer hungert weiß was Brot ist
Erst im Dunkel lieb ich das Licht

Erst im Dunkel lieb ich das Licht
Nur im Sommer brauch ich den Schnee
Bleib noch bei mir - in dieser Nacht
Wirst du wissen wohin ich geh

WOHIN ICH GEH

Ich fahre gern durch diese Stadt
Und schmecke Staub, Asphalt und Teer
Bis eine leise Stimme fragt
Wo gehst du hin – wo kommst du her

Wo gehst du hin – wo kommst du her
Ich hab das Leben noch in der Hand
Kalt ist es hier, die Vögel fliehn
Und ich brauch bald ein andres Land

Auch ich brauch bald ein andres Land
Und Segel brauch ich für mein Boot
Lieder die mich wärmen brauch ich
Lieder brauch ich gegen den Tod

Lieder brauch ich gegen den Tod
Gegen den Tod in dieser Stadt
Wo alles stirbt was sich nicht wehrt
Und jeder schon verloren hat

Wo jeder schon verloren hat
Sind alle frei, erklärst du mir
In dieser Stadt, in dieser Zeit
So frei wie ein gefangnes Tier

So frei wie ein gefangnes Tier
Doch die Gitter sehn wir nicht
Nur wer hungert weiß was Brot ist
Erst im Dunkel lieb ich das Licht

Erst im Dunkel lieb ich das Licht
Nur im Sommer brauch ich den Schnee
Bleib noch bei mir – in dieser Nacht
Wirst du wissen wohin ich geh

Unveröffentlicht

DER BLUES GEHT NICHT WEITER

Der Autor stürmt in sein Zimmer, in jeder Hand eine Pistole, er feuert ununterbrochen und dreht sich schreiend im Kreis, schießt seine Gedichte ab, ständig taucht ein neues auf, aus dieser Ecke oder hinter ihm, und jedes, das er nicht trifft, könnte ihn umbringen.

»Mit dem Schreiben verband sich für ihn ein tiefsitzendes Gefühl von Errettung; nur für das Schreiben lohnte es sich, clean zu werden«, erzählte Wolf Wondratschek.*

Geht man den Weg zurück zum Anfang der deutschen Popliteratur, entdeckt man also einen Mann, der Gedichte schrieb, um sein Leben zu retten – nicht um die Zeit totzuschlagen, nicht um ins Fernsehen zu kommen, nicht um etwas Glanz übers Germanistikstudium zu kippen, nicht um was Besonderes zu sein. So einfach kann die Antwort sein auf die Frage, warum schreiben Sie? Und irgendwo dort draußen sitzen welche und sagen sich, genau, das werde ich antworten, wenn ich wieder gefragt werde, das klingt doch ganz schick, und ich habe doch auch schon geblutet, geschwitzt und geweint.

Papier ist geduldig. Aber nicht alle Leser sind blöd.

Eine ältere Dame sitzt in Kostüm und mit Hütchen auf dem Kopf und ihrem Hündchen in einem Cartoon, den ich weiß nicht wer gezeichnet hat, an einem von Bäumen umringten See in einer einsamen Gegend und tippt in ihren Laptop lächelnd eine unglaublich brutale Mordszene.

Die Gedichte sind die Werke von Fauser, in denen er am deutlichsten zu erkennen ist. Das sagen auch alle Zeugen. *Die Harry Gelb Story* ist das Flüstern und Schreien einer verzweifelten Seele, und das ist keine Pose, nichts Erfundenes. Er war mit zwanzig in England und verkehrte mit Anarchisten, er hatte als Krankenpfleger gearbeitet, sich in Istanbul auf dem Tod seine Schaufel gehockt, war eine Randfigur der 68er-Bewegung, fand nirgendwo seinen Platz, ein ehemaliger Junkie, der mit Schnaps und Bier dagegen ankämpfte und am Frankfurter Flughafen arbeitete oder als Nachtwächter, als 1973 das Buch erschien und alles rauserzählte, mit einer Atmosphäre von Ihr-kriegt-mich-nicht und Fuck-off-Welt im Hintergrund. Am Ende der Vergangenheit der Stand der Dinge: »Geruch nach Gulasch und Pisse und Hinterhof / City / die sich in den Wind schießt / nicht die Spur einer Möse / immer der gleiche Schmant auf dem Teller / jemand sagt das bist du / deine Zigarre zu vierzig und dein Pint zu Null / krepierte Fliegen im Schnapsglas …«

»So grobe Brocken schrieb keiner, er stand ja absolut an der Wand, aber er hatte auch diesen absoluten Überlebenswillen«, sagt Benno Käsmayr, in dessen Maro Verlag im Jahr davor schon *Tophane* erschienen war; und »wenn Bukowski bei Maro, dann auch Fauser, das war keine Frage«. Der Dichter war seinen Gedichten so nah, daß der Verleger bald nichts mehr zu tun haben wollte mit diesem groben Brocken, der sich nicht benahm, als würde er nicht an der Wand stehen.

»1972/73, fing wieder an Gedichte zu schreiben um aus dem Avantgarde-Cut-up etc. Kreis zu kommen, Einfluß Bukowski«, schrieb Fauser Jahre später in einem Lebenslauf.**

Die Situation beförderte einen Sound, der das Aggressive und Kaputte von Iggy Pops Band The Stooges in die Literatur brachte. Von einer gewissen Roheit und Einfachheit in der Kunst wird gern geglaubt, anerkennend oder verächtlich, so sei das Zeug eben einfach aus dem Bauch rausgekommen, wer nichts kann, spielt eben so irgendwie Free Jazz, Punkrock oder schreibt »fuck poetry« in sein Gedicht – auf diesem Holzweg herrscht dichter Verkehr. Der Sohn einer Schauspielerin und eines Malers, der in der Nazizeit Berufsverbot hatte, war literarisch gebildet. Als Junge schrieb er kriegerische Dramen und las die Klassiker, die im Regal standen, von Shakespeare bis Hamsun. Man mußte sehr literaturinteressiert sein, wenn man, mit achtzehn, die neue amerikanische Welle so früh mitbekam. »Ohne die Beats, die ich ab '62 las, wäre ich vielleicht gar kein Schriftsteller geworden, sondern Journalist.«**

Seine Favoriten waren Jack Kerouac und William S. Burroughs, und einen besseren Schnittpunkt für Reisen, Schreiben, Drogen, In-Sein und antibürgerlich gab es nicht. Nach den ersten Gedichten orientierte er sich an Burroughs: Er war Junkie, er schrieb darüber, er war das Symbol der »Avantgarde-Cut-up«-Literatur. Die Schreibmethode Cut-Up bedeutet, verschiedene Texte zu zerschneiden und neu zusammenzubauen, eine Collage-Technik, die das lineare Erzählen ersetzt. Es ist eine gute Methode, um einen Eindruck zu vermitteln, was in einem von Drogen angefeuerten Gehirn passiert, und auf die Art schrieb Fauser sein erstes Buch *Tophane*. Er gehörte in Frankfurt zu einer Gruppe um Jürgen Ploog und Carl Weissner, in der an diesen literarischen Sprengsätzen gebaut wurde, sie gaben das Magazin *Gasolin 23* heraus.

»Ich war der Außenseiter, der auch bei den Außenseitern auf der Außenseite saß«, schrieb Fauser später in seinem autobiografischen Roman *Rohstoff* dazu, in dem er seinen Harry Gelb in diese Jahre um 1968 zurückschickte. Der fand auch das heraus: »Das ist aber noch nicht oft vorgekommen ..., daß du eine halbe Flasche Beck's und eine einsame Frau in der Kneipe zurückläßt, nur um noch an einem Gedicht zu arbeiten.«

Am Ende seiner Cut-up-Tests wußte er, daß die Methode für ihn nicht paßte, zu kunstfertig und weit weg von seinem Leben war. Und er wußte, daß man es damit nicht zum professionellen Schriftsteller bringen konnte. Und die Szene des literarischen Undergrounds mit seinen Heftchen gefiel ihm kaum besser als der etablierte Literaturbetrieb oder damals die 68er-Gruppen.

Von den Drogen zum Alkohol, vom exotischen Ort zur Straße vor dem Fenster, vom Experiment zum realistischen Gedicht: genau diese Bewegung zeigt *Die Harry Gelb Story*, eine Serie von literarischen und autobiographischen Dokumentarphotos.

Der geplante Titel »Der kaputte Kontinent« wäre ein typischer Cut-up-Titel gewesen***, der Story-Titel war was Handfestes, wie die einzelnen Comic-Bilder (»KRASH!«), wie die Fotos (ein Penner, eine Kneipe, Kerouac oder Humphrey Bogart), die eine gewisse düstere Actionfilm-Atmosphäre verstärkten, und wie die Orientierung an Charles Bukowski, der bei der Post arbeitete und weder Beat noch Hippie noch braver Bürger- oder Akademiker-Literat war.

Als Bukowski in Deutschland bald heiß geliebt wurde als Poet von unten und eine Art Anti-Walser – man darf also von einer guten alten Zeit sprechen –, interviewte ihn Fauser für den *Playboy*, und Bukowski schrieb nach Fausers Tod im Juli 1987 ein langes Gedicht über ihn. Ich würde was zitieren, wenn meine Archivhilfe die vier kopierten Faxblätter finden würde, ich werde sie feuern, es heißt »Joe«, der Alte ist bestürzt, daß es den Seelenverwandten aus Deutschland so jung erwischt hat. Verbunden waren die beiden durch ihren Freund Carl Weissner, den großen Hintermann der deutsch-amerikanischen Literaturbeziehungen, der für *Die Harry Gelb Story* ein Vorwort schrieb. Das war der Ton: »Die Gutenberg Galaxy ist verschissen, das steht fest.« Fausers »Klartext-Gedicht« propagierend, attackierte er die etablierte, aber auch die Nach-68-Literatur als Reformhaus, in dem es nichts mit »Pep und Kalorien« gäbe und die noch »nie so unheilbar gesund« gewesen sei. Er machte Grass und Rühmkorf mit Zitaten lächerlich und kippte Häme über die Dichtungswortführer, die schon damals »über die leidige Überfremdung der deutschen Sprache durch Amerikanisierung« diskutierten.

Es war die Rückendeckung für einen Autor, der nichts so sehr wollte wie ein Schriftsteller sein und dennoch vor dem Literaturhaus keinen Diener machte. Die Kritik hatte er gleich selbst hingedichtet: »Wein, Wodka, draußen die graue Kälte, Sick City, marodes Hinterland, Suizid ganz banal, Fauser schreibt wieder unverständliches Zeug, nicht tief, nicht kritisch, nicht deutsch genug, trister Typ, der kaum was bringt außer abgekauten Erinnerungsfotos.«

Ich war fasziniert, aber sie erschreckte mich auch, *Die Harry Gelb Story*, mit der ich Fauser kennenlernte. Ich war zwanzig und wollte Schriftsteller werden und wußte nicht viel von dem gerade gehaltenen Vortrag, außer daß ich etwas Kerouac und mehr Bukowski gelesen hatte. Die wichtigeren Entdeckungen waren Oskar-Maria Graf oder Achternbusch, weil sie aus der Nähe und vertrauter waren als die amerikanischen Traumgestalten und ebenso klarstellten, daß die Literaturwelt größer war als die in der Schule mitbekommene. Aber ich kannte nichts (und das änderte sich auch nicht, als ich mit Brinkmann, *Acid* oder Fichte das Gebiet kennenlernte), was diesen Klang einer wütenden Rockgitarre hatte, das war unglaublich, so konnte sie also auch sein, die deutsche Lyrik, und das scheinbar so Hingerotzte war wie ein Schlag auf die Schulter. Ich glaube, es war 1980, und diese Stimme war Punkrock vor Punkrock, sie war Gefühl und Härte, sie war so nah und sie behauptete nicht, was Besseres zu sein. Oder war es eigentlich doch nur typisch 70er-Rockscheiß, wie ein Mädchen meinte, Rumhängen, dreckiges Geschirr, immer Genöle, besoffen Ficken wollen mit ungewaschenen Eiern? Das war's auch, und so viel geändert hatte sich auch wieder nicht. Nur auf den ersten Blick hatte Fauser was von dem verachteten Hippie, er war nicht ausgeflippt, sondern wütend, ein Einzelgänger voller Zweifel und Mißtrauen.

Was mir Angst machte, war die Härte. Konnte es nicht etwas leichter sein, wenn man ein Underground-Dichter sein wollte? Mußte man erst mal Heroin nehmen, durfte man weniger Probleme mit Freundinnen haben? Warum schrieb einer, und was sollte damit passieren? Die Abenteuer des traurigen Helden Harry Gelb machten mir klar, daß ich nur aus Feigheit in den Universitätsgängen herumlungerte und daß das kein würdiges Verhalten für einen Schriftsteller war. Schreibende Studenten gab's schon genug, und an Büchern in ordentlich geschulter Akademikerprosa würde kein Mangel herrschen.

Inzwischen war der Autor (natürlich, hätte ich jetzt fast hinzugefügt) längst woanders, hatte schon geschrieben: »Mir hängt meine Art subjektiver Schreiberei eigentlich allmählich zum Hals raus, aber ich glaube, man muß sie erst herauswürgen, um in andere Bereiche vorstoßen zu können.«[****] Ich erfuhr das durch eine seltsame und komische Gleichzeitigkeit, denn während sein erster Gedichtband in meinem Kopf aufräumte, erschien sein erster Kriminalroman; ich entdeckte das traurig-wütende Geheul eines mit dem Rücken zur Wand stehenden Dichters, der mit dem *Schneemann* gerade den sogenannten Durchbruch feiern konnte.

Auch ein Cartoon: Dem geliebten Gossenpoet knallt ein erbarmungsloses »Verrat!« entgegen, wenn er aus seiner Ecke kommt.

Aber ich war begeistert von diesem Weg und daß die alte Haltung dabei nicht verlorengegangen war, der melancholisch-pessimistische Grundton, die Außenseiter, die gegen ein behäbiges, gefräßiges, dröges Deutschland zu punkten versuchen; ein Autor, der die Straßen im Blick hatte und ihre möglichen Geschichten und einen Sinn für Action und einen feinen Stil; intelligente Unterhaltung: tippt sich heute nicht mehr so leicht.

Zwischen der *Harry Gelb Story* und dem *Schneemann* schrieb Fauser in einem Essay über Hans Fallada (von dessen erstem Pseudonym er sich den Namen Harry holte) seinen berühmten Satz, daß eine Literatur, die nicht bei denen bleibe, die unten sind, gleich als Party-Service anheuern könne. Er gab sogar einen Schuß Selbstironie zu diesem Satz, weil er wußte, daß die Literatur selten dort unten ankommt, auch wenn sie's noch so sehr will. Mit dem zweiten Teil der Herausforderung war es einfacher: er schrieb nichts, womit er beim Party-Service der Hochkulturliteratur hätte landen können. Er wußte, wie man sie kriegen konnte: er nannte sich Geschäftsmann (obwohl er in seine Erzählungen und Romane soviel Poetisches schrieb wie kaum einer). Er war stolz darauf, sich als Profi zu sehen, der sich durch die 70er Jahre gearbeitet hatte mit Essays, Hörspielen, einer Marlon-Brando-Biographie, Gedichten, Artikeln, Erzählungen, Kolumnen.

Es war nie die Vielseitigkeit, die mich beeindruckte, sondern daß er in jeder Form spürbar alles aus sich rausholte, um einen Glanz zu schaffen, seine Haltung immer zeigte und sich in jeder Form die nötige Freiheit nahm. Der sich lieber als Arbeiter sah, schüttete in einer Buchbesprechung sein Herz aus; er sagte auch, »eine gute Erzählung ist mehr wert als 1000 Seiten *TIP* oder *Spiegel*«, aber da hatte ihm jemand seine Freiheit eingeschränkt, und er ging weiter mit einem »screw them«**. Selbst – wieso: selbst? – in Gedichten hat er sie angegriffen, die Kulturverwalter und Gruppenausbilder und Feuilletonbürokraten, die »Kultur als Käsestulle« mitessen. Da paßt es, daß er nie in die erste Reihe der deutschen Nachkriegsliteratur gestellt wurde (von denen, die das so hinstellen können), unter den Autoren der nächsten Generationen aber einen so starken Ruf hat.

Zum Profi gehört das Geldverdienen, nicht jeder Literaturarbeiter ist Lehrer oder hat Eltern oder eine Frau, die das erledigen. Mit den Gedichten konnte der Profi Fauser, der nie einen Literaturpreis oder ähnliches bekam, nicht durchkommen, auch wenn er damit reinkam in die bekannten Anthologien mit Gedichten der Zeit, abgelegt unter Begriffen wie »Alltagslyrik« oder, besonders behämmert, jene »Neue Innerlichkeit«, gegen die er ja feuerte (»wenn andere nichts zu sagen haben & schon den inneren Staub aus ihren Gebetsmühlen & Geranientöppen als Literatur verkaufen berührt mich das nicht«)* Als er nach dem ersten Gedichtband anfangen konnte, mit Schreiben sein Geld zu verdienen, blieb neben den Aufträgen, haben Penzel/Waibel für ihre großartige Biografie recherchiert, oft keine Zeit für Gedichte. Kaum zu glauben, so entstand also *Trotzki, Goethe und das Glück*. Danach waren fast alle herausgewürgt. Die folgenden Song-Texte waren eher Profiarbeit.

Als sein erster Verleger Benno Käsmayr *Die Harry Gelb Story* wieder auflegen wollte, traf er einen anderen Autor, der grobe Brocken lag zehn Jahre zurück. »Fauser war nicht besonders begeistert, hat sich auch nicht geschmeichelt gefühlt, es war eben so okay. Aber es war ihm wichtig, daß jetzt ein richtiger Vertrag gemacht wird.«

Ich bin kein großer Lyrik-Leser, das Gereime oder der gespreizte Ton, der sich wieder durchgesetzt hat, ob Slam Poetry oder Neues Elitesprech, das meiste geht mir auf die Nerven. Aber *Trotzki, Goethe und das Glück* ist, vor dem Roman *Rohstoff*, mein Lieblingsbuch von Fauser, genauer gesagt, ist eines meiner speziellen Bücher. Was in der *Harry Gelb Story* angelegt war, ist hier vollendet. Die Tür eingetreten, auf den Erfahrungen aufgebaut, die Welt, den Tod, den Blues angenommen.

Es ist in meiner Nähe, wie bei anderen die Bibel, ein Trost-

und Ratbuch. Photoalbum, Landkarte, unser Land, die Kneipe um die Ecke. Waffe, Würde. Seele und Soul. Das Vergebliche, der Mut. Sprachbuch, Präzisionsarbeit. Ich lese darin, um zu lernen und wenn's mir schlecht geht. Glanz und Elend der Liebe, Glanz und Elend des Schreibens. Ein Gesangbuch, durchzogen von einem wummernden Blues. Könnte mir jemand in den Sarg legen.

Franz Dobler

* In: *Ploog Tanker. Texte von & zu Jürgen Ploog.* Rohstoff Verlag, Herdecke 2004

** In: *Fauser O-Ton.* CD/Booklet. Trikont, München 1997

*** In: Matthias Penzel/Ambros Waibel: *Rebell im Cola-Hinterland: Jörg Fauser, die Biografie.* Edition Tiamat, Berlin 2004

**** In: *Ich habe eine Mordswut. Briefe von Jörg Fauser an die Eltern 1957–1987.* Paria Verlag, Frankfurt a. M. 1993

Franz Dobler, geb. 1959, lebt als freier Autor in Augsburg. Er veröffentlichte u. a. Jesse James und andere Westerngedichte.
www.franzdobler.de

»Trotzki, Goethe und der Tod.«

Gespräch mit Achim Reichel

Alexander Wewerka: Wie und wann habt ihr euch kennengelernt?

Achim Reichel: Ich hatte Ende der siebziger Jahre drei Alben mit deutschen oder genauer gesagt: überwiegend deutschen Texten herausgebracht: 1976 das *Dat Shanty Alb'm* mit plattdeutschen und englischen Liedern, die die Seefahrer von ihren Reisen mitbrachten – Welt-Folklore, in der sich Einflüsse aus der ganzen Welt vermischten, alles, was die Jungs beim Beladen der Schiffe eben so aufgeschnappt haben. 1977 erschien *Klabautermann* mit bearbeiteten Seefahrer- und Volksliedern und 1978 schließlich *Regenballade* mit klassischen Balladentexten von Theodor Fontane, Detlev von Liliencron, Goethe und anderen.

Aber weil ich mich ungern wiederhole und wir das Jahr 1979 schrieben, habe ich meinen guten Freund Klaus Humann, damals noch Lektor bei Rowohlt, gefragt, ob er mir nicht ein paar zeitgenössische, junge Dichter empfehlen könnte. Die Amerikaner hatten uns doch gezeigt, daß sich Gedichte gut vertonen lassen, Allen Ginsberg, Jack Kerouac, Bob Dylan und so weiter.

Außerdem wollte ich in meiner Gegenwart ankommen, als Musiker und Mensch, für die Industrie und das Publikum den ewigen Ex-Rattle zu spielen, das hat mich nicht interessiert. Ich wollte damals nur noch das machen, wozu ich wirklich Lust hatte, und nicht das, was irgendwelche Marketingstrategen aus der Musikbranche empfahlen. Klaus brachte mir daraufhin einen halben Meter Gedichtbände, darunter Bücher von Wondratschek, Uli Becker, Kiev Stingl, Peter Paul Zahl und Jörg Fauser. Ich habe dann alle angerufen und habe mit ihnen Kontakt aufgenommen. Das ging auch schon mal daneben, manche Literaten haben sich wirklich ziemlich seltsam benommen, allen voran einer, mit dessen Auftreten und Benehmen ich überhaupt nicht klargekommen bin, den fand ich wirklich unerträglich und habe den Kontakt ganz schnell wieder abgebrochen, das wollte ich mir nicht antun! *(Lacht)*

Jörg Fausers Gedichtband *Trotzki, Goethe und der Tod,* der auch dabei war, gefiel mir sofort ... Da entstanden Bilder ... und dann seine Sprache, diese Atmosphäre – das war ja schon kurz vor Musik! Als ich irgendwann in München zu tun hatte, rief ich ihn an, und er lud mich zu sich ein. Es war übrigens ganz interessant zu sehen, wie so ein Schreiber lebt: eine Matratze auf dem Boden, ein paar Kisten mit seinen Klamotten, und überall lagen Bücher herum, ziemlich spartanisch!

Wir haben uns lange unterhalten, und ich hatte schon nach wenigen Minuten tatsächlich das Gefühl, da haben sich zwei gesucht und gefunden.

Wir verstanden uns auf Anhieb bestens, und er war sofort begeistert von meinem Vorschlag, Texte von ihm zu vertonen. Vor allem das Gedicht »Riverside Drive« hatte es mir angetan, und als ich ihm sagte, daß man den Text noch etwas bearbeiten müßte, um ihn singen zu können, hat er das sofort verstanden und hatte überhaupt kein Problem damit. Da wußte ich, daß ich mit ihm arbeiten konnte. Es gab auch andere Dichter, die damals gesagt haben, klar, du kannst gerne meine Texte vertonen – aber wehe, es wird nur einziges Wort geändert! Das geht natürlich nicht, denn Musik hat nun mal bestimmte Gesetzmäßigkeiten, der Text muß manchmal dem Metrum angepaßt werden und so weiter.

Ich habe ihn in unserer Zusammenarbeit immer als sehr, sehr kooperativ kennengelernt, Textänderungen, Umstellungen waren so gut wie nie ein Problem – wenn ich ihm oder er mir erklären konnte, warum! Wir haben uns auch sehr schnell über das Problem deutscher Texte verständigt: Englische Texte kommen natürlich viel leichter rüber, man versteht hier ein paar *groovy* und *catchy words,* aber es hört kaum einer wirklich hin – wohingegen ein deutscher Text eben verstanden werden kann. Da etwas zu machen ist gar nicht so einfach – etwas, was sowohl im Radio für drei Minuten funktioniert, aber auch öfter auf einer Platte gehört werden kann und wo Text und Melodie mehr Substanz haben als nur »Tralala, Sonnenschein«.

Manchmal kamen auch Vorschläge von mir, z. B. bei »Boxer Kutte« – »... blaue Augen zahlen drauf« – das war mir so rausgerutscht, aber er nahm es sofort auf. Er hat mich später ja auch sehr darin bestärkt und unterstützt, daß ich meine eigenen Texte schreiben sollte, und hat mir seine Hilfe angeboten, wenn ich mal steckenbleiben sollte. Da verdanke ich ihm wirklich viel. Leider ist es dazu dann nicht mehr wirklich gekommen, weil er morgens über die Autobahn lief ...

Viele meiner Kollegen haben mich anfangs überhaupt nicht verstanden: Wie kannst du mit Dichtern und Literaten, mit solchen *Kopffüßlern* nur arbeiten! Und umgekehrt habe ich das auch oft gespürt, so eine Art Dünkel: ein Musiker, ein Rockmusiker, das kann doch nichts Ernsthaftes sein, der macht doch nur so kleine Songs.

Wir haben in Deutschand sowieso ein Problem mit Populärkultur, vielleicht weil die Kultur in einem Land, das zwei Weltkriege angezettelt hat, einfach nicht ganz in Ordnung sein *kann?*

Manchmal war es wirklich schwer mit denen ... Ich weiß noch, wie wir abends in Berlin mit anderen Schreiberlingen zusammensaßen, und es fiel so ein Satz: »Die französische Linke ist auch nicht mehr das, was sie mal war!« »Hey«, habe ich denen gesagt, »schaut euch in Hamburg-Horn mal die Hochhäuser an, die Typen, die da im 34. Stock wohnen, das sind die *wahren* Loser!«

War Fauser musikalisch? Spielte er ein Instrument, konnte er singen, oder hätte er gerne selber Musik gemacht? Hast du ihn mal tanzen gesehen, auf Photos wirkt er eher gehemmt ...

Nein, er spielte selber kein Instrument und hat auch nie etwas in der Art geäußert. Aber er war sehr musikalisch, seine Musikalität zeigte sich z. B. darin, wie er Vokale statt Konsonanten einsetzte, das war einfach sehr, sehr gut. Er mußte auch nicht, wie viele seiner Kollegen, Silben abzählen, damit die Wörter zur Melodie paßten.

Ja, er war schon etwas verklemmt, saß eher in der Ecke und hat alles beobachtet – aber mit blitzenden Augen! Das war ja sein Charme. Er war eher ein Grübler, stand sich manchmal auch selbst im Weg, meine ich. Und er war ein sehr guter Zuhörer, sehr feinfühlig, auch im Umgang mit Frauen. Ich hatte das Gefühl, für ihn war alles immerzu Recherche, manchmal konnte man regelrecht sehen, wie er während eines Gesprächs seine Notizen im Kopf ablegte. Er hat ja ständig recherchiert, einmal rief er mich an und sagte, er wäre ganz in der Nähe, in Neumünster. Ich sagte, was machst du denn in *Neumünster*, und er sagte, ich seh' mir hier ein Gefängnis und die Gegend an, Fallada war doch mal hier!

Jörg hatte ja diese Schwäche für das Milieu, darum fand er mich, den Jungen aus St. Pauli, ganz spannend. Ich mußte ihm öfter den Kiez zeigen, und wenn wir dann spät und nicht mehr ganz nüchtern irgendwo reinkamen, haben die Typen schon geguckt, wer da kommt. So wie Jörg aussah, und wenn er dann noch seine neugierigen Fragen stellte, war das manchmal schon etwas brenzlig. Es gibt im Milieu eine

Menge Typen, die nicht viel sagen, sondern sehr schnell zuschlagen. Aber es ist zum Glück nie etwas passiert, jedenfalls nicht, wenn ich mit ihm unterwegs war.

Das Musikbusiness hat ihn auch deshalb interessiert, weil es etwas völlig Neues für ihn war. Es hat ihm natürlich auch gefallen, dabeizusein, er war ja auch zweimal mit uns auf Tournee – in Deutschland und später in Asien –, darüber hat er beide Male geschrieben, aber es war eben auch eine ungeheure Fundgrube für ihn.

Einmal ist er sogar auf die Bühne gegangen, er war nicht mehr ganz nüchtern, und wollte unbedingt die Ansage machen ... und erzählte den Leuten dann etwas davon, daß sie, das Publikum, das Wichtigste für den Abend sind, und ich dachte bloß, o. k., jetzt komm mal wieder runter von der Bühne, weil die Leute da unten ihn eigentlich nicht so gut verstanden haben und einfach nur Musik hören wollten!

Und es hat ihm auch sehr gefallen, daß seine Texte durch die Musik plötzlich von so vielen Menschen gehört wurden, er sagte immer, wer liest schon einen Gedichtband!

Übrigens ist die Musik auch finanziell nicht ganz uninteressant ... seine GEMA-Einnahmen waren zeitweise höher als seine Einnahmen aus den Buchverkäufen.

Was hörte er für Musik, habt ihr über Musik geredet?

Nein, über Musik haben wir kaum geredet. Ich kaufte mir schon damals jede Woche neue und alte Platten, und wenn er gerade zu Besuch bei uns war, hat er manchmal mit reingehört, er war interessiert zu hören, was mir gefiel. Irgendwann spielte ich eine Platte von Tanja Tucker, eine sehr amerikanische, sehr blond-toupierte Countrysängerin mit tränenerstickter Stimme, furchtbar kitschig – da wurde Jörg munter, die fand er richtig gut! *(Lacht)* Oder sein Text zu dem

Song »El Indio«, mir war das ja schon zu alternativ und zu kitschig, aber er fand das toll und war der Meinung, das müsse unbedingt mit auf die Platte rauf!

Fauser erwähnt in seinen früheren Texten öfter John Coltrane oder Charlie Parker …

Jörg hat nie über Jazz gesprochen, und wir haben auch nie Jazz gehört. Ich weiß nicht, ob das für ihn Alibi-Jazzer waren oder ob die ihn nicht eher wegen ihrer Biographien interessiert haben. Das waren ja auch schwierige Lebensläufe, mit harten Drogen und viel Alkohol, Außenseiterexistenzen.

Wie sah eure Zusammenarbeit aus?

Ganz am Anfang hatte ich mir Gedichte aus *Trotzki, Goethe, und der Tod* ausgesucht …

Entschuldigung, aber das Buch heißt Trotzki, Goethe und das Glück …

Oha, na, das ist jetzt was für den Psychiater, was?

Also »Riverside Drive« sprang mich sofort an, Ansätze von »Hart am Ball« (»Hotel Avenir«) waren in dem Buch schon drin und einige andere Texte auch. Seine Art sprachlicher Verdichtung hat bei mir etwas ausgelöst, ich habe sofort Bilder gesehen. Ohne dieses direkte Gefühl fällt mir keine Musik ein, wenn ich keine feuchten Hände kriege, wenn keine Saite in mir angeschlagen wird, kann ich mit dem Text nichts anfangen.

Er war wirklich schwer begnadet, der Mann war beim Schreiben zweifelsfrei völlig in seinem Element. Manchmal stand er während einer Unterhaltung plötzlich auf, sagte, ich geh' mal kurz nach nebenan, nahm sich einen Block und einen Stift, und nach einer halben Stunde kam er mit einem Text zurück. Bei »Hotel L'Orient« war das so, wir redeten über dies und das, und plötzlich war der Song da!

Später lief es meist über Musikskizzen, Demotapes, wobei ich versucht habe, die Demos möglichst offen und frei zu halten, ich wollte ihm nicht zuviel vorgeben. Er war voll bei der Sache, hat zu den Demos Texte geschrieben und Vorschläge gemacht, es gab eine richtige Korrespondenz zwischen uns, die Kassetten wanderten hin und her. Und so haben sich die Songs dann entwickelt. Zum Beispiel »Der Spieler«. Bei ihm ging der natürlich gleich am Anfang baden, verlor alles in der ersten Strophe, und ich hab' gesagt, Mensch Jörg, komm, laß ihn doch wenigstens *einmal* gewinnen, das macht's vielleicht spannender und dramatischer! *(Lacht)*

Hat sich eure Zusammenarbeit im Lauf der Zeit verändert?

Je länger wir uns kannten, desto subtiler wurde unsere Zusammenarbeit. Einen Song wie »Baby, laß mich rein« gab's nicht mehr! Und klar, man lernt sich besser kennen, wir wurden Freunde. Wenn er in Hamburg war, wohnte er immer bei uns. Er war übrigens ein ungeheuer angenehmer und umgänglicher Gast, der sich auch nicht zu schade war, mal seinen Teller in den Geschirrspüler zu stellen.

Wie erfolgreich war eure Zusammenarbeit?

Was heißt schon Erfolg? Die Industrie will doch am liebsten, daß du nur das machst, was todsicher Erfolg hat – nur daß auch von denen niemand weiß, wie das genau geht! Das, was die Industrie als Erfolg bezeichnet, ist nicht die einzige Sicht der Dinge. Unsere Platten gibt es heute noch, nach über 20

Jahren, das ist auch ein Erfolg, aber es ist eben nicht so massenkompatibel. Aber, mußt du dich fragen, vielleicht bist du auch gar kein typischer Vertreter dieser Masse in ihrer ganzen Schlichtheit …

Und Rock mit deutschen Texten? Da waren sie in den Firmen anfangs ganz skeptisch, ein Vertreter sagte mir mal, laß das lieber. Wir haben mal Küchenlieder im Trini-Lopez-Sound gemacht, das ging überhaupt nicht! *(Lacht)*

»Der Spieler« und später »Nachtexpreß« schafften es in die Top 20, das war schon was. Ich hatte damals gerade die Plattenfirma gewechselt, und die neue LP sollte erst Ende 1983 erscheinen, die Firma wollte aber unbedingt schon vorher was rausbringen, weshalb »Der Spieler« als Single ausgekoppelt werden sollte. Ein Stück, das über fünf Minuten dauert – eigentlich absolut unmöglich! Eine Single durfte damals drei, höchstens dreieinhalb Minuten lang sein, damit man sie gut im Radio rauf- und runterspielen konnte. Aber wir bestanden darauf, und um so größer war natürlich unsere Genugtuung, daß das Stück sich durchsetzte.

Mit »Boxer Kutte« und »Der Spieler« wurden wir auch in die ZDF-Hitparade zu Dieter Thomas Heck eingeladen. Da paßten wir natürlich überhaupt nicht hin, aber die Auswahl ging streng nach den registrierten Verkaufszahlen, Rundfunkeinsätzen und so weiter, und wir sind gerne hin, allein um denen mal zu zeigen, daß es so was auch gibt! Jörg kam natürlich mit, und der Heck hat ihn tief beeindruckt. Den fand er toll, mit großen Augen saß er da und hat ihn beobachtet: »Das ist der größte Profi hier, wie Ed Sullivan!« sagte er hinterher. *(Lacht)*

Wer hatte eigentlich den Hit, der Musiker, der Texter oder beide? Gab es da Probleme?

Nein, nie. Nur einmal, nach der Asientournee im November 1986, gab es eine unschöne Situation. Wir waren beim *Stern,* um den Artikel über die Tournee zu besprechen, und der zuständige Redakteur wollte etwas ändern. Ich weiß nicht mehr, worum es genau ging, ich denke, um Kürzungen. Jörg war nicht ganz nüchtern und vielleicht auch nicht gut drauf an dem Tag, jedenfalls ist er plötzlich regelrecht explodiert, so kannte ich ihn gar nicht. Er wäre doch nicht Reichels PR-Schreiber und auch nicht irgendein Bestelljournalist, so was in der Art. Ich war sehr überrascht, weil ich so etwas noch nie bei ihm erlebt hatte, aber auch, weil es in der Situation einfach, na ja, uncool war. Ich dachte nur, Mensch, wenn du noch ein Problem hast, hätten wir das ja auch anders lösen oder besprechen können.

Und habt ihr danach darüber geredet?

Kaum, es war für ihn selbst wohl auch ein wenig unangenehm, sich so aus der Hand geraten zu sein.

Hattet ihr Pläne für weitere Projekte?

Nein, nichts Konkretes. Er hatte mich ja darin bestärkt, eigene Texte zu schreiben, und das habe ich auch gemacht. Sicher hätte sich irgendwann wieder was ergeben, klar. Aber wir hatten schon einen bestimmten Punkt erreicht, wir haben eine Menge miteinander gemacht und probiert, und auf Wiederholung hatten wir beide keine Lust. In der Autor-Scooter-Sendung mit Karasek äußerte er sich auf die Nachfrage zu seiner Arbeit als Song-Texter ziemlich zurückhaltend, so in dem Sinn, ja, für den Reichel hab' ich mal was gemacht, werde ich aber bestimmt nicht ewig machen.

Hat er außer für Veronika Fischer noch für andere Musiker geschrieben?

Nein, es gab mal einen kurzen Kontakt mit Udo Lindenberg, aber da ist nichts draus geworden.

Hast du ein Lieblingsbuch von ihm?

Vielleicht *Rohstoff*, da ist er wirklich zu einer erstaunlichen Form aufgelaufen. Er hatte, wie wir alle, seine Vorbilder, aber irgendwann muß ein Künstler natürlich zu seinem ganz eigenen Ausdruck finden. Ich finde, *Rohstoff* ist ihm am besten gelungen, da hat er seinen ganz eigenen Ton gefunden.

Das Gespräch wurde am 26. 1. 2005 in Hamburg geführt.

Achim Reichel, geboren 1944 in Hamburg. Kellnerlehre, Gründungsmitglied der Rattles, seit 1976 Soloplatten, zuletzt CD/DVD »100% Leben«.
Er lebt in Hamburg.
www.achim-reichel.de

»Jörg hat den Schatten geliebt.«
Gespräch mit Veronika Fischer

Alexander Wewerka: Frau Fischer, Ihre Arbeit mit Jörg Fauser ist, im Gegensatz zu seiner Arbeit mit Achim Reichel, relativ unbekannt geblieben. Wie kam es zu dieser Zusammenarbeit?

Veronika Fischer: Als ich 1981 nach West-Berlin kam, mußte ich mich neu orientieren, weil die Musikszene eine ganz andere war. Ich machte damals einen Vertrag mit Warner Brothers (WEA) und suchte Texte. Die WEA schlug mir Song-Texter vor und stellte die Verbindung her. Wir hatten aber nicht die gleiche Wellenlänge und unterschiedliche Vorstellungen. Ich war aus der DDR etwas ganz anderes gewohnt, nämlich mit Schriftstellern, Dichtern und Lyrikern, zusammenzuarbeiten. Ich hatte dort sehr gute Leute, z. B. Jens Gerlach und Kurt Demmler. Aber so etwas gab es hier nicht, Schriftsteller schrieben Bücher und Song-Texter für Musik. In der DDR gab es diese scharfe Trennung zwischen E- und U-Musik nicht – es war *eine* Szene, und da mischte sich alles. Das war schon im Studium so, ich habe Musik studiert und erst mal eine klassische Grundausbildung bekommen. Es gab natürlich auch Unterschiede, aber die Grenzen waren fließender, offener, es gab diese Ablehnung der »anderen« nicht so wie im Westen.

Woran lag das?

Vielleicht daran, daß die DDR nicht das Geld hatte, die großen ausländischen Stars zu importieren, und darum bemüht war, etwas Eigenes zu entwickeln, eigene Größen hervorzubringen. Die Auslese, aber auch die Förderung waren sehr konsequent, ähnlich wie im Sport.

1983, nachdem ich zwei CDs im Westen veröffentlicht hatte, gab ich dem *TIP*-Magazin ein Interview, ich weiß nicht mehr, wie der Journalist hieß, und klagte ihm mein Leid über die schlechten Texte, und er sagte: »Kein Problem, ich bring' dich mit Jörg Fauser zusammen!« Wir verabredeten uns, und bald darauf stand er mit Jörg vor der Tür.

In Ihrer Biographie steht, Jörg Fauser sei betrunken gewesen, aber nicht so betrunken, um sich nicht an das zu erinneren, was er gesagt hatte: »Ich schreibe die Texte, und du machst die Musik dazu!« Das klingt eher nach einem zufälligen Treffen und nicht nach einer Verabredung.

Doch, das war eine richtige Verabredung. Jörg war ziemlich betrunken, ja, aber das fand ich nicht schlimm, als Musikerin habe ich ganz andere Sachen erlebt. Gut, bei einem ersten Treffen war das vielleicht etwas ungewöhnlich. Vielleicht war er ja nervös, mich kennenzulernen? *(Lacht)* Das war allerdings das einzige Mal, wo ich ihn betrunken erlebt habe, danach nie wieder.

Er kannte Lieder von mir, ich kannte seine Bücher damals noch nicht, nur die Sachen, die er mit Achim Reichel gemacht hatte.

Er erklärte mir, daß er eigentlich kein Song-Texter sei und nur und ausschließlich mit Achim Reichel gearbeitet hätte und auch nicht wüßte, ob er für mich schreiben könnte. Aber daß es ihn reizen würde, etwas für eine Frau zu schreiben, um zu sehen, ob er das könnte. Er sagte: »Ich schreibe die Texte, und du schreibst darauf die Musik«, nicht umgekehrt, das könne er nicht. Es fiel ihm sehr schwer, auf Musik zu schreiben, auf einen vorgegebenen Rhythmus, das konnte er nicht, sondern nur zu seinem eigenen.

Achim Reichel hat das etwas anders erzählt.

Ja? Aber ich habe ihn so erlebt, seine Musikalität konnte ich nicht einschätzen.

Ich wollte, daß wir uns näher kennenlernten, damit er wußte, für wen er die Texte schreiben sollte, und wollte mit ihm immerzu durch die Kreuzberger Kneipen ziehen, aber das hat ihn schnell genervt, er wollte das nicht. Nach diesen Touren, auf denen ich ihm viel von mir erzählt habe, lagen am nächsten Morgen oft ein oder zwei Songs in meinem Briefkasten! Er hat sich also nachts direkt hingesetzt und geschrieben. Ich habe nie wieder jemanden erlebt, der so schnell, so gut und so genau reflektieren konnte, was ich ihm gerade erzählt hatte.

Natürlich haben wir beide sofort gemerkt, wie vollkommen unterschiedlich wir waren, wir kamen von zwei Planeten. Ich war damals eine sehr zerbrechliche und immer noch fremde »Ost-Braut« und er das harte Rauhbein, das wirklich sehr intensiv gelebt hat. Er trieb sich gerne herum, bei Prostituierten und ich weiß nicht wo, viel Alkohol, viel Nikotin, viel Arbeit, wenig Schlaf; Jörg hat den Schatten geliebt. Aber ich fand das interessant, das hat mich gereizt. Und ich wollte auch ein Gegengewicht, ich wollte nicht als die liebe, kleine Sängerin gesehen und vor allem gehört werden. Diese Brüche fand ich sehr wichtig und gut. Es war wirklich verblüffend, wie genau er meine Persönlichkeit, meinen damaligen Zustand eingefangen hat, in »Fremde« z. B. oder »Der letzte Sommer«.

Jörg hat sich natürlich sehr für meine DDR-Vergangenheit interessiert, unsere Zusammenarbeit war für ihn auch eine großartige Recherchemöglichkeit.

Ich habe zu seinen Texten dann die Musik komponiert, was oft sehr, sehr schwierig war, denn er brachte ungewöhnlich viel in einem Song unter. Ein »normaler« Song läuft in drei Minuten im Radio ab, da darf gerade so viel Text sein, daß der Hörer etwas mitbekommt, aber nicht abgelenkt oder gar überfordert wird! Aber genau das hat mich an seinen Songs gereizt, darum fand ich sie ja toll. Er war sicher kein Hitschreiber, aber mir war es wichtiger, etwas zu singen, was mit mir zu tun hatte. Und das war bei seinen Texten wirklich der Fall.

Hat Ihr Publikum auf Jörgs Texte reagiert, fiel es überhaupt jemandem auf?

Nein, warum, das war ja das Professionelle an seiner Arbeit, denn so müssen Texte sein: ich singe sie als *meine* Songs, und wer die geschrieben hat, interessiert den Hörer nur selten, soll es auch nicht!

Jörg zog später nach München, und unsere Kontakte wurden seltener, aber sie rissen nie ab. Aber für eine dauerhafte Zusammenarbeit waren unsere Interessen zu verschieden. Wenn ich mir das heute überlege, ist es unfaßbar, das zwei so unterschiedliche Persönlichkeiten miteinander auskommen konnten!

Das Ergebnis unseres Kontakts war übrigens sehr ergiebig: von zwölf Texten habe ich sieben vertont, das ist eine ungewöhnlich hohe Quote. Von anderen bekomme ich bedeutend mehr angeboten.

»Diese Nacht« singe ich heute noch a cappella am Ende meiner Konzerte, die Leute lieben das.

Gab es etwas jenseits des Arbeitsverhältnisses?

Nein, überhaupt nicht! Ich war glücklich verheiratet, und Jörg hat das auch respektiert. Er hat schon gerne Frauen vernascht, und natürlich gab es zwischen uns eine gewisse erotische Spannung, das muß für eine gute Zusammenarbeit auch sein. Aber es ist meistens besser, es bei der Spannung zu belassen, sonst geht alles kaputt, es sei denn, man ist wirklich angetörnt oder verliebt – und das war bei uns einfach nicht Fall.

Das Gespräch wurde am 1. 2. 2005 in Berlin geführt.

Veronika Fischer wurde 1951 im thüringischen Wölfis geboren. Nach ihrem Studium der Musik (Hauptfach Gesang) an der Dresdner Hochschule für Musik Carl Maria von Weber Sängerin bei der Gruppe Sterncombo Meißen und später bei der Gruppe Panta Rhei; seit 1975 zahlreiche Soloalben. 2001 erschien ihre Biographie Diese Sehnsucht nach Wärme *von Gisela Steineckert. Veronika Fischer lebt in Berlin.*
www.veronikafischer.de